宮澤隆義
Miyazawa Takayoshi

坂口安吾の未来

危機の時代と文学

新曜社

坂口安吾の未来——目次

序章　危機の時代と文学……9
一　「堕落」について　9
二　逆説と矛盾　12
三　変化と個体化　18

第一章　ファルスの詩学――坂口安吾と「観念」の問題……24
一　何が「観念」と呼ばれるのか？　24
二　意味と行為　25
三　「純粋な言葉」と「実在」　29
四　ファルスという経験　34
五　変容への意志　38

第二章　ファルスは証言する――「風博士」論……41
一　事件の構造　41
二　ファルスは証言する　44
三　「可能の世界」が示すもの　47
四　「目撃者」の使命　52
五　接続される言葉　56

第三章　坂口安吾と「新らしい人間」論 …………… 59

一　一九三〇年代の坂口安吾　59

二　坂口安吾とソビエト――「新らしき性格・感情」　61

三　「環境」という問題圏　65

四　「理知」と「動物」――『吹雪物語』　70

五　転回――「ラムネ氏のこと」　80

第四章　「バラック」と共同性――「日本文化私観」論 … 85

一　「バラック」という原理　85

二　「模倣」と「発見」と　94

三　「独自性」と共同性　100

第五章　情報戦と「真珠」 ………………………… 105

一　日付と情報　105

二　長距離飛行の果てに　108

三　「本末顛倒」な歩み　113

四　真珠の粉　117

第六章　空襲と民主主義――「白痴」論 ……………… 122

一　「露路」と「掟」　122
二　空襲下における生　128
三　「火」と「太陽の光」　134
四　民主主義と主体化　139

第七章　「思考の地盤」を掘ること――「土の中からの話」…　146
一　坂口安吾と「土地」　146
二　中世と農地改革　148
三　「土地」の不気味さ　154
四　「思考の地盤」としての「土地」　160

第八章　暴力と言葉――「ジロリの女」をめぐって　…………　167
一　「ジロリ」の眼差し　167
二　「金銭」について　173
三　「家」と「秘密」　177
四　暴力と言葉　184

第九章　法と構想力――「桜の森の満開の下」論　……………　191
一　法の宙吊りのなかで　191

二　「市」と「魔術」　192
三　「無限」のネットワーク　199
四　切断と「桜」　204
五　小説と「蛇足」　208

第十章　「トリック」の存在論——「不連続殺人事件」とその周辺 …… 212
一　民主主義と統治　212
二　「推理」という行為　217
三　「トリック」の存在論　227

終章　来たるべき文学 …… 233
一　個体化と主体化　233
二　実存主義／主体性論争　235
三　新たなはじまりへ向けて　242

注　252
後書き　273
初出一覧　276
索引　281

凡例

・坂口安吾の引用は、『坂口安吾全集』全十七巻+別巻一（筑摩書房、一九九八年五月〜二〇一二年一二月）に拠り、表記はそれに準じた。また、ルビは適宜補った。
・引用文中の傍点は、特に断りのない場合、引用者による。
・引用文中の〔　〕は、引用者の注記である。

序章　危機の時代と文学

一　「堕落」について

「余は偉大なる落伍者となつていつの日か歴史の中によみがへるであらう」。これは、坂口安吾が新潟中学の机の裏に彫ったとしている言葉だ（「いずこへ」『新小説』一九四六年一〇月）。この逸話は後日の創作であるともされる。[1] だが大事なことは、安吾が自らの存在を、ここで歴史の中にいつでもよみがえってくるものとして語っていた点だ。つまり「いまここ」のみならず、異なる時間、異なる場所における反復において現れてくる存在として、安吾は自らを刻みつけているのだ。これは、安吾を読むうえで極めて示唆的な言葉である。

戦後、坂口安吾がひろく読まれた時期は三回ほど訪れたが、[2] それは一九四〇年代、六〇年代、九〇年代であったとされる。それぞれの時期は銀座出版社版選集（一九四七〜一九四八年）、冬樹社版全集（一九六七〜一九七一年）、筑摩書房版全集（一九九八〜二〇〇〇年）の刊行期と重なっていたが、それぞれちょうど、戦争終結後の混乱期、学生運動の最盛期、冷戦終結後の国際体制の変動期にあたっている。その意味で坂口安吾とは、既存の体制が動揺・崩壊した時期に繰り返してよみがえり、読みなおされてきた存在なのだ。

それら各時期の読解の特徴は、それぞれ作家論的読解、実存主義的読解、他者論的読解といった方法論で考えることができるだろう。戦後長らく安吾は、「無頼派」のイメージを中心に語られてきた。[3] 九〇年代以降の研究はむしろこの作家論的・実存的な生のイメージから脱却したところで安吾や太宰を読もうと試みられてきたと言える。特に柄谷行人による読解は、坂口安吾における「他者」の問題を描き出し、その後の安吾の読み方を強く方向づけた。[4]

だが本書では、安吾の言説を改めてたどり直すことから、そこに存在する「主体化の契機」という問題を展開してゆくことを目指している。柄谷の安吾論において触れられていないのはこの点である。例えば、「堕落論」（『新潮』一九四六年六月）の記述を見てみよう。

戦争に負けたから堕ちるのではないのだ。人間だから堕ちるのであり、生きてゐるから堕ちるだけだ。だが人間は永遠に堕ちぬくことはできないだらう。なぜなら人間の心は苦難に対して鋼鉄の如くでは有り得ない。人間は可憐であり脆弱であり、それ故愚かなものであるが、堕ちぬくためには弱すぎる。人間は結局処女を刺殺せずにはゐられず、武士道をあみださずにはゐられず、天皇を担ぎださずにはゐられなくなるであらう。だが他人の処女でなしに自分自身の処女を刺殺し、自分自身の天皇をあみだすためには、人は正しく堕ちる道を堕ちきることが必要なのだ。そして人の如くに日本も亦堕ちきることが必要であらう。堕ちる道を堕ちきることによつて、自分自身を発見し、救はなければならない。

安吾が語る「堕落」とは、単純な「身を持ち崩す」という意味であったり、楽園からの追放といったキリスト教的な意味合いで言われている訳ではない。「堕落」とは、個人や集団が無自覚に前提としている超越的な価値根拠から引き剝がされることであり、さらにはそこから「自分自身を発見」しようとする行為としてここで用いられている。ある者がどれほど非道徳的と見なされる行為を行っていたとしても、その行為がそれを行う者自身の価値根拠に対する批判となっていない限り、その行為は「堕落」ではない。「堕落」という言葉にこのような独自の意味づけがなされていることは、安吾特有の語法とも言えるが、ここで目指されているものはまさに「堕落」を通じた「主体化」の過程という問題であり、「堕落」とは「主体化」のための技法でもあったのだ。

安吾の作品にしばしば見られるこのような独特の語法は、決して安吾の個人的な事情にだけ規定されている訳ではない。本書では、坂口安吾の書いたものを様々な歴史・社会・環境等々といった状況との交錯においてとらえ、世界史的なパースペクティヴのもとに安吾の言葉を置き直してみたい。文脈的には一見無関係にとらえられている要素同士を繋げてみることによって、安吾が書いたものの可能性を新たに発見してゆくことを本書は目指している。それは、坂口安吾によって書かれた言葉がどのような射程を持ちうるのか、という可能性の臨界点をも探る試みにほかならない。

二　逆説と矛盾

例えば、坂口安吾が作家活動をはじめた、一九三〇年代における問題の布置のなかで安吾を読んでみると、作家や思想家らが各自の立場を越えて共通に持っていたテーマが立体的に現れてくる。小林秀雄と中野重治と坂口安吾を並べてみることによって、各人の志向の在処とは別の水脈が浮かび上がってくることになるだろう。そこに共通しているのは、いわば「現実」に対する「言語」のあり方という問題意識である。

それぞれ見てみよう。まず、小林の「逆説といふものについて」(『読売新聞』一九三一年六月八〜一〇日)を取り上げてみたい。

私の言ひたいのは、逆説といふものは、これを表現する人の態度によつて、その性格が大変相違して来るといふ点である。〔中略〕意地悪くものを見て意地悪く表現するより、率直にものを見て率直に表現する方が遙かに難かしいが、率直にものを見て必然的にその表現が逆説的になるといふ事には、もつと大きな困難がある。例へば「心の貧しきものは幸ひなり」といふキリストの言葉は、驚く可き率直が、極端な逆説となつて現れた典型であり、又真の逆説の困難を語るお手本みたいなものだ。

真の逆説の源には、つねに烈しい率直な観察がなければならぬ、割り切れない現実を直覚する鋭敏な知性がなければならぬ。逆説とは弄するものではない、生れるものだ。動いてゐる現実を動いてゐるがまゝに誠実に辿る分析家の率直な表現である。

小林は「割り切れない現実」それを「表現」しようとすると、必然的に「逆説」を用いることになると語る。すでに一九二七年九月に「芥川龍之介の美神と宿命」(『大調和』)を発表した時点から小林は「逆説」を評価していたが、それらによれば、「現実」の複雑さを凝縮的に表現したものは「逆説」として表現されざるを得ないのである。さらにこの「逆説」は一つの文章のなかに無数の矛盾を織り込んでいるため、一方向へしか向かわない「弁証法」を「矛盾」に当てはめて論じるよりもすぐれた言葉である、と評している。

この「逆説」のモチーフには、小林の私小説論において強調されている「二重の公共性」、すなわち私的言語と公共的な言語との「矛盾」という問題が表わされている、とする論者もいる。[5] だがここではむしろ「率直」に小林の言葉を受け取ってみよう。「逆説」は「現実」の「率直な表現」である。そのことは、言語表象が「現実」を透明に再現するものとして決して機能しないことを意味している。小林は言語と「現実」の間に存在する、この「関係なきものの関係性」を「逆説」の論理として踏まえながら批評は書かれなければならないことを主張しているのだ。彼の独特の言葉遣いがこの論理に拠るところも大きいだろう。

しかし、中野重治はこのような小林の論理構成を同時代において批判していた。そもそも中野にとって、現実における「矛盾」を意識化することは文学的にも政治的にも重要な使命であった。同人雑誌『驢馬』（一九二六年四月〜一九二八年五月）へ詩を掲載していた時代から既に、階級関係からとらえた社会的な「矛盾」の存在は中野にとって詩作の源泉にもなっていたのである[6]。このテーマは、レーニン、スターリン、ブハーリンなどの理論と関係づけられ、史的唯物論の図式において主張されている。

言ふまでもなく、この矛盾が矛盾であるのは、そこに相対蹠する二つのもの、即ち一つにはブルジョアジーの支配関係に特有の、それ故にブルジョア的支配関係の存続のための要素と、二つにはブルジョアジーの支配関係に敵対するところの、ブルジョア的支配関係の破壊のための要素との、同居することを意味する。そして若しもプロレタリアート（ブルジョア社会の「悪しき側面」、ブルジョア社会の「禍害」、この社会の無条件的敵対者）の成長がブルジョアジーの破壊を結果するとすれば――疑ひもなくその通りであるが――このプロレタリアートの成長が、我々の今問題として居るこの芸術上の矛盾、それの含む相対蹠する二要素の矛盾をますます鋭くすることは疑ひもない。〔中略〕正にここに芸術のなかに今や現れて来た矛盾の激化と、一般にプロレタリアートとブルジョアジーとの間に激化しつつある矛盾との関係が捕へられるのであり、言い換へれば、芸術がプロレタリアートによつて捕へられるのである[7]。

中野はここで二種類の「矛盾」について語っている（「ブルジョワジーとプロレタリアートの間の階級的対立」としての矛盾と、「プロレタリアート内部におけるブルジョワ的傾向とプロレタリア的傾向」との間の矛盾)。プロレタリアートはこれらの「矛盾」を激化させ、結果として「ブルジョワジーの破壊」へと至ることを目指さなければならない。この文章が収められている単行本『芸術に関する走り書的覚え書』では、社会的矛盾から現れてくる芸術活動を、「世界を組織する一つの手段としてプロレタリアートの手に取りあげられ」る推進力として用いるべきことが主張されている。

　中野は「大衆」や「プロレタリアート」という言葉によって、その階級に属する人間たちが自発的に持つはずの感情を互いに関係づけるべきだと考えていた[8]。プロレタリアートは被支配と抑圧の結果、一般的に没個性的な人間の群れとしてしか見なされていないが、実際には個別的な無数の表情を持ち、社会関係の「矛盾」において引き起こされた怒りや悲しみの感情を抱えている。それらの感情を、組織されたプロレタリアートの編成に向かう情動として関係づけるのが詩人の使命であり、芸術としての詩はその意味でプロパガンダとして貢献できる、というのが中野の発想であった。

　詩において社会的矛盾が明確化されつつ、「大衆」の感情が結合され、連帯が生まれる。だが「大衆」の内には、プロレタリア本来のものとして見なされている「素朴」な感情の他にも、それと相容れないブルジョア的で自己保身的な感情がいまだ存在している。それらの二つの感情の間で起こる「矛盾」において、階級意識を目覚めさせ、「大衆」を共産主義へと向かわせてゆくべきであると中野は唱えているのである。

　このような、「矛盾」を露わにして突き詰めてゆく姿勢は、彼が転向後にも貫徹しようとした態度であった。それは「閏二月二十九日」(『新潮』一九三六年四月)における小林秀雄や横光利一の「無論理性」に対する批判において典型的に示されている。

彼ら〔小林、横光〕の小説、批評、それから文学世界に起つたあれこれの事件についての身のふり方などすべてをとおして、彼らの文学的実践は全体として反論理主義、反合理主義として特徴づけられる。彼らは理性的なもの、理性的に考え行動することそのことに食つてかかつてゐる。しかしこのことが本質上理性的にはできないことであるために、彼らはやたらとヒステリックにわめいている。国民生活という規模で合理主義を「心得」ることのできなかつたわが国民の一部、なまけものの文学青年と一部の文学者たちとがそれを崇め奉つて拝んでゐる。こういう反合理主義は、事の理非曲直を問わぬ、むしろそれを問おうとすることそのことにたいする鎮圧としての切りすて御免、問答無用、理性的に理由づけられぬ暴力支配の文学的・文学理論的反映にすぎない。

小林や横光に対する中野の批判は主に、社会的な関係における「矛盾」を、彼らが単なる言語の内部で処理してしまう手法に対してなされていた。論理が用いられてこそ「矛盾」も顕在化するのであり、非論理性な処置によって「矛盾」の表現を抹消してしまうことは、中野にとってまさに「暴力支配の文学的・文学理論的反映」であった。言語を論理的にとらえてゆくと必ず「矛盾」に目を向けるようにならざるを得ない、という点に中野は賭けていたのである。

小林の「逆説」への確信、中野の非論理性への批判。異なる両者は、ともに「現実」における「矛盾」の意義付けをめぐって議論をしていた。小林は、言語が「現実」を無媒介に指示するのではないとして、そこに表現されるパラドックスの強度においてこそ「現実」を示そうとした。一方、中野は、論理において言語が露わにする「矛盾」のうちにこそ、社会的「矛盾」を原動力としたポエジーが生成すると考えていたのだ。

このように、「矛盾」や「逆説」という形で言及される要素をどうとらえるかという問題は、一九三〇年前後の日本において様々に共有されていたテーマであった。坂口安吾もまた、例外ではない。一九三二年三月発表の彼のエッセイ、「FARCE に就て」(『青い馬』)を見てみよう。

> ファルスとは、人間のすべてを、全的に、一つ残さず肯定しようとするものである。およそ人間の現実に関する限りは、空想であれ、夢であれ、死であれ、怒りであれ、矛盾であれ、トンチンカンであれ、ムニャムニャであれ、何から何まで肯定しようとするものである。ファルスとは、否定をも肯定し、肯定をも肯定し、さらにまた肯定し、結局人間に関する限りのすべてを永遠に永劫に永久に肯定肯定肯定して止むまいとするものである。諦めを肯定し、溜息を肯定し、何言ってやんでいを肯定し、と言ったようなもんだよを肯定し――つまり全的に人間存在を肯定しようとすることは、結局、途方もない混沌を、途方もない矛盾の玉を、グイとばかりに呑みほすことになるのだが、しかし決して矛盾を解決することにはならない、人間ありのままの混沌を永遠に肯定しつづけて止まないところの根気のほどを、呆れ果てたる根気のほどを、白熱し、一人熱狂して持ちつづけるだけのことである。

安吾はここで、文学における「ファルス」というジャンルを「途方もない矛盾の玉を、グイとばかりに呑みほす」ものでありながら、「決して矛盾を解決することにはならない、人間ありのままの混沌を永遠に肯定しつづけて止まない」ものと位置づけている。ここでは、小林のように単に言語の問題として「矛盾」が存在している訳ではなく、また中野のように弁証法的なものとして「矛盾」をみなしている訳でもない。いわば、「矛盾」を含む世界の現存在の総体を認め続けてゆこうとするところに、安吾独特の思考があるのだ。

この引用部分で安吾は、「ファルス」という文学ジャンル自体を独自に意義づけ、その「ファルス」こそ、無数の「矛盾」の存在をも肯定し続ける営為の表現であるとしている。「ファルス」のフランスにおける意味はそもそも単に「茶番劇」であるが[9]、安吾はその「ファルス」という語にこのような固有語法的な意味付けを行ない、彼自身のその後の執筆活動においても反復してゆくテーマへと変化させていったのである。

三　変化と個体化

「ファルス」においては、「矛盾」を含む「現実」の総体が肯定され続けることによって、そこに関わっている「人間自身の存在」もまた変化してゆくことが重要となる。坂口安吾の文章において「人間」とは、決して全体として完結してしまうことがなく、絶えず既存の概念からの例外性や変則性を生み出しながら変化してゆくものとしてとらえられている。「人間」の変化というテーマについては後に論じてゆくが、安吾における「変化」というテーマが初期の「ファルス」である「木枯の酒倉から」(『言葉』一九三一年一月)に既に見られるという点をここでは指摘しておきたい。「木枯の酒倉から」は、毎冬酒倉に通っている「瑜伽行者(ヨーギン)」の「俺」が、禁酒しているにもかかわらず誘惑されて酒に手を出していることを「僕」に語っているという作品だ。次に引用するのは、「俺」が、酒によって幻影を操る「瑜伽行者」を批判して語る部分である。

——愛する行者よ、鉢顛闍梨(パタンヂャリ)の学説は不幸にしてイマヌエル・カント氏に先立つて生れたるが故にここにたまたま不運なる誤謬を犯すに至つたものであることを、余は尊公のために歎くものぢやよ。思うに尊公等岩窟断食の徒は人間能力の限界について厳正なる批判を下すべきことを忘却したがために、浅慮にも人間はつまり人間であることを忘れ恰も人間は何でもない如くに考え或は亦人間は何でもある如くに考えるのぢやよ。さればこそ尊公は酒と人間との区別を失ひ、酒は尊公の肋骨であり尊公は酒の肋骨……うむうむ、であるなぞと考えるのぢや。げに恐るべき誤謬ぢやよ。〔中略〕見よ。余の如きは理性の掟に厳として従ふが故に、ここに酒は茨となり木枯はまた頭のゼンマイをピチリといはせるのだけれども、余は亦理性と共に人間の偉大なる想像能力を信ずるが故に、尊公の幻術をもつてしては及びもつかぬ摩訶不思議を行ひ古今東西一つとして欲して能はぬものはないのぢやよ。

ここで「イマヌエル・カント氏」に言及しながら、「人間能力の限界について厳正なる批判を下すべきことを忘却した」云々と語ってゆく記述からは、カントが『純粋理性批判』において人間の理性能力の限界を位置づけようとした試みが踏まえられていることが読み取れる。そしてここで注目したい点は、「木枯の酒倉から」では、「人間」の理性そのものが「酒」によって変化してしまうものとして提示されていることだ。この「木枯の酒倉から」は、「蒼白なる狂人」が行者によって、「人間能力の限界」を超える「幻術」に惑わされてしまう話として書かれていたのである。

安吾の創作活動にはその初期から既に、本人の意思のあり方と関係なく変化してゆく「人間」（あるいは逆に変化することができない「人間」）というテーマが潜んでいた。そしてこの変化する「人間」についての考察を、安吾は「自己」の問題としても書いていることが、次の引用からは見てとれるだろう。

これはジイドの言葉だが、小説家が己れを知らうとすることは甚だ危険なことである、と。なぜなら、もしも小説家が己れを見出したなら、彼は全ての観察に己れを模倣することになつてしまふ。そして自分の通路と限界を知つた以上は、それを越すことができなくなるだらう、といふのである。真の芸術家は彼が制作するときには常に半ば自分自身のことには無意識である。彼はただ彼の作品を通してのみ、作品に依つてのみ、作品の後に於てのみ、己れを知るやうになるのである、と。

これはホントにさうだと私は思つた。すくなくとも私のやうな頼りない人間は、自分の作品のあとでのみ、漸く自分の生活が固定する、或ひは形態化する、といふ感が強い。尤も私は自分自身のことを決して直接描こうとしない男であるが、それにも拘らず、私は作品を書くことによつて、漸くそこに描かれた事実が私自身の生活として固定し、或ひは形態をとつたのだといふ感が強いのである。

（「文章その他」『鷭』一九三四年四月）

安吾にとって、「自己」は全てが「見出される」ものではなく、その総体をすべて知ったとする時はもはや変化が存在しなくなってしまうものとしてあった。そしてそれに対し安吾は、「作品を描いてのみ自分の姿や生活を見出」すことを重視している。彼にとって「書くこと」とは、それによってはじめて自己自身を「形態」化できる手段だったのであり、「現在」の自己把握と異なる形で自分を見出す方途だったのである。このような主張は、その後もエッセイなどで何度も繰り返されている。

書くことによって、書かれたものが実在し、書かないものは実在しなかった。その区別だけは、そして、その区別に私の生活が実在していたのではなかったのか。

私は然し、生きているから、書くだけで、私は、とにかく、生きており、生きつゞけるつもりでいるのだ。私は私の書きすてた小説、つまり、過去の小説は、もう、どうでも、よかった。書いてしまえば、もう、用はない。私はそれも突き放す。勝手に世の中へでゝ、勝手にモミクチャになるがいゝや。俺はもう知らないのだから、と。

私はいつも「これから」の中に生きている。これから、何かをしよう、これから、何か、納得、私は何かに納得されたいのだろうか。然し、ともかく「これから」という期待の中に、いつも、私の命が賭けられている。

なぜ私は書かねばならぬのか。私は知らない。色々の理由が、みんな真実のようでもあり、みんな嘘のようでもある。知識も、自由も、ひどく不安だ。みんな影のような。私の中に私自身の「実在」的な安定は感じられない。

そして私は、私を肯定することが全部で、そして、それは、つまり自分を突き放すこと、全く同じ意味である。

（「私は誰？」『新生』一九四七年三月）

「私を肯定することが全部で、そして、それは、つまり自分を突き放すこと、全く同じ意味」であるという逆説においては、自己の姿は「現在」の自己把握とは必然的に異なった形で現れることになる。常に「未来」のある一点から「現在」が見出されることで、「現在」の姿が「現在」とらえられているものとは異なる形で現れてくる可能性を持ったものとなるのである。ここでは、「現在」もまた、常に「別の時間」によって変化を遂げているものとしてみなされると言えよう。

「現在」の姿は、「未来」からだけでなく、他の「現在」あるいは「過去」といった時間性との関連においてしかとらえられない。「自分を突き放すこと」とは、そのような切断のある、開いた時間性のなかでのみ「自分」が見出される、ということなのだ。安吾は「矛盾」や「逆説」のみならず、時間の接合において現れるパラドックスの存在に、「現在」性そのものの変化と、「主体化」の契機を見出していたのである。

以降の章では、坂口安吾の文章を時代順に追いながら、その「主体化」の論理における「変化」の問題を軸として、彼の執筆活動を見てゆくことにしたい。

第一章　ファルスの詩学——坂口安吾と「観念」の問題

一　何が「観念」と呼ばれるのか？

「風」「石」「ふるさと」といったように、坂口安吾の作品はいくつかの独特なキータームに充ちている。[1] これらの言葉は意味が一見自明なようで、安吾の作品のなかでは、一般的な意味とはかけ離れた言葉として使われているものだと言えよう。ここではそのなかでも、「観念」という語に注目してみたい。

安吾自身が「観念的その他」（『文学界』一九四七年八月）において「私の小説が観念的だといふのは批評家の極り文句だ」と述べているほど、安吾が「観念的」な作家だという評価は当時から繰り返しなされてきている。[2] しかし、通俗的な言葉の使われ方としての「抽象的」「現実遊離」といったような「観念」の意味と、安吾の文章において「観念」という語の用いられ方との間には、相当の乖離がある。「観念的その他」のなかで、安吾はサルトルに言及しながら「観念」なるものの必要性を主張しているが、そこで安吾は「観念」に独自の意義づけをしているのだ。「小説が「観念的」でなくてよい、といふ場合は、観念生活のあげく観念によつて観念をはぎとることができた時にのみ意味をもつものだと私は思ふ」。さらに安吾は、「日本の小説が観念的でなさすぎる」として、「観念」性の実現を強く望んですらいる。ここからは、安吾にとって「観念」は「現実」からの「逃避」として措定されていたわけではなく、それを通過し、批判することで「現実」に肉迫するための手段として考えられていたとさえ言えるだろう。

安吾の文学における「観念」というテーマは、彼が作家としての発表をはじめた一九三〇年代の作品から断続的に主張され続けている。しかし安吾は、「観念」という語に具体的にはどのような意義を託していたのか。坂口安吾が「観念」なる言葉を使用する際にどのような問題意識を持っていたのかを、その文章にそって辿りなおしてみよう。

二　意味と行為

安吾が作家活動をはじめた一九三〇年代において、彼の文章に「観念」という語について言及が一番早く見られるもののなかには、「人間の「観念」の中に踊りを踊る妖精」という表現を用いた「FARCE に就て」が挙げられる。

この文章は、安吾がファルスという概念を言い表そうとしている前半部分と、ファルスの具体的な創作法について語っている後半部分とに分けられる。しかし、特に前半部分の論旨はしばしば錯綜しているように見える。それだけに、「安吾のファルスを説明しようとすると、結局は安吾の言葉で説明し、そこから脱出できなくなるのではないか[3]」とさえ述べられるように、「FARCEに就て」を論じたものには、安吾の言葉をそのままなぞることになってしまっているものもしばしば見受けられる。また他の視点としては、当時のナンセンス文学・演劇との比較検討の上での理論展開[4]や、「FARCEに就て」は言語の表象的力学に抗する形で書かれた「リアリズム」批判である、という指摘もある[5]。だがここでは、「観念」というキータームを軸に考察を試みることで、安吾の思想の一端を照らし出してみたい。

まず、「FARCEに就て」において安吾が、現象をリアリスティックに描写するために「写実主義」が用いる「代用としての言葉」に対し、単なる「代用」のためではない「純粋な言葉」により創造されるという「ファルス」なるものを礼讃していることに注目してみたい。

> 代用の具としての言葉、即ち、単なる写実、説明としての言葉は、文学とは称し難い。なぜなら、写実よりは実物の方が本物だからである。単なる写実は実物の前では意味を成さない。単なる写実、単なる説明を文学と呼ぶならば、文学は、宜しく音を説明するためには言葉を省いて音譜を挿み、蓄音機を挿み、風景の説明には又言葉を省いて説明を挿み、〔中略〕そして宜しく文学は、トーキーの出現と共に消えてなくなれ。単に、人生を描くためなら、地球に表紙をかぶせるのが一番正しい。

安吾は「写真」や「トーキー」などのメディアとは別の様式としての「文学」の存在を模索して

いる。映画やレコードといった複製技術を用いる諸メディアが「言葉を省い」た「メッセージ」（マクルーハン風にいえば、メディアがその受容者の認識を形成する）の新たな形態を生産していることに対し、安吾は言葉の「純粋な領域」なるものに「文学」の存在の意義を求めていると言えよう。

この問題提起は一見、例えば同時代に横光利一が、映画やラジオなどの諸メディアの勃興に対して「ジャンルとしての文学」の独自性を確立しようとした方向性と近似して見える。横光は「文学とは物質の運動を、個性が文字を通して表現したものである」[6]、あるいは「文字は物体である」[7]と定義しつつ、文字の「物質性」を「純粋形式」としてとらえていた。そして、文字から直接喚起される「感覚」において、美的＝感性的なものとしての「芸術性」の発露を求めていたと言えるのである[8]。

このような点で、安吾と横光はともに、言語の非表象性や他の諸メディアとの特性の差異という、モダニズムに共通したテーマについて述べているが、そこからの考えの展開は両者の間で全く異なっている。

安吾は横光のように、メディアの多様さに対してではなく、「単なる写実は実物の前では意味を成さない」という面に言語の意義を見出そうとしている。「言葉を代用して説明するよりは、一葉の写真を示すに如かず、写真に頼るよりは、目のあたり実景を示すに越したことはない」。安吾によると、物の「有りの儘」の描写を可能とするリアリズム的論理を押し進めれば、言語はその意味の対象と同じものとして扱われてしまう。そうすると「実物」に言葉は勝てず、意味に対して、描写の行為そのものが単なる付随的なものとなってしまうだろう。安吾は、「写実」が前提としている、言語の意味と描写の行為を同一化してしまうこのようなメカニズムを拒絶しており、そこに横光との態度の違いがある。

だがここで、「FARCE に就て」が、「普く寛大な読者の「精神」」への「呼びかけ」として語りはじめられていたことを想起しておくことは無駄ではないだろう。「悲劇も喜劇も道化も、なべて一様に芝居と見做し、之を創る「精神」にのみ観点を置き、あわせて、之を享受せらるるところの、清浄にして白紙の如く、普く寛大な読者の「精神」にのみ呼びかけやうとするものである」。「FARCE に就て」の全体は、「読者の「精神」」という不透明な対象への呼びかけとして書かれているのだ。

言語は、それがこのように他者との間で遂行的に働くことによって、常に「言語それ自体」の意味なるものと異質な要素を含まざるを得ない。というのも、異なる言語の意味同士が同一のものとして一致する前提には、論理的に見て必ず、同一性として考えられるもの自体を成り立たせている別の次元があるからだ。それがいずこかへ向けて投げかけられる以上、必ず言葉自体は何らかの行為と共にあり、常に意味の同一性と別の立脚点がそこに存在することになるのである。

これと同様の呼びかけの構造は、「FARCE に就て」の前年に発表された「ピエロ伝道者」(『青い馬』一九三一年五月)にも見られる。ナンセンス文学を擁護しているこのエッセイには、最初に星を取ろうと「竹竿を振り廻す男」の話が出てくるのだが、彼はただ単にその振る舞いが読者の前に投げ出されている存在である。語り手はこう書く。「竹竿を振り廻す男よ、君はただ常に笑はれてゐ給へ。決して見物に向つて、「君達の心にきいてみろ!」と叫んではならない」。ここでは、男の

「心」の解釈は拒絶され、そのパフォーマンスのみが問題とされている。

この「男」の行為には安吾の言語観が重ねられていると言えるだろう。そこではさらに、「蛙飛び込む水の音を御存じ?」という言葉で芭蕉の俳句がほのめかされているが(芭蕉への言及は「FARCEに就て」にも見られる)、ここでは句の「解釈」行為があらゆる面において拒否されることで、「言葉が投げかけられている」という面が際立たせられている。これらの言葉は、その意味においてというよりも、投げかけられる行為において対象に働きかけ、作用する面が強調されているのである。他なるものとの間において意味が不透明になり「ナンセンス」があらわとなる地点においてこそ、言語とそれに関して起こっていることが前景化させられるのだ。[9] 安吾における「ファルス」は、まずそのような言語の問題を提起していると言えよう。

三 「純粋な言葉」と「実在」

安吾は、そのような言語の投げかけを前提としつつ、「代用としての言葉」のなかにおいても働いているという「純粋な言葉」(=言語行為)の例を、劇と俳諧に求めながら具体的に説明している。その第一の例は、『花伝書』である。

「花伝書」の著者、世阿弥なども、写実といふことを極力説いてゐるけれども、所謂写実でないことは又明白なところである。私は、世阿弥の「花伝書」に於て、大体次のやうな意味の件りを読んだやうに記憶してゐる。『能を演ずるに当つて、演者は、たとへ賤が女を演ずる場合にも、先づ「花」（美しいといふ観念）を観客に与へることを第一としなければならぬ。先づ「花」を与へてのち、はぢめて次に、賤が女としての実体を表現するやうに――』と。

ここではじめて「FARCEに就て」のなかで「観念」という語が登場するが[10]、「美しいといふ観念」なるものは、「実体」なるものを把握する契機となっていることが読みとれるだろう。舞台においては「実体」が前もってあるわけではなく、「花」、すなわち「美しいといふ観念」が能のなかで演じられることによって、「賤が女としての実体」のような様々な「表現」が成立することを安吾は重視している。

これと同様の言いまわしは、「観念的その他」においても繰り返されている。「観念も亦実際の生活で食慾色慾物慾、観念なしにそれらのものが野放しにされてゐるやうな生活は、その方が実在するものではない」。安吾が「実在」なるものをとらえる際には、「観念」という問題に極めて大きな関心が注がれており、そこに「所謂写実」におけるものとは異なった発想が求められているのだ。

比較文学的な見地からすれば、このような「観念」と「実在」の関係という問題には、ヴァレリーの影を見ることができる[11]。安吾と非常に親しい関係にあり、彼らの間の会話は「ヴァレリイに初まり、ヴァレリイに終つた」とされている詩人の菱山修三は「テスト氏の問題」（『櫻』一九三三年五月）において、「知性に関聯」した「実在捕捉の問題」なるものについて述べていた。それは、自己において「可能」なことは存在し、「不可能」なことは存在しないという仮説から、「可能」なことと「不可能」なことの境界にこそ「実在」を認めるための、認識の実験を行おうとするものだった。

自己の存在を唯一の拠りどころとして、全実在を補足するためには、自らを「可能性の魔」とするほかはない。だから、このやうな存在の仕方は現実の世界では何十分か以上続く訳にはゆかない、といふのは当然である。しかし、この存在と持続とに一つの生活を与へること、自分の理想型とする怪物を造ること、この怪物に就いて何等かの観念を与へること、その外貌や習性を描くこと、――テスト氏の性格の問題はその造形の問題に埋没するやうに私にはおもはれる。（菱山「テスト氏の問題」）

安吾と菱山の思想をダイレクトに結びつけて論じることには注意が必要だが、『櫻』の同号に掲載されている「新しき性格・感情」において安吾が「テスト氏」に触れ、「私は、私自身を実験台上へのせて、一人のテスト氏を私の中から出発せしめ」たいと述べつつ、「作家は誰しも自分のテスト氏を育てつゞけなければなるまいと思ふ」と書いていることを考慮に入れると、この時点で菱山と安吾が「観念」と「実在」に関して共通する問題意識を持っていたと推理してもおかしくはないだろう。

彼らの発想は、「現実」としての他なるものを志向する際、常に主観的な思惟のエコノミーの閉域の限界こそが「現実」を告知すると期待されていた所に共通点がある。ここには一九三〇年代の文学者たちの、「自己」や「自意識」というテーマにおいて考察していた事柄との共通性があるだろう。それは関東大震災（一九二七年）、世界大恐慌（一九二九年）を経、既成の価値が崩壊した後で何が必要となるかという問題意識と関連しているのだ[12]。すなわち、それまで普遍性を標榜していた価値が没落し、無数の矛盾や亀裂が露呈した後でなお、「実在」するものとは何なのか、と問うこと。その問いを、消失した価値や意味において考察することは最早できない。それゆえ、彼らはひとまず「自己」において思考の可能性を追いつめ、意味のエコノミーの恐慌状態を反復し追体験することにおいて、「自己」の「限界」を見出そうとしたのである。

そこから、己れの思考を触発していたものとしての言語の存在が、「自己」の限界点における「実在」を示していたものとして浮かび上がってくることになる。それゆえに「実在捕捉の問題」は、言語の問題を通ることになるのである。安吾が語る「純粋な言葉」なるものもまた、それが「実在」に関わるものとして提出されていることにおいて、この系譜に連なっているのだ。

このような問題意識を鑑みた上で再び、「FARCEに就て」における「純粋な言葉」についての叙述を見てみよう。そこで例として挙げられているのは、芭蕉の俳句であり、「古池や蛙飛び込む水の音」という表現が「純粋な言葉」であるのは何故か、というものだった。

写実を主張した芭蕉にしてからが、彼の俳諧が単なる写実でないことは明白な話であるし——尤も、作者自身にとつて、自分の角度とか精神とか、技術、文字といふものは、表現されるところの現実を離れて存在し得ないから、本人は写実であると信ずることに間違ひのあらう筈はないけれども——斯様に、最も写実的に見える文学に於てさへ、わが国の古典は決して写実的ではなかつた。

芭蕉の句が「単なる写実」でないのは、それが彼の経験に関する相関物の総体（「自分の角度」「精神」「技術」「文字」といったあらゆる要素）を浮かび上がらせるからである、と安吾は説く。もちろんそれらは想像的なものとして、「代用に供せられる言葉」を通して経験される、諸「対象」である。だが、そこで「古池や蛙飛び込む水の音」の下の句として具体的に「淋しくもあるか秋の夕暮れ」という「解釈」を付け足されると、この句全体が「愚かな無意味なもの」となってしまう。「解釈」は句に歌われている事象を具体物へと置き換えてしまうことで、それが惹起する「可能」的な経験を消してしまう、と安吾は言うのである。

つまり安吾は「純粋な言葉」としての芭蕉の句を、それ自体が一つの固有な表現であるとともに、それによって切り開かれる「可能」な諸々の働きを感受させる装置としてとらえているのだ。芭蕉について、安吾は「日本文化私観」（『現代文学』一九四二年三月）では以下のように述べている。

芭蕉は庭をでゝ、大自然のなかに自家の庭を見、又、つくつた。彼の人生が旅を愛したばかりでなく、彼の俳句自体が、庭的なものを出て、大自然に庭をつくつた、と言ふことが出来る。その庭には、たゞ一本の椎の木しかなかつたり、たゞ夏草のみがもえてゐたり、岩と、浸み入る蝉の声しかなかつたりする。この庭には、意味をもたせた石だの曲りくねつた松の木などなく、それ自体が直接な風景であるし、同時に、直接的な観念なのである。さうして、龍安寺の石庭よりは、よつぽど美しいのだ。と言つて、一本の椎の木や、夏草だけで、現実的に、同じ庭をつくることは全く出来ない相談である。

俳句によって芭蕉は、世界（「大自然」）における一つの「可能」な「実在」の形態（「自家の庭」）を引き出した。「純粋な言葉」として芭蕉の句を安吾が位置づける意味はそこにある。つまり「純粋な言葉」とは、それによって感覚の潜在的な諸「実在」の連関の配置へと、認識を開いてゆくよう作用してゆく言葉の働きなのである。[13] この意味において、「純粋な言葉」は一つの「創造」行為であると言いうるのだ。

四　ファルスという経験

そこからさらに、「純粋な言葉」を成り立たしめる「観念」という語によって、安吾が一体どのような事柄を指そうとしているかについて、より細かく見ていくことにしたい。それについての言及は、「FARCE に就て」中の、次の有名な箇所にみることができる。

> 単に「形が無い」といふことだけで、現実と非現実とが区別せられて堪まらうものではないのだ。「感じる」といふこと、感じられる世界の実在すること、そして、感じられるといふ世界が私達にとつてこれ程も強い現実であること、此処に実感を持つことの出来ない人々は、芸

術のスペシアリテの中へ大胆な足を踏み入れてはならない。
ファルスとは、最も微妙に、この人間の「観念」の中に踊りを踊る妖精である。〔中略〕知り得ると知り得ないとを問はず、人間能力の可能の世界に於て、凡有（およそあら）ゆる翼を拡げきつて空騒ぎをやらかしてやらうといふ、人間それ自身の儚さのやうに、之も亦儚ない代物には違ひないが、然りといへども、人間それ自身が現実である限りは、決して現実から羽目を外してゐないところの、このトンチンカンの頂点がファルスである。（傍点原文）

ここでは「感じられる世界の実在」としての「観念」なるものが設定され、想像可能なもの、構想可能なもの等々が、すべてがなんらかの形で「現実」としての「実在」性を表現している、とされていることが読みとれる(14)。

このような「可能の世界」に関するものと同様の構図は、既に一九二七年三月に発表されていた「意識と時間との関係」においても見ることができる。これは安吾が在籍していた東洋大学印度哲学倫理学科の同人雑誌『涅槃』に掲載された小論だが、その要旨を彼の用語に沿って再構成してみよう。

そこでは過去・現在・未来という、一般には直線状に展開すると考えられる時間経験が、「意識内容」に基づく一種の錯覚であることが論じられている。また、「意識しつゝある力」と「意識せられたる対象」の二種類に世界内の存在が大別され、時間は過去も未来もその「意識しつゝある運動」の絶対的な相においてとらえられている。

そのため、「意識対象」はこれから来るものであろうと既に起こったとされることであろうと、意識の「対象」をとらえる運動においては変わりないので、「未来は過去である」という言明も可能となる、とされている。

> 一見、矛盾に似た論述、即ち未来は過去なりとし、かつ現在と過去のみが存在すべしといふことは、さらに之を明にする為に、過去という名義を取り除けば、判然すると思ふ。(中略)現在が過去に移り変(かわっ)てこそ過去現在未来とも云ひ得るが「永遠に過去とならぬ現在」「現在とならぬ過去」はむしろ過去でなく現在でない。只単に「力」と「対象」と云った方が誤解をさける上に於てはるかに有利である。
> 従て「意識スル力」と意識の対象の外は何者もなく、意識する力は永遠に先に立ち意識対象は永遠に後に従ふといふことに過ぎない。「先に立つ」故に云ひ得べくんば「現在」であり「後に従ふ」故に云ひ得べくんば過去であるといふことである。(傍点原文)

ゆえに、「時間特に過去は一切空間世界を意味する」。このように考えられることで、「対象」の総体は「一切空間世界」と同一視され、経験的な時間性はそれと関わることによってそのつど発生することになる。また一方で、「意識対象は意識より独立に存す」るため、「対象」自体は決して意識に同化することなく成立している、とされている。つまりここでの時間性は、世界に内在する「対象」に関与する運動において、その度ごとに発生するものとしてとらえられていることになるのである。
この世界観、すなわち「意識しつゝある力」によって構成された諸「対象」を見出してゆく世界は、「FARCE に就て」における「凡有ゆる物の混沌」、「凡有ゆる物の矛盾」を「何から何まで肯定」する、という発想と重なるものだと言える。「ファルス」とは、安吾にとって、このような形で世界の総体性を思考しつつ、常に自らの限界に接することで「実在」を触知するために構想された一つの方法なのである。それゆえ「ファルス」には、自己の外で無限に変化し続ける世界を表現し続けようとする傾向が付与されている。

ファルスとは、人間の全てを、全的に、一つ残さず肯定しようとするものである。凡そ人間の現実に関する限りは、空想であれ、夢であれ、死であれ、怒りであれ、矛盾であれ、トンチンカンであれ、ムニャムニャであれ、何から何まで肯定しようとするものである。ファルスとは、否定をも肯定し、肯定をも肯定し、さらに又肯定し、結局人間に関する限りの全てを永遠に永劫に永久に肯定肯定肯定して止むまいとするものである。〔中略〕哀れ、その姿は、ラ・マンチャのドン・キホーテ先生の如く、頭から足の先まで Ridicule に終ってしまうとは言うものの、それはファルスの罪ではなく人間様の罪であろう、と、ファルスは決して責任を持たない。

無際限な対象を「肯定」するという行為。安吾にとっての「可能」的なものとは、「あらゆる行為」「錯乱」「分裂」「矛盾」という「現実」の「実在」を示すことになる。そこでの世界の総体は閉じきることがないものとして設定され、意識は絶えず自らに世界の総体の存在を憑依させ続けることになる。「観念」とは、このような「可能」性を含めたものとしての世界の総体性を「肯定」するための方法であり、同時に、「実在」をとらえるために要請された、認識内に折り込まれた存在論的な装置なのである。

五　変容への意志

「FARCE に就て」の後半部分へ移ろう。そこでは、ファルス創作のための「文章法」の諸「技術」が具体的に述べられている。そして最後には、「ファルス」の「新生面」を待望する言葉で締めくくられている。

「道化」は、その本来の性質として、恐らく人智のあると共にその歴史は古いやうに思はれるし、且又、それだけに特別の努力を払われたことはなく、大して新生面も附け加へられて来なかつたやうに考へられてならぬのである。もつと意識的に、ファルスは育てられていいやうに私は思ふのである。

ファルスが「観念」において求められる運動において絶えず新たな「実在」に直面することだとすれば、ファルスにおける「実在捕捉」の要請は、常にその「新生面」を求める要請を生みだしつづけることと結びつくだろう。

このような「新生面」への意志は、その後の安吾の論の底に共通して存在してゆくものだ。[15] 例えば「FARCEに就て」の翌年に発表された「新らしき文学」（『時事新報』一九三三年五月四～六日）における「新らしさ」への主張は、単に新規創刊された雑誌『櫻』にかける意気込みとしての「新らしさ」について語られている事柄なのではなく、安吾の時間概念が要請している理論の帰結でもある。

そこでは「まことの新らしさ」なるものの重要性が説かれているのだが、それは、「芸術」による「観念」の「変形」において求められている。「芸術は常に観念を変形せしめる。常に新らたな観念に拠つて出発する」。「変形」しつづける「観念」は、一般性を組織する「システム」としての「社会」や「科学」に対して、「破壊的」な、常に「個体」的かつ「反逆」的な役割を果たすとされる。「観念」は「新らしさ」として現われる自己の外の「対象」によって、常に形成し直され続けるものなのだ。このような、「観念」の変化における「新らしさ」への意志は、彼がのちに「純粋な言語」という言い回しに固執することをやめた後でも、ファルス論から受け継がれてゆくことになる。[16]「観念」という問題設定は自ら形を変えながら、安吾の思考において変奏されるテーマとなってゆくのである。

この章の要旨をまとめておこう。「観念」は、自同律からの離脱として、常に新たな「対象」によって時間性を発生させてゆく、絶えざる自己の変容としての運動と結びついている。文学においては、潜在化されていたあらゆる「可能」な「対象」が、それまで感覚されていなかった新たな行為を切り開いてゆく「実在」としてとらえなおされることになるのだ。認識の条件の刷新を求めることで、経験において存在の新しさをとらえようとすること。安吾にとって「観念」とは、既存の認識から逃れ出て「実在」の新たな質を見出すための「反逆」的な方法、すなわち思惟のエコノミーに抵抗するための方法として、常に必要とされていたものなのである。

第二章　ファルスは証言する――「風博士」論

一　事件の構造

過去に何か事件が起こったという絶対的な事実があり、それに対する形で現在時において物語が進められてゆくという古典的な形式を持った探偵小説においては、なんらかの推理が最終的には事件の真相を明かすという、通時的に整序されるべきプロットの存在が重要になる。[1] だがここで、もしも事件の存在を告げる証言者しかおらず、探偵が事実を明かす筋書きなしに話が進んでいったら、一体どうなってしまうのだろうか。坂口安吾の「風博士」（『青い馬』一九三一年六月）は、言葉遊びのなかにそのような探偵小説的な要素を用意しつつも、謎の解読者たる探偵を持たないという意味できわめて滑稽で奇妙な効果を生みだしている。どうやらそこでは「風博士」なる人物が「消失」したということについて述べられているらしいのだが、事件がそもそも本当にあったのか、また語っているのは何者なのかよくわからないままに語りが進行してゆくのだ。もし佐々木基一のように「風博士の正体は何であろうか」と問うたとしても、そこに残されているのは「記録」だけなのである。[2]
そのような作品をめぐって、例えば奥野健男による「理解するのではなく、感じればいい」[3]という宣言を嚆矢として、関井光男による「グロテスクなもの」[4]、あるいは仏教思想との関連における宗教的理解や性的な比喩との関連などがこれまで言及されてきた。それらの多くは、物語中のモチーフを隠喩的に解釈し、そこから作家論的な意味を見出してゆく。例えば安吾作品において「風」とは何を意味するか、あるいは「風博士」「蛸博士」「花嫁」といった表現がどのようなモチーフの隠喩かということがそこでは争点となっている。安吾の作品は人物や筋を性格的写実的に描くというよりもアレゴリー的に描いている場合があるが、これらの論は、まさに「風博士」が持つとされる「謎」を、読み解くべき寓意としてとらえていると言えるだろう。
一方、これらの読解は恣意性を免れないとして、作品の構造的な面から読解を行おうとする論もある。花田俊典の論は、この作品の道具立てから一種の探偵小説的な観点を割り出し、「語り手」たる「僕」こそが実は「蛸博士」であるとも読めることを指摘しつつ、事件の謎解きという面を強調した。[5]花田は、「風博士」の作品世界のなかで「事件はすでに起きてしまって」（傍点花田）おり、「風博士」の物語はそこからはじまるのだとしている。だが花田の議論のポイントは、最終的に「「風博士」をどう読み解くかは、たぶんもっと多様に可能なはず」と述べた点にあった。それは、「風博士」が単純な二項対立に回収されることなく「多様に可能」な読解を誘うものだという主張である。
また加藤達彦[6]は、「風博士」という「物語」は「読者」と「僕」との関係に収斂する点を強調し、

「風博士に正体などありえない」とした。だが、「「僕」という人物が存在し、風博士と蛸博士との闘争の物語を語る＝叙述するという行為自体は疑い得ない」として、唯一「最後の一文によるこの破壊された構造だけは破壊されない」という点を指摘している。佛石欣弘（ほとけいしよしひろ）[7]はそれらの視点を引き継ぎながらも、この話は「「僕の語り」と「風博士の遺書」では言及している「事実」が異なっており、「事実」を確定することもできない」ように構築されているため、「「風博士」の意味は、その構造上、読者ひとりひとりに委ねられ、唯一の「事実」は確定できない」と述べた。そこでは、個々の「読者」が物語を構築せざるを得ない作品としての「風博士」、というテーマが描きだされている。また、内倉尚嗣[8]は全く異なる角度からだが、「風博士」は「一つの謎の解決がまた新たな謎を生む仕組になっているかのように」見えると示唆する。

しかしここで必要なのは、そのように「風博士」をめぐって「多様」な「読み」が発生するのであれば、その発生を誘う条件について考察してみることなのではないだろうか。というのも、ファルスとしての「風博士」が投げかけている問題は、そのような解釈へ至る以前に、読解を可能にしながらも常にそれに抵抗するものとして見出される「言葉」の経験と伝達の問題を表現しているところにあるからだ。そのような観点から、「風博士」における「言葉」に注目して考察を行ってみよう。

二　ファルスは証言する

無名の安吾を文壇へと実質的に紹介することになった、牧野信一による「風博士」評価の一文[9]は、話の内容よりも、むしろ作品内で用いられている言葉について注意する必要があることを指摘している。

> 厭世の偏奇境(ベロナ)から発酵したとてつもないおしゃべり(アストラカン)です、これを読んで憤らうつたつて憤れる筈もありますまいし、笑ふには少々馬鹿〳〵し過ぎて、さて何としたものかと首をかしげさせられながら、だんだん読んで行くと重たい笑素(しょうそ)に襲はれます。〔中略〕読んでいくうちに何だか得体の知れない信用を覚えさせられて来るのです。〔中略〕私は、ファウスタスの演説でも傍聴してゐる見たいな面白さを覚えました。奇体な飄逸味と溢るゝばかりの熱情を持つた化物のやうな弁士ではありませんか。

「とてつもないおしゃべり(アストラカン)」「ファウスタスの演説」「化物のやうな弁士」という比喩からは、「風博士」が過剰なまでのレトリックによってつくられているという面から、牧野が修辞の引き起こす「信用」という問題について注目していたことがわかる。[10]「ナンセンス」さを積極的に受けとめた牧野のこの評言は、作品内の言葉の効果に注目しているという点で興味深いものだ。というのも「風博士」はこの時期における安吾の作品の多くがそうであるように、「諸君」という呼びかけからはじまっているのだが、それは修辞が何ものかへと呼びかける言語活動であることと関連するからだ。

　諸君は、東京市某区某町某番地なる風博士の邸宅を御存じであらう乎？　御存じない。それは大変残念である。では偉大なる風博士が自殺したことも御存じないであらうか？　ない。嗚乎。では諸君は遺書だけが発見されて、偉大なる風博士自体は杳として紛失したことも御存知ないのであらうか？　ない。嗟乎。では諸君は僕が其筋の嫌疑のために並々ならぬ困難を感じてゐることも御存知ないのであらうか？　於戯。では諸君は僕が偉大なる風博士の愛弟子であつたことも御存知あるまい。しかし警察は知つてゐたのである。そして其筋の計算に由れば、偉大なる風博士は僕と共謀のうへ遺書を捏造して自殺を装ひ、かくてかの憎むべき蛸博士の名誉毀損をたくらんだに相違あるまいと睨んだのである。諸君、これは明らかに誤解である。

この「諸君」への呼びかけは、「風博士」の紛失について警察が「僕」にかけた容疑に対する、弁明として述べられている。しかし既に先行論文で指摘されているように[11]、ここで語られている「事実」のほとんどは「僕」の言葉によって告げられている以上、事件の存在自体が「僕」の説明以外に根拠を持たない、不確定なものとしてしか提示されていないのである。それゆえ、「僕」の言葉を聞く「諸君」なる立場もまた警察と同様に、事件の実際については無知な存在として「僕」の言葉を聞く存在でしかありえないだろう。「諸君」と警察とは、「僕」の言葉に対する受け手として、

「僕」の話を信用するか否かという問題においては、同等の立場に置かれているのである。

ここでの警察の推論は、「僕」の言葉を偽のものとして疑いながらその真の動機を読解する存在として描かれていると言えよう。「其筋の計算に由れば」、言葉以前に「共謀」があり、行為以前に「たくらんだ」意図が存在しているのだ。つまりここで警察とは、言葉の流れからプロット（＝陰謀）を再構成することで欲望の次元における行為の主体をつくり出そうとする、解釈者の役割を代行している。警察にとっては「犯罪と犯人とは〔中略〕世界の見失われた部分に相当している」のであり、ここで「警察的知はその欠落を再構成して、世界の全体性を回復してやらなければならない」役割を持たされているのだ[12]。

そのような警察の容疑に対して「容疑者＝証人」としての「僕」は、「常にみずからについて語り続け」、「現実と想像、確かなものと不確かなもの、真と偽の混然とした流れを作り出す」言葉を吐き続けることになる[13]。そもそも、「僕」のひとり語りによって説明されるという形をとるこの作品は、その大部分が「風博士」の身に起こった事件についての証言として書かれているとみなせるだろう。だが改めて言えば、これらの証言はとてつもなく胡散くさい（それがこの作品の喜劇性をつくり出している要素のひとつだ）。にもかかわらずこの滑稽さには、証言することに関するひとつの本質が描きだされている。それはつまり、証言はもはや出来事が眼前のいまここに存在しない時に、そのことが起こったということを示さなければならない、という点にある。この冒頭部分においては、そもそも「僕」なる存在すらも、「諸君」には「御存知ない」言語上の存在として提示されており、ここで描き出されているあらゆる情報は、言語の効果としてしか受けとることができないものとして散りばめられているのである。

何となれば偉大なる風博士は自殺したからである。果して自殺した乎？　然り、偉大なる風博士は紛失したのである。諸君は軽率に真理を疑つていいのであらうか？　なぜならそれは、諸君の生涯に様々な不運を齎すに相違ないからである。真理は信ぜらるべき性質のものであるから、諸君は偉大なる風博士の死を信じなければならない。そして諸君は、かの憎むべき蛸博士の――あ、諸君はかの憎むべき蛸博士を御存知であらうか？　御存じない。噫吁、それは大変残念である。

「僕」の証言は、指示対象を特定できないにもかかわらず、話自体は言葉の指示行為に対する「信」によって進んでゆく。牧野が指摘した「得体の知れない信用」とは、ここに書かれている人物の行動やら事件やらが事実だということに対する「信用」ではなく、むしろ発話が持つ力、それが指し示す矛盾と逆説の次元を認めるという意味での「信用」なのである。

三　「可能の世界」が示すもの

そこからすると、確かにこの作品には、安吾自身が「二十七歳」（『新潮』一九四七年三月）において「風博士」の頃の作品を振り返って述べたように、「文章があるだけ」なのだと言えるかもしれない。しかし逆に考えれば、「文章があるだけ」という状態において言語行為そのものとされる次元を経験することこそが、まさに「風博士」において描かれていたテーマだったとも言える。実際、一九三〇年代の安吾の初期作品には、言葉というテーマが共通に見られる。[14] そのことは例えば自伝風作品である「二十一」(『現代文学』一九四三年九月)において、言葉が「神経衰弱を退治」するために勉強されていたこととも関連していると言えるだろう。

外国語を勉強することによつて神経衰弱を退治した。目的を決め、目的のために寧日なくかゝりきり、意識の分裂、妄想を最小限に封じることが第一、ねむくなるまでいつまでゞも辞書をオモチャに戦争継続、十時間辞書をひいても健康人の一時間ぐらゐしか能率はあがらぬけれども、二六時中、目の覚めてゐる限り徹頭徹尾辞書をひくに限る。梵語、パーリ語、チベット語、フランス語、ラテン語、之だけ一緒に習つた。おかげで病気は退治したが、習つた言葉はみんな忘れた。

この文章は安吾が二一歳の頃、すなわち一九二七年前後のことを回想的に書いたものだが、ここからは、「言葉を用いる」という行為が通常想定されるような意味を共有しうる伝達行為とは異なり、神経衰弱からの治癒という目的において行われていたことが読みとれる。加えて、この時期のファルスとしては「木枯の酒倉から」(『言葉』一九三一年一月)、「霓博士の廃頽」(『作品』一九三一年一〇月)、「金談にからまる詩的要素の神秘性に就て」(『作品』一九三五年七月)などを挙げることができるが、いずれの作品においても「言葉」がそれぞれなんらかの意味で重要なファクターとなっている。例えば「木枯の酒倉から」においては語り手が「瑜伽行者（ヨーギン）」から「詩と現実」についての問答を吹きかけられ、「霓博士の廃頽」では主人公の名前に「坂口アンゴウ」といった言葉遊びが描き込まれており、「金談にからまる詩的要素の神秘性に就て」は、主人公の弁護士が「借金の言訳」を語りたおしていることが言葉にまつわる特徴的な作品として挙げられるだろう。

ここで特に「風博士」における言葉の問題と関連して、安吾が同年に発表している「村のひと騒ぎ」（『三田文学』一九三二年一〇月）を取りあげておきたい。この小品の大まかな筋は、婚礼当日に葬儀をしなければならなくなったとある村の人々がその不都合に頭を悩ませるが、医者の発言により死者の死亡を一日延期することにより丸くおさまる、という話である。その死者を生きていると言いくるめる医者の台詞には、「風博士」における断定的な台詞と比較した際の共通性が指摘できる。

> 「みなさん！　しづまりたまへ！　不肖医学士が演壇に登りましたぞ！　医学士が登壇したからしづまれ！　安心なさい！　（と斯う叫んだが、実は本当の医学士ではなかつたのである）〔中略〕不肖は医学士であるから、不肖の言葉は信頼しなければならん。そこで（と、彼は一段声を張りあげた）医学の証明するところによれば、寒原家の亡者は一日ぶん生き返つたのである！　（と、斯う言われた聴衆は彼の言葉を突瑳に理解することができなかつた）諸君！　偉大極まる医学によれば、人には往々仮死といふことが行はれると定められてある。〔中略〕亡者

は一日ぶん生き返つた！　お通夜は明晩まで延期しなければならんのである！」

ここでは、「亡者は一日ぶん生き返つた」ということが、言葉の意味よりもその効果においてとらえられている。そしてこの物語の最後には、この話を見聞して感激したという「東京で蒼白い神経の枯木と化していた私」が登場し、物語に対する注釈的な感想を述べている。「私」はその直後に村を訪ね、以下のように述懐しているのだ。「そこで諸君は考へる。〔中略〕あの物語はあり得ない、あれは嘘にちがひないと。断じて！　断々乎として！　あれは確かに本当の出来事だ！　〔中略〕それ以来といふものは、あれとこれと、どちらが本当の人生であるかといふに、頭の悪い私には未だにとんと見当がつかないでゐる。ああ」。この言葉からは、「嘘」と「現実」という対立が問題とされておらず、言葉が呼び起こす「本当の出来事」なるものが重要視されていることがわかるだろう。

この、言葉上の「出来事」という問題は、この時期の安吾の他のエッセイにも散見されるテーマだ。例えば「現実主義者」（『文芸通信』一九三六年五月）は、「伝達された事件」というテーマを扱っている点において「風博士」との類縁性が指摘できるエッセイだ。そこで安吾は、新聞報道で騒がれる「実子殺し」や「若妻殺し」といった事件に対し、「写実主義」と「現実」という概念を混同して事件を直ちに「描破せよ」と吠える「当今有名な一批評家」を批判し、文学の役割についてこう述べている。

小説の世界にありましては、それが実際に何時起らうと起るまいと、実子殺しも実父殺しも

若妻殺しも、そも〳〵人間と共に已に可能でありました。〔中略〕
あらゆる行為が錯乱が分裂が矛盾が已に人間と共に可能だつた。そして人間の行動はその現実に於てはむしろ浪漫的非現実的であつたが、優れた文学に於てのみ真に現実的であり我々はそこに人間を発見したといふ、これは単なる逆説でせうか？　人間の現実は小説の亜流だといふことも私は信ぜずにゐられません。

「あらゆる行為が錯乱が分裂が矛盾が已に人間と共に可能だつた」ことに伴うとされるこの「逆説」とは、現在が過去と直線的な因果関係にあるのではなく、ある出来事の性質が可能的な想定において考えられるべきであることを示している。そこから「文学」というものについて、「人間の現実」に起こる事件に対し、むしろそれが存立するためのアプリオリな「可能性」の条件を提示するジャンルとして位置づけている。つまりここでの「殺し」とは、実際の殺人としてではなく、「日常的時間の諸形態や通常の真理の世界をも脱し去っているような、例外的な出来事の物語」なのであり[15]、いわば意識的に整序された時間性とは無関係な出来事としてとらえられているのである。

ここには安吾に特徴的な時間観が表されている。常識的な考えだと、ある事件はその原因となるべき「過ぎ去った現在」としての過去に発生したととらえられるだろう。だがここでは、通常の因果関係において「過去」が占める位置が、「可能」なそれへと変換されているのだ。それゆえ、「人間能力の可能の世界に於て、凡有ゆる翼を拡げきつて空騒ぎをやらかしてやらうといふ」（「FARCEに就て」）安吾のファルスにおいては、探偵小説的な過去についての解釈モデルとは相容れない要素が働いているのだ。

送り手も受け手も不明なままに漂流する「風博士」の言葉においては、証言は事件を証明しなければならないにもかかわらず、継起的な時間の秩序から外れたものとして構想される「可能の世界」においてそれが表現されてゆく。証言はその性質上、真実に送り返される保証がない事態を避けることができない。だがそのことは逆に、証言が過去の真実との関係において不確定たらざるを得ないがゆえにこそ、「可能の世界」との関連において機能している事態が描き出されるのだ。そしてその「可能の世界」自体の現実との関わりを描こうとするのが、安吾のファルスなのである。先の「村のひと騒ぎ」において述べられていた、「本当の出来事」として示された審級は、むしろ「可能なもの」と関わる証言においてこそ「現実」が「伝達」されうるものとしての機縁を持つ、という逆説的な事態を告げているのだ。

四　「目撃者」の使命

「風博士」に戻ろう。そのような事態についての言及は、たとえば「風博士の遺言」においても滔々となされている。

諸君、彼は禿頭である。然り、彼は禿頭である。禿頭以外の何物でも、断じてこれある筈はない。彼は鬘を以て之の隠蔽をなしおるのである。ああこれ実に何たる滑稽！　然り何たる滑

稽である。ああ何たる滑稽である。〔中略〕

諸君、余をして誣告の誹を止め給へ。何となれば、真理に誓って彼は禿頭である。尚疑はんとせば諸君よ、巴里府モンマルトル Bis 三番地、Perruquier ショオブ氏に訊き給へ。今を距ること四十八年前のことなり、二人の日本人留学生によつて鬘の購はれたることを記憶せざるや。一人は禿頭にして肥満すること豚児の如く愚昧の相を漂はし、その友人は黒髪明眸の美青年なりき、と。黒髪明眸なる友人こそ即ち余である。見給へ諸君、ここに至つて彼は果然四十八年前より禿げてゐたのである。

「遺言」とはその性格上、発話主体と切り離された際にそれ自体が執行力を持つ文言である。それは発話主体の不在の状況において、その「意志」を実行しようとする。「風博士」もまた「僕」と同様に、彼の言葉において意味されるものが存在したことを証明しようと試みているが、実際のところ彼が述べているのは、「バスク開闢」についてのいわゆる偽史であったり[16]、「鬘を以てその禿頭を瞞着せんとする」とされる、「蛸博士」の正体暴露に失敗した経緯(「蛸博士」が本当に禿頭だったのかも定かではない)についてのハチャメチャな話ばかりである。だがここでは、証言と遺言が構造的に共通するものとして描かれると同時に、内容の荒唐無稽さにかかわらず、呼びかける行為それ自体としても受けとられている。これらの遺言なり証言なりは、たとえ結果が「無視」されるものであったとしても、行為を触発するという意味においては自らを「伝達」すると言うことができるのである。

小説「風博士」は構成上、「風博士の遺言」から「僕」への呼びかけ、「僕」から「諸君」への呼びかけ、「風博士の遺言」から「諸君」への呼びかけなど、様々な形で言葉が投げかけられ交差することによって、錯綜した形で証言が他の証言を呼んでゆく構造になっている。[17] その証言を受けとった者は、自らの言葉が常に譫言である恐れに取り憑かれながらも、証言を他者へ語り継ぐことを止めることができなくなるのだ。そこでは「風博士の遺言」を受けとった「僕」のように、呼びかけを聞いた者が、その呼びかけを経験した「目撃者」として、「出来事」にとり憑かれてしまうのである。

証言というモメントは、「僕」が「博士」の「自殺」について述べるくだりにおいて最も明示的になるが、「僕」はそこで、「目撃者」としての叙述を行っている。

> 諸君は偉大なる風博士の遺書を読んで、どんなに深い感動を催されたであらうか？　そしてどんなに劇しい怒りを覚えられたであらうか？　僕にはよくお察しすることが出来るのである。偉大なる風博士はかくて自殺したのである。然り、偉大なる風博士は果して死んだのである。極めて不可解な方法によって、そして屍体を残さない方法によつて、それが行はれたために、一部の人々はこれは怪しいと睨んだのである。ああ僕は大変残念である。それ故僕は、唯一の目撃者として、偉大なる風博士の臨終をつぶさに述べたいと思ふのである。

事件に対して目撃者がただ一人しかいないとすれば、目撃者はその出来事が起こったのだということ自体についてまず証言しなければならない。しかしここでも過去に関する証言は、その事象が時間とともに消え去ってしまうために、必然的に指示対象から離れてしまう。「僕」の台詞のなかでは「博士」の「紛失」という「事件」の詳細について、こう述べられている。

> 已にその瞬間、僕は鋭い叫び声をきいたのみで、偉大なる博士の姿は蹴飛ばされた扉の向ふ側に見失つてゐた。僕はびつくりして追跡したのである、そして奇蹟の起つたのは即ち丁度この瞬間であつた。偉大なる博士の姿は突然消え失せたのである。
>
> 諸君、開いた形跡のない戸口から、人間は絶対に出入しがたいものである。順(したが)つて偉大なる博士は外へ出なかつたに相違いないのである。そして偉大なる博士は邸宅の内部にも居なかつたのである。僕は階段の途中に凝縮して、まだ響き残つてゐるそのあわただしい跫音を耳にしながら、ただ一陣の突風が階段の下に舞ひ狂ふのを見たのみであつた。

「風博士」は「戸口」から「外に出なかった」のと同時に「内部にも居なかった」。しかし、それを「目撃」している「僕」は、「風博士」の消失を「内部」からとらえることしかできない。それゆえ、小説「風博士」は、他に「目撃者」がない状態で起こった、他者に伝えようがない経験についての証言を聞く、という事態に内在する問題を描きだすことになる。言葉が証言として現れる際には、言葉が修辞的な問題をはらみながら浮かび上がってくることによって、証言という行為そのものが問題となるのである。

五　接続される言葉

諸君、偉大なる博士は風となつたのである。果して風となつたか？　然り、風となつたのである。何となればその姿が消え去せたではないか。姿見えざるは之即ち風である乎？　然り、之即ち風である。何となれば姿が見えないではない乎。これ風以外の何物でもあり得ない。風である。然り風である風である風である。諸氏は尚、この明白なる事実を疑るのであらうか？それは大変残念である。それでは僕は、さらに動かすべからざる科学的根拠を附け加へやふ。この日、かの憎むべき蛸博士は、恰もこの同じ瞬間に於て、インフルエンザに犯されたのである。

「風博士」の最終部分はこのようにして、落語を連想させるようなオチで締めくくられている。それは「蛸博士」が風邪をひいたという洒落だ。「風」という語と、「インフルエンザ」という語は、文字通りには異なる単語である。この洒落を了解するには、いったん「カゼ」という音へと移行が必要であり、それによってはじめて、意味的に異なる二つの単語がジョークとして成立する。このような音素の次元との接合は、「ＰＯＰＯＰＯ！」「ＴＡＴＡＴＡＨ！」といった「叫び声」や「あわただしい跫音」、また直前の「風である風である風である」といった反復において準備されていたと言えよう。この「カゼ」という音は、作品そのものには明記されていない言い換えの行為として、異なる言葉のオーダー（文字／音）同士の接続が起こされることを示している。このユーモラスかつアイロニカルな結末は、「言葉」と呼ばれるものがこのようにいくつもの要素を持ちうるのと同様に（文字も音も「言葉」と呼ばれる）、「風博士」と呼ばれる存在もまた、様々な異質な諸要素（風、ヴィールス、言葉……等々）によって成り立っていたことを告げている。「風博士」においては、「インフルエンザ」と連接されることにおいて、その言葉をなりたたせることを「可能」とする、無数の要素が浮かび上がってくるのだ[18]。

そもそも、「風博士」で起こっていたとされる諸々の出来事は、「伝達」行為において出来事がそれ自身とは異質な要素と接続されることよってはじめて示されるのだと言える。証言における「伝達」とは、出来事が前提としていた可能性を展開させ、転化させることによって出来事をその他者へとり憑かせてゆく行為なのである。「諸君」への呼びかけは、証言の持つそのような作用を示そうとしているのであり、このような問題は安吾の文章論にも共通して見出すことができる。

小説の部分々々の文章は、それ自らが停止点、飽和点であるべきでなく、接続点であり、常に止揚の一過程であり、小説の最後に至るまで燃焼をつづけてゐなければならないと思ふ。燃焼しうるものは寧ろ方便的なものであつて、真に言ひたいところのものは不燃性の「あるもの」である。

（「文章の一形式」『作品』一九三五年九月）

「伝達」における「接続」によって出来事はどんどん分裂していくことになるが、伝達の一つ一つは出来事にその「可能なもの」を接合し転化しながら伝達してゆく。このような意味において、例えば「未来のために」(『読売新聞』一九四七年一月二〇日)において織田作之助の「可能性の文学」やジッドについて触れながら、安吾が次のように述べていることの意味が判明になるだろう。

まことの文学は、常に、眼が未来へ向けられ、むしろ、未来においてのみ、その眼が定着せらるべきものだ。未来に向けて定着せられた眼が過去にレンズを合わせた時に、始めて過去が文学的に再生し得るのであつて、単なる過去の複写の如きは作文以外の意味はない。

「未来」と接続されることによってはじめて、「過去」が再生する。このような考え方は、過去の事件が現在をつくりだすという因果関係を規準とした時間概念から、安吾が逸脱している点と関連しているだろう。「僕」は「風博士」の存在とその消失という事件について証言しようとしているが、そのような出来事は、証言の経験において自らを砕き投げ届けることによってこそ、それの持つ特異性を指し示すのである。つまりここに逆説があるのだが、出来事の還元不可能性は、異質なものとして自らを形成することにおいて、はじめて自らを「伝達」するのだ。「風博士」の消失とそれに関わる証言の経験は、出来事の個体性が伝達されつつそこにおいて形成されてゆく過程が生む、言表行為の問題を描き出しているのである。

第三章　坂口安吾と「新らしい人間」論

一　一九三〇年代の坂口安吾

一九三〇年代の安吾の活動と同時代の世界情勢の関係に目を向けてみたとき、ソビエト連邦という名称が結びつけられて論じられることはこれまでないに等しかったと言える。[1] しかし安吾は戦後、自身の青春時代を回想した「暗い青春」（『潮流』一九四七年六月）で次のように書いている。

戦争中のことであつたが、私は平野謙にかう訊かれたことがあつた。私の青年期に左翼運動から思想の動揺を受けなかつたか、といふのだ。私はこのとき、いともアッサリと、受けませんでした、と答へたものだ。

受けなかつたと言ひ切れば、たしかにそんなものでもある。もとより青年たる者が時代の流行に無関心でゐられる筈のものではない。その関心はすべてこれ動揺の種類であるが、この動揺の一つに就て語るには時代のすべての関心に関聯して語らなければならない性質のもので、一つだけ切り離すと、いびつなものになり易い。

私があまりアッサリと、動揺は受けませんでした、と言ひ切つたものだから、平野謙は苦笑のていであつたが、これは彼の質問が無理だ。した、しなかつた、私はどちらを言ふこともでき、そのどちらも、さう言ひきれば、さういふやうなものだつた。

安吾はここで平野の質問に対する回答として、戦前の左翼運動から動揺を「受けなかった」と言い切りつつも、一方で「時代のすべての関心に関聯して語らなければならない」と語っていることは見逃せない。確かに安吾が語るように、彼の思想と「左翼運動」の関連を直接的に語ろうとすると、かえって「いびつなものになり易い」とも言える。だがこの言葉は、「時代のすべての関心」からの影響があまりに複雑で多岐にわたっていたためのエクスキューズであるとも受けとれるのではないだろうか。そのことを考えることなしには戦前の安吾の問題は語り得ないはずだ。

「暗い青春」で語られている「青年期」とは、葛巻義敏らアテネ・フランセの同窓生たちとともに安吾が『言葉』(一九三〇年一一月~一九三一年一月)や『青い馬』(一九三一年五月~一九三二年三月)といった同人誌の執筆・編集をしていた時期のことであり、安吾のフランス語学習時代と共産主義運動からの「動揺」を受けたと語っている時期は重なっている。実際、後に見るように、この時期に安吾はフランス語文献の受容を通じてソビエトの動向に関心を持っていた。この章では、ソビエトから受容された言説を安吾の言説と比較検討することで、両者に共有された時代的なモチーフを浮かび上がらせたい。さらにそれらに共通の言説の布置を出発点とし、「新らしい人間」の誕生によって「人間」の構成要素が変化する——という、安吾が批判的に摂取していたモチーフが三〇年代から四〇年代初頭においてどのように変奏されていったかを論じてみたい。

二　坂口安吾とソビエト——「新らしき性格・感情」

一九三三年五月に創刊された雑誌『櫻』誌上において、安吾は「新らしき性格・感情[2]」という文章を発表した。その中で安吾は、フランスで刊行されている文芸雑誌『NRF』に掲載されていた、イリヤ・エレンブルグ[3]のソビエト五ヶ年計画に関するレポートについて述べている。

> 最近私は、N・R・Fの新年号に於て、イリヤ・エレンブルグが「青年期ロシヤ」といふ一種の報告書を寄せてゐるのを読んだ。U・R・S・Sも生誕十五年をむかへてゐる。あそこでは、学生達は学ぶことの報酬として給料を貰ひ、その給料で老いたる両親を扶養することも出来るらしい。こんなに我々とかけ違つた方法で成人した若いロシヤの青年達は、彼等の性格に於て、心理に於て、まるで変つた人間が育ちはぢめてゐるのではないか?〔中略〕私は興味をもつて読んだ。

この安吾の記述からは、革命後のソビエトは教育制度や生活環境が従来とは全く異なるものとなったことを原因として、それまでと性格的・感情的に「まるで変つた」異質な人間が成長している可能性に関心を持っていたことが読み取れる。ここで言及された「青年期ロシヤ」という「報告書」とは、『NRF』一九三三年一月号に掲載された「JEUNESSE RUSSE」[4]という記事である。この「JEUNESSE RUSSE」とは、一九二七年から実施されていた第一次五ヶ年計画の成果について、エレンブルグが一九三二年にソビエトを訪問した折の記録である。この報告はエレンブルグ自身の筆による「序文」、学生たちとの対話、そして私信の三部からなっているが、「序文」においてエレンブルグは次のように書いている。

ソビエトのエンジニアは石炭や鉱石の新たな鉱脈を探す。ソビエトの作家は新たな感情の鉱脈を探す。彼は新たな人間を探すのだ。

一五年、それは一国の経済が変化するのには十分に長い期間である。人間の心理を変化させることは特に一層難しい。〔中略〕私は新しい人間達が真に創造された革命を見た。私はまた、その新しい人間達がいまだかなり古い感情を抱いていることも見た。過渡期というものはいくつもの年代の上に積み重なるものであり、我らの子供達はいまだ、疑いからも矛盾からも解き放たれてはいない。

エレンブルグは、第一次五ヶ年計画により、それまでに存在しなかったような「新たな感情」を持つ「新たな人間」が誕生する、というテーマに関心を持っていた。彼は五ヶ年計画における教育・労働環境の変化を「新しい人間達が真に創造された革命」とみなし、留保をつけながらも、その「革命」自体は成功したとレポートしている。

しかし安吾は「新らしき性格・感情」において、このエレンブルグのレポートの内容を読んだ際に「失望」したと書いている。

> 生憎、報告書の内容は私を失望させた。彼等の性格も心理も、まだ我等のま丶である。空疎な概念として心理の変化を主張してゐても、まだ身についてゐない。中には、嫉妬や感情は、如何なる制度の変化の中でも、消滅したり変つたりすることはあるまいと述べてゐる学生達も多かつた。

安吾にとって、エレンブルグが言及していた学生たちの発言は中途半端に「古い感情」を保持しており、「人間の変化」への試みは成功とは評価しがたいものであった。とりわけ彼が不満だったのは次のことであった。

> 極めて急進的な、人間の完全なる変化を力説する一学生は述べてゐる。人間には社会感情（サンチマン・ソシャル）と動物感情（サンチマン・ビオロヂック）とがあるが、ソビエットに於ては、動物感情は次第に消滅して、人は全て社会感情によつて行動するに至るだらうと。
> 社会感情とは恐らく理性を言ふものらしい。そして動物感情とは、嫉妬や愛情などの超理性的な感情を言ふのである。

私は軽卒に否定することも差控えるが、さりとて軽卒に賛同することもなりがたい。

彼は、「社会感情（サンチマン・ソシャル）」が「動物感情（サンチマン・ビオロヂック）」を消滅させ、それによって別種の人間が誕生すると語る「人間の完全な変化を力説する学生」の発言をとりあげている。安吾はこの意見に対し、「軽卒に否定する」ことはしていないが、かといって賛成もせずに態度を留保している。「JEUNESSE RUSSE」の原文中では、この「学生」の言葉は、「愛について *Sur l'Amour*」とタイトル付けされた一節に見出せる。

> **学生**――私にとっても、愛は単なる生物学的なものです（Pour moi aussi, l'amour est seulement biologique.）。その外には、私は何もわかりません。この土台の上に、人は残りの全てを築くのです。〔中略〕
>
> **学生**――もし男性が女性に注目されるためにうまくやりたいと思うならば、彼は何かを良くしようとするだろうし、いっそう教養を持とうとすることになるでしょう。
>
> 　愛が生物学的な感情でしかないと言うことはできません（On ne peut pas dire que l'amour n'est qu'un sentiment biologique.）。かってはそのように認められていたことがありました。女性が肉体的に美しいために男性に好かれるような田舎においては、いまだにそうであると確認できるでしょうが。
>
> 　しかし、教養のある人間において、同じ状態はあり得ません。愛は単なる性的な感情であっ

てはなりません。

ここから、安吾が、「愛」が「生物学的な感情（un sentiment biologique）」かどうかを議論していた箇所から「サンチマン・ビオロヂック」という言葉を取ったことが分かる。だがこの sentiment biologique という言葉を「動物感情」と訳すことは、通例あり得ないはずである。[5] これは「生物学的な感情」と訳すべき語であり、この安吾の訳は一種の誤訳だとすら言える。しかしそれでは、どうして安吾は「生物学的」と訳すべき biologique という語を「動物」と訳してしまったのだろうか。この理由は実は、安吾の「新らしき性格と感情」に関する思想と結びついている。だがそれについて述べるためには、まず同時代のソビエトの五ヶ年計画と当時の生物学をめぐる言説の布置を確認しておく必要がある。次節でそのことについて論じた後、安吾の問題に戻ることにしたい。

三　「環境」という問題圏

一九三〇年代初頭のソビエトの思想は本国よりも数ヶ月遅れ程度で紹介されており、[6] それは自然科学の分野でも同様であった。例えば笹川正孝は、五ヶ年計画における科学の役割の紹介記事において、一九三〇年に次のように書いている。[7]

マルクス主義の理論は、かうした動物社会の範疇を人間社会に適用しようとする奇怪な形而上学的理論〔「ブルジョワ学者達」による適者生存説の市場への応用〕を排斥する。生物学的範疇としての人間は、労働を媒介として自然に働きかけた瞬間から動物的過去から逃れ出て、文化的社会的階段の上に登ってきたものである。この遠い過去の瞬間から、人間社会に動物社会の生活法則を適用することを許すべからざるものとしたのではないか。

ここではマルクス主義における「科学」の課題が説明されている。それは、「生物学的範疇としての人間」が「労働」によって「動物的過去」の段階から「文化的社会的」な段階へと揚棄される、というプログラムであった。即自的な存在としての「動物」がその状態を脱し、「人間社会」を形成するという問題提起がここからは読みとれるだろう。

留意したいのはここで、「生物学的範疇」における「動物」と「人間」という概念の対比が見られることである。このことについてより詳しく見てゆくために、当時のソビエト生物学の理論を紹介していた媒体についても見ておこう。中村禎里によると、一九三〇年前後に「マルクス主義の立場から、正統遺伝学にたいする体系的な批判を、日本で最初に開始したのは、唯物論研究会に所属していた生物学者および哲学者たち」であったとされる。[8] 唯物論研究会が発行していた雑誌『唯物論研究』[9]には自然科学者が多数参加しており、また掲載された論文数においても、かなりの数を生物学系が占めていた。[10] 例えば、『唯物論研究』の中でも主導的な役割を果たした論者である石井友幸と石原辰郎との共著『進化論』[11]において石井は、「動物学的或は医学的」なものと「社会的――階級的なもの」を対比しつつ次のように述べている。

人間の諸性質（形態学的及び生理的性質）は、それだけを機械的に社会的環境から分離して研究するときは、全く動物学的或は医学的対象でしかないのであるが、もし吾々はそれらのものがどの様な條件の下に於て与へられてゐるか、その活動の條件は何であるかについて考へるときは、それは全く社会的——階級的なものが規定的である事を知るのである。それ故に人間に於ける「生物学的研究」は、「生物的なもの」をただそれだけをとりだして研究するだけではなく、それをあるがままの姿に於て全体的関聯に於て社会生物学的見地から研究することでなければならない。（傍点原文）

石井は社会的環境の条件と階級的な規定性を結びつけ、それらと「生物的なもの」とを関わらせつつ考察するべきだと主張しながら、次のように述べている。

人間に於ける「生物的なもの」と「社会的なもの」とが、各個に、また相互的関係に於て、どの様に遺伝し、様々の社会的條件によつてどの様に変化し発展するものであるかは是非研究されねばならないところの重要な問題である。かくの如く人間に於ける「生物的なもの」は社会の発展と共に「社会的なもの」に高められ、それによつて制約され規定されるのである。

ここでは「生物的なもの」と「社会的なもの」という対比において、「人間の変化」を論じるという図式が主張されている。安吾が「サンチマン・ビオロヂック」を「動物感情」と訳した背景には、このように「生物的なもの」と「動物」性を重ね、かつそれが「社会的なもの」へと進化する言説が存在していた。「生物学」において「動物」性と「人間社会」を対として語る言説は、安吾だけの問題ではなく、むしろソビエト経由の生物学に対する当時の理論的受容と並行したものだった。

このような問題意識は、当時のエンゲルス『自然弁証法』の強い影響下にあった。ダーウィンの進化論における「種」としての「人間」のとらえ方や、人間が生産技術を媒介として「環境」との相互作用を起こしつつ「自然」へと介入することで進化する、という発想は『自然弁証法』に見られるものである。[12] 例えば梯明秀は『唯物論研究』誌上において「自然の変化」に伴う「人間の進化」の問題を積極的にとらえ、さらにラマルクの「獲得形質の遺伝」説を持ち出しつつ、「完全なる社会組織をもつものとしての自由王国において、生産過程のあらゆる自然的契機が、したがつて人間自体の自然性もまた合理化さるべきこと」を主張している。[13] ここでは、「弁証法」を「生物」としての「人間」に適用した結果、「人間」の内に存在する「自然」こそがまさに合理的に変化すべきものとして考察されているのである。

また、当時における生物学の言説で注目されるのは、人間の進化は「環境」の変化と連動するとされている点である。石井は「生物の解釈――生物学の内容について」[14] において、「例へば今こゝにある生物を正しく理解するためには、先づそれがどの様な環境の中に、他の生物とどの様な関係に於て生存してゐたか。また現にもつてゐるところの様々な（生理学的及び形態学的）性質はどの様な進化の過程を経て獲得せられたものであるか」を研究しなければならない、と説いている。

このような問題意識は、当時のソビエト生物学においては「優生学」に対する批判としても提出されていた。一九三〇年代の生物学において「環境学」という語は「生物や児童の「遺伝因子の伝わる方式や突然変異の作用が、環境により如何に促進・抑制・変化するか」、つまり、「遺伝の対極としての環境の学」として捉えられていた[15]」のである。石原辰郎は、「生物有機体説と社会有機体説[16]」において「環境」の役割を無視する学説を「ファッショ的生物学」と呼び、石井は「遺伝学と唯物論[17]」において、「優生学」が提唱する「変化は生得的なものである」というテーゼを批判しながら「環境」を変化の重大な要因としてみなし、戦後のルイセンコ学説へと関係する学説を築いていくことになる。

この時代、「環境」というテーマは進化論と結びつきつつ、生物は外部の要因では本質的な変化をしないとする「正統遺伝学」的な理解と対抗的に論じられていた。社会環境が「人間」を進化させるという思想は、アメリカにおける「資本主義の中での適者生存」という俗流ダーウィニズム理解へのアンチテーゼとして唱えられてもいたのである。

つまるところこの時代のソビエトの理論を吸収していた言説は、生物学を担保としつつ、「環境」との関係において、「動物」的段階から脱した別種の「人間」が生まれてくるという発想を構築していたのである。そして、それはソビエトの五ヶ年計画を背景とする、国家の「社会環境」の整備と軌を一にするものであった。

四 「理知」と「動物」――『吹雪物語』

「生誕十五年のロシヤでは急速に変化を断定することはできぬ。環境の力は必ず人を変化させる。やがてロシヤの人々は変化しよう。だが、その程度が問題である」と「新らしき性格・感情」において述べていた安吾は、前節で論じたような議論に対して同時代的な応答を行っていた、と考えることができる。しかし繰り返すと彼は、「環境」の力による「人間」の可塑性について否定的ではないが肯定的でもない、という両面的な反応を示していた。そして「環境」の影響を否認しつつも、安吾にとってこの「人間の変化」というテーマは、以後の評論において引きつづき現れてくることになるのである。

安吾はこれより後、より内在的な形で引き起こされる「人間の変化」を重要視する、という論旨を何度も繰り返し展開してゆく。「新らしき性格・感情」においては、「環境」による変化とは異なる形で起こる「動物感情の死滅を空想しうる一つの場合」について触れ、「人間から「死」が完全に取り去られたとき」にこそ「新らしい理性的生物」が誕生するはずだと述べている。安吾はこの時点では、「超越」的な「死」という概念が、「文化」や「制度」といった「環境」を作り出す原因だと主張しており、それゆえ「死」の概念を克服することこそが、「新らしい理性的生物」の誕生と関係するはずだと語っていた。

しかしその後、この認識は変化してゆく。例えば一九三五年三月発表の「悲願に就て[18]」を見てみよう。この評論ではまず、アンドレ・ジイドが行った講演「一つの宣言」[19]が取り上げられている。

習慣的な人間観に抗して、人間の絶えざる再発見に努めてきたジイドは、ソヴェート聯邦に於て制度が人々を解放したばかりでなく、たうとう人間そのものを革めつつある事実に直面して、人間の発見もしくは改革が個人的な懊悩や争闘から獲られるばかりでなく、制度の変革からも獲られることを率直に認めた。

ここでも安吾は「人間の発見もしくは改革」というテーマについての関心を述べている。[20]だが同時に「環境」が人間の変化を左右するという論旨からは、「ファッショ」的な「環境」を整えることでファシスト的な「新らたな人間」が作られてしまうことを危惧し、安吾は「自らの実体を摑もう」とする「悲願」を押しつめるあり方の方により本質的な「変化」の要因を求めている。「新らしき性格・感情」において見られた「死」の超越性の克服というテーマは、「悲願に就て」では理性を徹底化させつつ生き抜くというテーマへと変奏され、それによる「新らしい文学」や「新らしい倫理」の誕生を期待することに結びつく。「この漠然とした哀愁は畢竟するにその漠然とした形のまま死か生かの分岐点まで押しつめ突きつめて行くよりほかに仕方がない悲しさなのだ。その極まった分岐点で死を選ぶなら、それはそれで仕方がない。併しもし生きることを選ぶなら、(選ぶといふよりもそのときには生きる力と化するのであらうが)まことに生き〳〵した文学はそこから出発するのだと私は考へてゐる」。

「新らしい人間」への関心はその後も安吾の文中に持続的に見られ、翌年の「文藝時評[21]」においても「新らたな人間」の誕生への期待を書いている。また「一家言を排す[22]」においても同様のモチーフを繰り返しながら、以下のように語っている。

我々の理知的努力と訓練により、また人間性の深部に誠実な省察を行ふことにより、早晩我々の世界からかゝる動物的な非論理性を抹殺し、肉体的な論理によつて正当な論理を瞞着し圧倒することの内容の空虚を正確に認識しなければ、人間の真実の知的発展は行はれ得ない。過去において社会制度は幾度か変遷した。然し人間は殆ど変りはしなかつた。漸く変りかけてゐるのである。

ここでも「社会制度」に一応の変化の要因を認めつつ、人間が「動物的な非論理性」の段階から「変化」するために重要なものは「理知的努力」である、と語られていることが分かる。この時期の彼にとって「理知」とは、人間に「変化」を導くものとして位置づけられていたのである。

このような「理知」と「変化」の問題を小説において取り扱い、「新らたな性格新らたな悲哀の出発を暗示する[23]」テーマを集大成的に描いた作品として、一九三八年七月に竹村書房から発行された書き下ろしの長篇小説『吹雪物語』を取りあげたい。安吾にとって『吹雪物語』の執筆が極めて重要な意味を持っていたことは様々なエッセイから読みとることができるが、特にここでは『吹雪物語』の構成に当時の「環境」論に対する応答・批判を見出し、かつ「動物」から「人間」への「変化」というテーマ設定がこの小説において如何なる困難に突き当たったか、という点に焦点を絞って見てみよう。それ故ここでは、登場人物のうち青木卓一、その叔父の田巻左門、卓一の部下である木村重吉の三人に特に注目してみたい。

この小説は冒頭でまず、「一九三×年」＝一九三〇年代の「新潟」が、「世界大戦」や「大震災」以降、「日本中の都会の顔」と同様に都市の環境が激変した場所であることに言及している。そして直後に登場する青木卓一は、新潟への帰郷の理由を次のように述べる。

「僕に抱負はないのです。生活が、ひとつの旅行にすぎないのですね。生活の変化。環境の変化。それを一途に考へてゐたのです。環境を変えさえすれば、すでに道がひらけてゐる理窟なのだ、と今も信じてゐるのです。そして、流されてきたのです。思ひ通りに仕事を運んだり、変化させやうといふのではなく、仕事の通りに自分を変え、順応しようといふのですね。阿呆のやうに暮らすつもりにほかなりません」

卓一は、帰郷に際して「環境の変化」というモチーフを意識していたと語っている。しかし、「順応」という言葉や「阿呆のやうに暮らすつもり」という彼の言葉からは、「環境の変化」に応じて自身が変化することに対して、皮肉な態度をとっていることが示唆されている。「環境」による受動的な「変化」に対しての卓一の批判的な態度は、以下のような彼の台詞からも読みとれる。

意志によつて変化せしめられることなく単に環境に押し流された人生だとか、あるひは又意識の内部に意志の悪闘はあつたけれども意志の表現の不足した人生は、たとひ百年のすべての時間を占めてゐても、結局在つて無きが如きものだと思ひたいのだ。〔中略〕たとへば我々の性格だ。性格は我々にとつて宿命的なものではない。我々は意志することによつて性格を作り変へることもできるので、ある人の一生がその性格に負けたとすれば、その人の生活が意志的でなく、知的でなく、そして不誠実であつたと言ひたいのだ。

卓一は「環境」に対して「意志」による変化を対置し[24]、それによって「性格を作り変へることもできる」と述べているが、ここには「新らしき性格・感情」におけるモチーフと通底する問題意識が見られるだろう。彼は「環境の変化」の影響を認めながらも、それとは異なる変化のあり方を重視しており、そのテーマはここで「加工」という言葉と結びつけられ語られている。それは、「原始の形態はとにかく不快だ。とにかく加工が必要なのだ」という卓一による独白や、以下のような説明に表されている。

「人に必要なのは、常に絶えざる加工だね。人の努力に価するものは、加工がすべてであり、また巧みな加工のみが、真実の名に価するものであらう」と、卓一は常に言ひ言ひしたものだつた。すくなくとも、新潟にゐたころの卓一は、原始の姿と自然を憎み、一途に加工の人生を愛し、求めてやまぬ風であつた。

卓一は、人間の性格や感情の「加工」を求める人物として描かれている。彼にとっては、「環境」の条件のままに育った、何らの人為的努力を行わない性格や感情は「原始の姿と自然」と呼ばれ、「加工」という問題と対立させられているのである。

そして、この「加工」を行うための大事な要素として、卓一は「言葉」というものを挙げる。「愛も、憎しみも、嫉妬も、育てる言葉が違つてくれば、まるつきり変つた相になるだらうね」と述べ、「言葉」とは「字義は曖昧だが、場合によつて、思想とか、概念といふ意にとつたら、あるひはいくらか分かり易い」ものだと説明する。[25] 同時代のソビエト生物学的な言説が述べていた、「環境」のように生物にとって本性的な次元における変化を引き起こす要因は、むしろ卓一にとっては「言葉」と呼ばれる、思想や概念としての「理知」的なものに与えられているのである。

一方、「理知」による「加工」を重視する卓一とは逆に、「原始の姿」や「自然」を最も体現している人物として、田巻左門の存在が挙げられる。左門は自らの身の回りの「環境」について、「このままの現実にとりかこまれ」たまま、「常に変りなく生きながらへてもらいたい」ということを最上の欲求として語る人物であり、意志的な変化を自らに拒む故に卓一とは対極的な人物として描かれている。彼は失踪した義理の娘である文子を探して街を彷徨うのだが、途中で入ったバーにたむろしている女性たちを目の当たりにして、文子だけは「頽廃」していないはずだと考える。ここで左門は、文子の失踪という事実に直面しても現実に対する自らの認識を変化させようとせず、自己の現状を維持しようとしている。そのような彼は、「その一生」を「観客」の立場へと押しこめられた人物であると小説中で形容される。

その夜の左門の経験は、見やうによれば、彼の最後の饗宴にいかにもふさはしいものであつたといふことができる。その一生が三階席の隅つこに押しこめられた観客にすぎないところの左門であつた。いかにもそれにふさはしい痩せこけそして蒼ざめたこの現実の、然しいはばひとつの豪華なスペクタクルを見たのである。

左門は「現実」の単なる観察者として「三階席の隅つこに押しこめられた観客」であり、最後は自らを「観客」としての生き方へと位置づけてゆく「スペクタクル」に囲まれ、死んでゆく。卓一と左門との対比においては、卓一は「理知」による「変化」をモチーフとしており、一方左門には「ありのままの現実」としての「環境」からの受動的な「変化」、というモチーフが託されているとみなせるだろう。

だがここでもう一人のキーパーソンとして、卓一の勤め先の新聞社の部下である木村重吉の存在を挙げておきたい。彼は登場後すぐに「なにか一種動物的な近親感をみなぎらせながら、異様に内気な方法で、執拗な厚意を卓一に向けはじめ」たとあるように、その「動物」性が強調される人物である。

木村重吉は卓一の子分のやうに振舞ふことが好きだつた。〔中略〕編輯長に媚びることの打算気はなく、性格的なものであると、卓一は思つた。

卓一は、そのやうな人間関係に、殆んど好感がもてなかつた。いはば弱小の動物が、強大な動物に寄せるやうな愛情と圧服をもつて近づいてくるのだ。理知の支配が不足してゐた。そのやうな動物的な人間関係は、不快でもあるし、また一面不気味なものだ。

だがここで重要なのは、はじめ重吉が「動物的」な感情、すなわちいわば「ありのまま」の「原始的な」感情を持った男として描かれているにもかかわらず、最後には卓一を相対化する存在として描かれてゆくことである。小説の後半へと進むにしたがい、重吉は「理知」を重視する発言を繰り返してゆくようになるのだ。例えば物語の終盤において、自らが「自然の子供で満足と思つてゐる」と語る嘉村由子に対し、次のように重吉は語る。

「けれども人間はとにかく理知があり意志があり、そして当然な打算や計量が生活の基礎ではないですか」木村重吉はやや呆れた面持ちだつた。「人間だけは自然の子供ではないやうに思へるのですが。「あなたのやうな理知的な人が――」彼は唸つた。「人間だけは自然の子供ではないやうに思へるのですが。自分の生涯がそんな儚いものに思はれたら、生きるにも寄辺なくて堪えられなくはありませんか」

このように彼は「理知」的な立場を支持する発言を行ってゆくことになる。小説の最後になると、重吉の卓一への好意の理由について「卓一の生き方は、たしかに用語をひきずつてゐる激しさがあつた。木村重吉は、その卓一が好きだつたのだ」と語られている。つまり、重吉は「動物」的なものを保持している存在でありつつ、同時にその「動物」性こそが「理知」的な卓一の姿を求めていたことが明らかにされてゆくのである。
重吉とは逆に、小説が進んでゆくとともに、卓一の「理知」の中には「動物」性が発見されてゆくことになる。小説の中盤で卓一は古川澄江に求婚し、一端受け入れられるが、澄江は体を許さないまま結局「新京」へと去ってゆく。その理由について、澄江は次のように述べている。

「私怖いの。だつて……」冷めたい男。冷めたい理知。まるで獣に理知を与えてしまつたやうに羞恥も感傷も持たない冷めたい野蛮な男だもの。メスのやうに冷酷なその眼の前に裸体を見せることが怖しかつた。

澄江は卓一を拒んだ理由の一つとして、彼が「まるで獣に理知を与えてしまつたやうに羞恥も感傷も持たない冷めたい野蛮な男」だからと語っており、言葉の通り、これ以降、「理知」による「加工」をモットーとする卓一自身の中にこそ「動物」性が描かれてゆく。澄江が去った後、卓一が嘉村由子と「くちづけ」をするシーンでは、それまで自分が「理知」によって「加工」すべきだと考えていた「自然」が自分の中に存在することを見出し（「我も亦自然の子」）、卓一は絶望を深める。さらに物語の最後では、卓一が「おでん屋の娘」の家に夜這いに行っていた噂が広まり、重吉にも「どこに加工があるのだらう」と呆れられることになる。
つまりこの小説においては、「動物」性と「人間」性をそれぞれ表していた人物のモチーフが互いに交錯してゆくのである。「動物」的な感情を持つ木村重吉が「理知」性への好意を強めてゆくのと相反して、「理知」的な「加工」を望んでいた青木卓一には、自らの「理知」そのものが「動物」性に支えられていることが見出されてゆくことになるのだ。

そして小説は終盤、舞台である新潟から木村重吉を残して誰もいなくなってしまう。最後は、変化への努力の「虚しさ」に嘆きを感じた重吉が東京に逃げ、「名人の至芸」という「スペクタクル」的なものを鑑賞しようとするシーンで『吹雪物語』は終わる。


ひとつ東京へ走つてやらう。彼は心をきめてゐた。そして名人の至芸を見よう。恐らく心は、泪を流してしまふであらう。内にあらゆる波瀾を抑えた不動の静寂を見るがいい。その静寂と、その感動で、沢山なのだ、と。

そして期日の前日がくると、彼は社へ欠勤のことはりもせず、同僚にすら一語も語らず、東京行きの列車に乗り込んでしまつてゐた。——その木村重吉に、入場券が売切れだつたら。これは作者の意地の悪いいたづらである。呵々。


ここで突如「作者」が現れ、重吉が「スペクタクル」のなかへ退場し切る事態を許さないことをほのめかしつつ、小説は打ち切られる。つまりこのラストは、「動物」性と「理知」的な努力が相互に貫入しあっているという事態が暴かれてしまうことで、「理知」が「動物」的なものを「人間」へと格上げする試みが座礁したことを示していると言えるだろう。

つまりこの小説には、「動物」から「人間」への変化という、同時代にも共有されていたパラダイムそのものの頓挫が刻まれていると言えるのだ。しかしながらここで、「動物」性を「人間」化するという経路が座礁した後でも、「変化」への望みそれ自体については「作者」が最後まで消すことができないように書かれていることは、見逃すことができない。この「変化」というテーマは、その後どう形を変えて引き継がれていったのだろうか。

五　転回――「ラムネ氏のこと」

後に安吾は『吹雪物語』について、自らの意図を裏切った失敗作だったと述べている。[26] しかし、『吹雪物語』の再版時に振り返った「再版に際して[27]」において、彼が次のように書いていることに注目したい。

この本を出版後の東京における一ヶ年の荒れ果てた生活、次に利根川べりの取手といふ町の一ヶ年の流浪生活、それから更に一ヶ年、小田原に於ける流浪、私の魂が流浪し、さまよひ、淪落の底にまみれて、ともかく私が多少とも新らたな発足を新らたな視野を自覚し、表現し得たのは、三年の後のことであつた。

この証言は戦後になってからのものであるが、自らの「意図」をはるかに裏切るものとなってしまった『吹雪物語』に対して、「新らたな発足新らたな視野」の出発点なるものを記していることは非常に興味深い。『吹雪物語』刊行の三年後というと一九四一年になるが、その頃どういう変化があったというのだろうか。ここで特に注目したいのは、『都新聞』にこの年の一一月二二日から三日間にわたって掲載されたエッセイ「ラムネ氏のこと」である。

安吾が「流浪」していた小田原での生活時の話から書き出されている「ラムネ氏のこと」には、ラムネ瓶に玉を入れることを発明したのが「ラムネー氏」かどうか、という話題が出された後で、次のように語られている。

> 全くもつて我々の周囲にあるものは、大概、天然自然のまゝにあるものではないのだ。誰かしら、今ある如く置いた人、発明した人があつたのである。

ここでは「我々の周囲にあるもの」という形で、それまでの安吾において役割を留保されていた「環境」の問題が再構成されており、それがかつては「理知」に託されていた、「加工」というテーマと直接つなげられていることがわかる。すなわち、『吹雪物語』までは見られた「環境に規定され変化する動物」対「生物を加工する理知」、という二分割的な図式がここでは破棄されているのだ。「我々の周囲にあるもの」はすべて「天然自然のままにあるものではない」とすることで、周囲の存在すべてが常に既に「加工」のプロセスの途中にあるものとしてとらえられているのである。そしてその実例として、「三百何十年前」の「伴天連」が「アモール（ラヴ）」という概念を「翻訳」する際の困難について語っている。

不義はお家の御法度といふ不文律が、然し、その実際の力に於ては、如何なる法律も及びがたい威力を示してゐたのである。愛は直ちに不義を意味した。

勿論、恋の情熱がなかつたわけではないのだが、そのシムボルは清姫であり、法界坊であり、終りを全うするためには、天の網島や鳥辺山へ駈けつけるより道がない。

愛は結合して生へ展開することがなく、死へつながるのが、せめてもの道だ。「生き、書き、愛せり」とアンリ・ベイル氏の墓碑銘にまつまでもなく、西洋一般の思想から言へば、愛は喜怒哀楽ともに生き〳〵として、恐らく生存といふものに最も激しく裏打ちされてゐるべきものだ。然るに、日本の愛といふ言葉の中には、明るく清らかなものがない。

安吾によるとかつての日本では、「愛」という「言葉」＝「思想・概念」はただちに「不義」を意味したにもかかわらず、やがてそれが「アモール（ラヴ）」という「言葉」の影響により変化していったとされる。ここで安吾は、これまでそれ自体の変化については言及していなかった「理知」そのものを、変化の対象として考察しているのだ。すべてが「加工」のプロセスのなかにある世界においては、人間の「知性」のあり方もまた「感情」のあり方と同様、「加工」において形成される。『吹雪物語』までで見られたような、「知性」を持った主体が「動物感情」を変化させる、という発想とは異なり、「知性」そのものが形成物であるという考えへと発想が転回しているのである。

そしてさらにここでは、「理知」や「感情」のあり方を両方とも規定するものとして、歴史的・社会的に形成された「不文律」なるものの存在が言及されている。「不文律」とは、「愛」＝「不義・

死」といった連想のように、社会的現実的なものと関わりつつ、知性や感情のとりうる可能性そのものを規定してしまう威力を持つ「掟」だとされる。それに対し、伴天連たちは、「アモール（ラヴ）」の意味を伝えるために、「御大切」という語を「発明」した。つまり「御大切」という表現を用いることによって、「愛」が死ではなく生存を意味することが可能となったとするのである。安吾は、「不文律」が考えることを不可能にしていた、新たな「生存」のあり方へと向かうための「発明」を行う可能性を、伴天連の翻訳行為から見出そうとしているのだ。安吾は続けて、このような話は過去の問題ではないと述べる。

私は然し、昔話をするつもりではないのである。今日も尚、恋といへば、邪悪な欲望、不義と見る考へが生きてはゐないかと考へる。昔話として笑つてすませるほど無邪気では有り得ない。

愛に邪悪しかなかつた時代に人間の文学がなかつたのは当然だ。勧善懲悪といふ公式から人間が現れてくる筈がない。然し、さういふ時代にも、ともかく人間の立場から不当な公式に反抗を試みた文学はあつたが、それは戯作者といふ名でよばれた。〔中略〕いはゞ、戯作者も亦、一人のラムネ氏ではあつたのだ。チョロチョロと吹きあげられて蓋となるラムネ玉の発見は余りたあいもなく滑稽である。色恋のざれごとを男子一生の業とする戯作者も亦ラムネ氏におとらぬ滑稽ではないか。然し乍ら、結果の大小は問題ではない。フグに徹しラムネに徹する者のみが、とにかく、物のありかたを変へてきた。それだけでよからう。

「現在」も思考や感情を無意識に拘束しながら「人間」のあり方を形成している「不文律」とは異なる、新たな生存を可能にするための表現の「発明」を行ってゆくこと。ここに、安吾は「文学（戯作者）」の使命を見出している。文学において「愛」のあり方を「シムボル」的に規定している（「清姫」のような）話とは異なる、新たな生存のあり方を表現することは、この意味で「人間」の生存の様態を変化させることへ繋がってゆくのである。「生存」のあり方についてのそれ以上の追求を不可能にしている、社会的歴史的に形成された「不文律」に対し、新たな「物のありかた」を可能にするための「発明」を行い続けてゆくこと。これこそが、ソビエトの生物学的言説を批判的に受容したのち、『吹雪物語』で自らの発想を崩壊させてしまった後に安吾が行き着いた、「新らしい人間」についての思考のあり方だったのではないだろうか。

安吾が三〇年代に同時代のソビエトの言説から批判的に展開させていた、このような思考があったからこそ、例えば翌年発表の「日本文化私観」における「必要ならば、法隆寺をとりこはして停車場をつくるがいゝ」、あるいは「必要ならば公園をひつくり返して菜園にせよ。それが真に必要ならば、必ずそこにも真の美が生れる。そこに真実の生活があるからだ」という、周囲に存在するものすべてを根本的に改変可能なものとしてみなした上で、それぞれの「必要」に応じた「生存」のあり方を追究せよという提言が可能となったと言えるのだ。その後の安吾のしばしばプラグマティックともみなされる思考は、一見「戦後的」・「アメリカ的」と簡単に呼ばれてしまいかねない発想のようでいて、ここまで論述してきたような思考の背景を持っていることには留意すべきだろう。

第四章　「バラック」と共同性——「日本文化私観」論

一　「バラック」という原理

エッセイ「日本文化私観」のなかではいくつもの建築物に言及がされている。万代橋、東山ダンスホール、国技館、車折神社に嵐山劇場。破壊された大本教の本部に龍安寺、三十三間堂、小菅刑務所からドライアイス工場、そしてネオンサインの光る街並。建築家である磯崎新は、安吾の挙げたこういった建築物には「即物的なリアルな生活にむかって退行していく」要素があると指摘した。そしてそれは「日本文化私観」が著された一九四二年における二つの建築思想の傾向、すなわち、「島国」を強調する「日本的なもの」という志向と、グローバリゼーション的な「外にむかって開くことだけが考えられている」「環境」主義という志向の、両極への批判として書かれている、と解釈している。[1] 確かに「日本文化私観」はこのような建築論としても興味深いものだ。だが「日本文化私観」に書かれている言葉を拾ってゆくと、それはむしろ建築批判論として読みうるものなのではないだろうか。特に、安吾が「バラック」について言及するとき、それは単なる建築論ではどうしても定義しきれないものとして出現しているのである。本章では、「日本文化私観」における「バラック」という語に注目しつつ、それが建築に対して提起する「共同性」の問題について考えてみたい。

「日本文化私観」が『現代文学』一九四二年三月号に掲載された際、同号の「編輯後記」には稲邊通治の署名で、同年二月一五日のシンガポール陥落に触れた後、次のように書かれている。

本号の主要記事は、この光輝ある秋に当つて、われらの血肉たる日本文化の伝統に、真に謙虚な反省を加えて貰つた。即ち、坂口安吾の堂々六十枚に及ぶ「日本文化私観」である。三雲祥之助の「日本人の生活様式の三原則」も、併せ読んで有益なものと信ずる。編輯部は自信をもつて、この長短二つの日本文化観察の好文字を、敢て江湖に送る次第である。

同号には特集として「大東亜戦争下の文学者の日記」が組まれていた。その執筆陣とタイトルには上林暁「一月二十九日の記」、平野謙「十二月八日のこと」、福田清人「二月四日の記」、大井広介「文藝文化の立遅れ」、杉山英樹「雪の夜に」、岩倉政治「二月五日の実録」などであるが、この特集と同じ号に組まれていることからは、安吾に対して編輯部から、戦争の進行を念頭に置き企画されたテーマとして、「日本文化の伝統」についての原稿を依頼されていた可能性もありうるだろう。しかし、ここで安吾は、そもそも「文化」なるものを前提としない状態から思考しようとしていることを見落としてはならない。

僕は日本の古代文化に就て殆ど知識を持つてゐない。ブルーノ・タウトが絶賛する桂離宮も見たことがなく、玉泉も大雅堂も竹田も鉄斎も知らないのである。況や、秦蔵六だの竹源斎師など名前すら聞いたことがなく、第一、めつたに旅行することがないので、祖国のあの町この村も、風俗も、山河も知らないのだ。

このエッセイで安吾は、「文化」と共同体が孕む前提の受容を拒否しつつ、まず自らを「伝統の無産者」(『知性』一九四三年五月)に擬した立場から書きはじめようとしているのである。ここでの「無産者」としての思考は、決して「文化の伝統を見失つた」ことを思考の条件とするのではなく、むしろこのような問題を形づくっている前提を疑うことからはじめる態度だと言える。[2] 続けざまに、安吾はものごとへの思考の前提を当然のように開始する、認識の「仮説」について批判を加えている。

龍安寺の石庭が何を表現しようとしてゐるか。如何なる観念を結びつけようとしてゐるか、タウトは桂離宮の書院の黒白の壁紙を絶賛し、滝の音の表現だと言つてゐるが、かういふ苦しい説明までして観賞のツヂツマを合せなければならないといふのは、なさけない。蓋し、林泉や茶室といふものは、禅坊主の悟りと同じことで、禅的な仮説の上に建設された空中楼閣なの

である。（傍点原文）

あらゆる物事に関する「仮説」や「約束」への批判と、「書くこと」とは安吾にとって密接に結びついていた。「日本文化私観」では、例えば「建築」を「建築」として当然のように見なす認識の「約束」にこそ、安吾は批判を加えている。彼がこのエッセイでとった態度は、徹底してこのような「約束」事「以上の説得力」を求めて筆を進めることにあったと言えよう。

この「約束」を取り除く契機について、彼は次のように書いている。

龍安寺の石庭がどのやうな深い孤独やサビを表現し、深遠な禅機に通じてゐても構はない、石の配置が如何なる観念や思想に結びつくかも問題ではないのだ。要するに、我々が涯ない海の無限なる郷愁や沙漠の大いなる落日を思ひ、石庭の与へる感動がそれに及ばざる時には、遠慮なく石庭を黙殺すればいゝのである。無限なる大洋や高原を庭の中に入れることが不可能だといふのは意味をなさない。

批判の力点は、人工物である石庭の「石の配置」がそれ自体として「涯ない海」や「沙漠」が持つ「無限」の広がりと同程度の強度を有する「感動」を与えない限り意味はない、ということにある。だが同時に安吾は芭蕉を「庭をでゝ、大自然に庭をつくつた」人物として引き合いに出しつつ、そもそも「無限」性を孕んだ建築などは創造不可能でもあると書く。さらにその不可能性からは、

「絶対のものが有り得ない」ゆえに何も作らない、「無きに如かざるの精神」を実践する立場が現れると述べ、それを「冷酷なる批評精神」と呼ぶのである。

「批評精神」それ自体は決して芸術を制作することができない。なぜなら、この「精神」においては全てが「有」の所産として、「同じ穴の狢」としてしかとらえられず、あらゆるものが「有」という無差異としてしか見做されなくなるからだ。だが「日本文化私観」においては、このように「無」か「有」かという存在論的な両極を往復する「批評精神」ではなく、それとは位相を異にするものとしての、「有形の美」を重要視する態度を最終的に打ち出している。

さうして、無きに如かざるの精神から、それはそれとして、とにかく一応有形の美に復帰しようとするならば、茶室的な不自然なる簡素を排して、人力の限りを尽した豪奢、俗悪なるもの丶極点に於て開花を見ようとすることも自然であらう。

「批評精神」の要求する論理を徹底すれば、「芸術は存在することが出来ない」。そこで安吾は、「無/有」の二次元的な論理から脱し、「芸術」の「有形」の論理なるものを示唆しつつ、「一応有形の美に復帰しようとする」態度の重要性を説いた。それは、有限でありながら限度を超えたものとしての「人工の極度、最大の豪奢」を目指す態度であり、この「人工」の限りを尽くす創作においては、相対的な価値付けなどを拒む「独立自存」にして「なければならぬ物」が求められることになる。

その例として出されているのが「三十三間堂の太閤塀」である。

三十三間堂の太閤塀といふものは、今、極めて小部分しか残存してゐないが、三十三間堂とのシムメトリイなどゝいふものは殆んど念頭にない作品だ。シムメトリイがあるとすれば、徒らに巨大さと落付きを争つてゐるやうなもので、元来塀といふものはその内側に建築あつて始めて成立つ筈であらうが、この塀ばかりは独立自存、三十三間堂が眼中にないのだ。さうして、その独立自存の逞しさと、落付きとは、三十三間堂の上にあるものである。

安吾はここで三十三間堂の太閤塀が、「建築」の一部分として存在するよりも、むしろ「独立自存」している点を評価し、そこに「三十三間堂以上の美しさ」を見出す。安吾はこの塀を「建築」の外壁と見なし機能的にとらえるのではなく、その「元来」の見方から逸脱したとらえ方を受け手に要請するが故に評価しているのだ。すなわち、「日本文化私観」中の寺院をめぐる言説において評価されているのは、建築としての「寺院」が前提とする「約束」に対しての懐疑を、それ自体において突き付けるような建造物なのである。そのことを象徴しているのが、「バラック」という語であった。

寺があつて、後に、坊主があるのではなく、坊主があつて、寺があるのだ。寺がなくとも、良寛は存在する。若し、我々に仏教が必要ならば、それは坊主が必要なので、寺が必要なのではないのである。京都や奈良の古い寺がみんな焼けても、日本の伝統は微動もしない。日本の建築すら、微動もしない。必要ならば、新らたに造ればいゝのである。バラックで、結構だ。

この「バラック」という言葉は、当時の日本の建築物を「出来損ひの洋式バラック」と称したり、最終節において「武蔵野の静かな落日はなくなつたが、累々たるバラックの屋根に夕陽が落ち」、あるいは「我々の生活が健康である限り、西洋風の安直なバラックを模倣して得々としても、我々の文化は健康だ」という叙述として頻出している。ここでは、「バラック」という概念による「建築」概念の問い直しがなされているのだ。

このことを当時の状況に照らし合わせてみよう。「日本文化私観」が執筆された一九四〇年代に至るまで、関東大震災後に建造されたバラックが市街地内には保存されており[3]、往々にして戦後的な景色の印象にオーバーラップさせられたイメージを与える「日本文化私観」であるが、「バラック」という表現自体は関東大震災の直後からその存在が社会的に識別されはじめられていた。

田中純は震災後のバラックから生成した言説の系譜を描きつつ、建築家の鈴木了二による「バラックは建築の〈忘我状態〉」であるという言葉を引用し、バラックは都市にとって「固有名そのものの喪失をともなう自己同一性解体の経験」だと述べている[4]。また建築史家の五十嵐太郎によると、震災後に作られた「バラック」は「ブリコラージュ」、すなわちありあわせの材料を用いた寄せ集めの手作業に近いものとしてとらえることができる[5]。「建築」にとって「バラック」とは、いわば都市や建築をめぐる言説の外部としての「忘我状態」としてあり、かつ物の転用と変形を引き起こす

「ブリコラージュ」でもあるのだ。「日本文化私観」においてもこれらの観点は援用できるだろう。安吾にとって「バラック」とは建築物が石や木やといった物体を寄せ集めてできたものでありつつ、それによって「建築」の約束事を批判するものを指しているからだ。この意味で「バラック」を体現するものとして、「刑務所とドライアイスの工場と軍艦」の例が挙げられているのである。

たゞ、必要なもの、みが、必要な場所に置かれた。さうして、不要なる物はすべて除かれ、必要のみが要求する独自の形が出来上つてゐるのである。それは、それ自身に似る外には、他の何物にも似てゐない形である。必要によつて柱は遠慮なく歪められ、鋼鉄はデコボコに張りめぐらされ、レールは突然頭上から飛出してくる。すべては、たゞ、必要といふことだ。そのほかのどのやうな旧来の観念も、この必要やむべからざる生成をはゞむ力とは成り得なかつた。さうして、ここに、何物にも似ない三つのものが出来上つたのである。

この一節は従来ひんぱんに機能主義的な言説だと論じられてきたが[6]、ここで重点が置かれているのは機能性というよりもむしろ、物体のブリコラージュ的作業により「独自の形」の「生成」をいかにして作り出すか、という問題であったと言える。そしてそれは安吾にとって、「文学」の使命とパラレルなものであったのだ。

僕の仕事である文学が、全く、それと同じことだ。美しく見せるための一行があつてもならぬ。美は、特に美を意識して成された所からは生れてこない。どうしても書かねばならぬこと、書く必要のあること、たゞ、そのやむべからざる必要にのみ応じて、書きつくされなければならぬ。たゞ「必要」であり、一も二も百も、終始一貫たゞ「必要」のみ。さうして、この「やむべからざる実質」がもとめた所の独自の形態が、美を生むのだ。

「独自の形態」の追求。これが「日本文化私観」のメインモチーフである。この「何物にも似ない」独自のものとは、それを意識して目指した所にあらかじめ存在する訳ではない（「美は、特に美を意識して成された所からは生れてこない」）。個体性は「永遠」のものとしてアプリオリに存在するのではなく、プロセスにおいて生み出され続けるものとしてあるのだ。この状態を実現するためには、「それ自身にのみ似た」ものの形成過程として、建造物も文学もとらえられなければならない。そして「真実の生活」とは、この「独自の形」の「生成」の過程として営まれるもののことを言うのである。

我々の生活が健康である限り、西洋風の安直なバラックを模倣して得々としても、我々の文化は健康だ。我々の伝統も健康だ。必要ならば公園をひつくり返して菜園にせよ。それが真に必要ならば、必ずそこにも真の美が生れる。そこに真実の生活があるからだ。

二　「模倣」と「発見」と

ところで、ここで言う「真実の生活」、すなわち「それ自身にのみ似た」ものの追求には、「模倣」と「発見」についての考察が関与してくる。日本の建築家たちがブルーノ・タウトを招いた理由として、日本にはオリジナルなモダニズム運動が古代よりあったことをタウトに「発見」してもらうためだったという論があるが[7]、このような「創られた伝統」こそ、「日本文化私観」における批判の対象である。そのような「伝統」を共有できない立場から、安吾は「伝統」と「習慣」という概念の適用範囲の洗い直しを行うのである。

伝統とか、国民性とよばれるものにも、時として、このやうな欺瞞が隠されてゐる。凡そ自分の性情にうらはらな習慣や伝統を、恰も生来の希願のやうに背負はなければならないのである。だから、昔日本に行はれてゐたことが、昔行はれてゐたゝめに、日本々来のものだといふことは成立たない。外国に於て行はれ、日本には行はれてゐなかつた習慣が、実は日本人に最もふさはしいことも有り得るし、日本に於て行はれて、外国には行はれなかつた習慣が、実は外国人にふさはしいことも有り得るのだ。模倣ではなく、発見だ。

安吾は「伝統」を「習慣」の問題としてとらえることによって、「伝統」概念自体を可塑的なもののと見なしている。「習慣」は習得可能である以上、「伝統」は「習慣」の固着化にすぎない。そこから安吾は、「交流」によって「習慣」が変化することで「新たな発明」が形成されてゆく可能性について述べる。「キモノとは何ぞや？　洋服との交流が千年ばかり遅かつたゞけだ。さうして、限られた手法以外に、新たな発明を暗示する別の手法が与へられなかつたゞけである」。ここで、「交流」は「模倣」と重ねられる。異質なものとの「交流」は、「模倣」を通じて「発見」へと至るひとつの過程として見なされているのである。しかしこの「交流」は、「習慣」において物ならびに人間自体を変化させる。万代橋の鉄筋コンクリート化と川幅の埋め立て工事を例にして、安吾はこう書いている。

> 小学生の頃、万代橋といふ信濃川の河口にかゝつてゐる木橋がとりこはされて、川幅を半分に埋めたて鉄橋にするといふので、長い期間、悲しい思ひをしたことがあつた。日本一の木橋がなくなり、川幅が狭くなつて、自分の誇りがなくなることが、身を切られる切なさであつたのだ。その不思議な悲しみ方が、今では夢のやうな思ひ出だ。このやうな悲しみ方は、成人するにつれ、又、その物との交渉が成人につれて深まりながら、却つて薄れる一方であつた。さうして、木橋が鉄橋に代り、川幅の狭められたことが、悲しくないばかりか、極めて当然だと考へる。

ここでは人間の「習慣」と「物との交渉」について触れられているが、「悲しみ方」が変化するということは、「交渉」において「物」を用いる者たち自身も変質を被るということなのだ。「日本文化私観」における「生活」とは、環境と同時に生活する者の思考や感性や欲望をも変容させてゆく過程として描き出されているのである。

「日本文化私観」が執筆された時期には、一九四一年五月に成立した「科学技術新体制確立要項」の影響によって、いわゆる「生活科学論」が台頭しはじめており、「生活」という語は一般に流通していた。これは高度国防国家の建設に向けて「生活の科学化」、あるいは「生活科学」の確立を目指すという目的の下、「戦時下における最低生活はなにか、どこにその線がひかれるのか、どのようにそれは保障されるのか」といった経済的問題や、「科学・技術を駆使した近代総力戦を遂行する上で、その基礎としての国民生活の科学化」を推進するといった事柄に科学者たちが取り組んだ運動であった[8]。この時期には雑誌『生活科学』(東京日日新聞社、一九四二年一月刊行開始)や「生活科学新書」(羽田書店、一九四一年八月刊行開始)などが刊行され、一九四一年七月には「国民生活協会」が結成されている。また同年九月には当時の厚生大臣小泉親彦を名誉会長に戴き、大政翼賛会から助成金を受けた「国民生活科学化協会」が設立され、同年一二月には「日本生活科学会」が同じく小泉の肝入りでつくられた。これらは、いわゆる日常生活に科学知識を国民に植え付けることにより、「下からの」自発的な生活の合理化を図る国策として推進されていた事業であった。

磯田光一が「日本文化私観」の態度を「近代主義」「合理主義」であると語るように[9]、安吾の主張を「生活」に「合理主義」を導入することとしてとらえ、「生活科学論」の主張に近接したものだと見なすと、両者に類縁性がないとは言えないだろう。だがここで強調しておくべきことは、前節で述べたように、安吾における「真実の生活」とは、「それ自身にのみ似たもの」を生みだすためのものとして語られていたという点だ。ここでは、同時代の哲学者であるマルティン・ハイデガーのように自らの死の先駆的覚悟による個体の固有性を見出すのでも、生の哲学のように全体性への個の包摂を目指すのでもなく、安吾は「真実の生活」なるものを「独自性」を形成する過程として考えていたことに注目したい。

安吾の用いる「生活」という語義についてもう少し詳細に見てみよう。「日本文化私観」を執筆掲載した時期を挟み前後に書かれたエッセイにおいても、「生活」という言葉が頻出していることに目を向けたい。「日本文化私観」が掲載された前号、一九四二年一月の『現代文学』に書かれた「たゞの文学」においては、やはり同雑誌に掲載された「古都」（一九四一年一二月）を「自伝的小説」だと語りながら、次のように書いている。

> 先月号の「古都」にしても、僕はたゞ、実際在つたことを在りのまゝに書いてゐるのだけれども、それだから真実とは僕自身言ふことができぬ。なぜなら、僕自身の生活は、あの同じ生活の時に於ても、書かれたもの、何千倍何万倍とあり、つまり何万分の一を選びだしたのだからである。

この奇妙な言明、「僕自身の生活」は「同じ生活の時に於ても」無数に存在するという言葉からは、現在の経験でさえもそれが「ほんとうの真実」とは言えないという結論が出てくる。「ドストエフスキーの伝記」という例を挙げて安吾はこう書く。

ドストエフスキーの伝記といふものは無数にある。ところで、もし、神様の御慈愛によつてドストエフスキーがよみがへり、自伝を書いて、又、死んだとする。他人の書いた伝記と、彼自身の伝記とが違つてゐるのは当然だが、然し、自伝だから真実だとは誰も言へぬ。ドストエフスキー自身ですら、さうは言へない筈である。

自己自身が自己のことを書くことにおいても、そこには差異が生まれる。それゆえ、現在のことを書いても過去のことを書いても結局は「在りのまゝ」を書くということからはズレざるを得ないのであり、安吾はむしろ、書くことにおいてこの差異をどのように肯定するか、という点を問題としている。このエッセイは、ちょうど「歴史と文学」というテーマに関する論争が起こっていた『現代文学』に書かれたものだが[10]、その意味で自分の書くものは「現代小説」でも「歴史小説」でもなく、「たゞの文学」という書き方しかできないと安吾は主張している。「自分の観点が確立し、スタイルが確立してゐれば、とにかく、小説的な実在となりうるだけだ」。安吾はむしろこの差異を積極的に肯定し、そこで生まれるものを、「小説的な実在」としてとらえていたのである。

同様のことを、安吾は同年の「文芸時評」(『都新聞』五月一〇～一三日)においても述べている。

生活そのまゝといふ自伝のあるべき筈はなく、さうかと云つて、嘘とも云へぬ。要するに文学として実在すれば紛ふべくもない実在である。幾通りの伝記があつて、各独自の実在を為すことも可能であり、別の場所に絶対の真実が在るわけではない。
　要するに文学の題材といふものは、作者の別の場所に厳として実在するものではなく、作者の生活中に取り入れられ、作者と一緒に生活し、そこに独自の生命を与へられて紙上に現れ実在するといふものだ。

安吾にとって「生活」とは「在りのまゝ」という形ではなく、そこから無数にある可能性を引き出すという、いわば可能性それ自体の産出行為と切り離せないものとしてある。「生活」が「それ自身にのみ似るもの」の探求であったことと、このような可能性自体を作り出すというテーマは矛盾していない。「真実の生活」とは「在りのまゝ」を肯定するのではなく、この「発見」において、「生活」における可能性そのものを形成する試みなのだ。

ここで安吾が、タウトが行った「日本文化」の「発見」に対して、「模倣からの発見」を持ち出していたことを思い出そう。

模倣ではなく、発見だ。ゲーテがシェイクスピアの作品に暗示を受けて自分の傑作を書きあげたやうに、個性を尊重する芸術に於てすら、模倣から発見への過程は最も屡(しばしば)行はれる。インスピレーションは、多く模倣の精神から出発して、発見によつて結実する。

ここで「摸倣」や「発見」といったひとつひとつの切り離された行為ではなく、「摸倣から発見への過程」というひとまとまりのとらえ方が主張されていることは興味深い。「模倣」であり「発見」であるという、行為に含まれている重層性が繰り広げられる過程が重要視されているのであり、安吾にとっての「必要」というテーマは、そのような繰り広げを導き出す原理だったのである。「必要」とは所与の現状に対して変化を導き入れつつ、環境と行為者のみならず、行為そのものの意味すらも重層的に展開してゆく原理なのである。

三 「独自性」と共同性

安吾は「模倣」あるいは「発見」という切り離された行為においてではなく、「模倣から発見への過程」において対象を取り上げてゆくことの中にこそ、「独自性」が宿ると主張した。ここで改めて、「独自の形」・「独自性」・「それ自身にのみ似るもの」といった表現で彼がパラフレーズしてきたものについて考察を進めてみよう。

この三つのものが、なぜ、かくも美しいか。こゝには、美しくするために加工された美しさが、一切ない。美といふものゝ立場から附加えた一本の柱も鋼鉄もなく、美しくないといふ理由によつて取去つた一本の柱も鋼鉄もない。たゞ、必要なもののみが、必要な場所に置かれた。さうして、不要なる物はすべて除かれ、必要のみが要求する独自の形が出来上つてゐるのである。それは、それ自身に似る外には、他の何物にも似てゐない形である。必要によつて柱は遠慮なく歪められ、鋼鉄はデコボコに張りめぐらされ、レールは突然頭上から飛出してくる。すべては、たゞ、必要といふことだ。そのほかのどのやうな旧来の観念も、この必要のやむべからざる生成をはゞむ力とは成り得なかつた。さうして、こゝに、何物にも似ない三つのものが出来上つたのである。

「小菅刑務所とドライアイスの工場と軍艦」が称揚されるのは、そこには「旧来の観念」を越えたものを出現させる可能性を示す「独自の形」があったと見られているからだ。この点において、これらは「三十三間堂の太閤塀」と共通する「バラック」性を持った建築として、「独自の形」がいかにすれば「生成」するかという問題意識においてから言及されているのである。

「文化」の固有性を批判しつつ、「独自性」というものについてどのように安吾が考えていたかは、エッセイ「文学のふるさと」(『現代文学』一九四一年七月)において描かれている「突き放され」る切断の体験、もしくは「生存それ自体が孕んでゐる絶対の孤独」という表現において、いわばネガの方向から照らし出され、言及されている。

モラルがない、とか、突き放す、といふこと、これは文学として成立たないやうに思はれるけれども、我々の生きる道にはどうしてもそのやうでなければならぬ崖があつて、そこでは、モラルがない、といふこと自体がモラルなのだ。

> このふるさとの意識・自覚のないところに文学があらうとは思はれない。文学のモラルも、その社会性も、このふるさとの上に生育したものでなければ、私は決して信用しない。そして、文学の批評も。私はそのやうに信じています。

ここでは、「文学のモラル」や「その社会性」という名において、「絶対の孤独」の持つ還元不可能性を破棄せずに共同性を取り結ぶことの可能性について言及されている。ここで「モラルがないといふこと自体がモラルであると同じやうに、救ひがないといふこと自体が救ひ」であるという逆説的な言いまわしに則れば、いわば「共同体の不可能性を前提とした共同性」とでも言うべきものがここでは希求されているのではないだろうか。

このことは、「日本文化私観」中の「三、家に就て」で触れられている事柄と繋がっている。「人は孤独で、誰に気がねのいらない生活の中でも、決して自由ではないのである。さうして、文学は、かういふ所から生れてくるのだ、と僕は思つてゐる」。完全な孤独状態においても、様々な共同性はその状態を常に既に浸食している。そして、「日本文化私観」におけるそのような共同性の問題は、嵐山劇場や車折神社などといった建築物と重ねられて考察されていることが読みとれるだろう。

> 龍安寺の石庭で休息したいとは思はないが、嵐山劇場のインチキ・レヴュウを眺めながら物思ひに耽りたいとは時に思ふ。人間は、たゞ、人間をのみ恋す。人間のない芸術など、有る筈がない。郷愁のない木立の下で休息しようとは思はないのだ。

ここで「バラック」としての嵐山劇場に託されているものは、「必要」という契機においていわば共同体に抗する共同性を見出す可能性であると言える。個体の特異性を各存在が「表現」することで望まれる共同性について、それを情緒的な議論やヒューマニズムとしてではなく建築批判から描き出したところに、「日本文化私観」の重要性があるのだ。ここでは、「伝統」としての「習慣」を形成するような「建築」、すなわち既にあるものを所与の条件として受容することは拒絶されている。そうではなく、各個の「必要」において「柱は遠慮なく歪められ、鋼鉄はデコボコに張りめぐらされ、レールは突然頭上から飛出してくる」ような「独自の形」、「バラック」的なものを「生成」する過程においてこそ、共同性が束の間出現することになるのである。

結局のところ、安吾が「日本文化私観」で述べている「文化」とは、何か既存の文化共同体のことを語っているのではないし、戦時中の国家共同体の意味でもない。そうではなくそれは、「実質」や「必要」といったものにおいて引き起こされる共同性の変化の過程においてのみ現れうるものなのだ。この意味において「日本文化私観」がきわどく触れている「伝統」や共同体の問題は、絶えざる問い直しと批判を必要とし、決して目的化しえない共同性に常に浸食されることになるのである。

そして、「必要ならば公園をひつくり返して菜園にせよ。それが真に必要ならば、必ずそこにも真の美が生れる。そこに真実の生活があるからだ。さうして、真に生活する限り、猿真似を羞ることはないのである。それが真実の生活である限り、猿真似にも、独創と同一の優越があるのである」という、この結びの言葉のなかで用いられている条件法ないし仮定法を決して見逃してはならない。「日本文化私観」には、常にこのような形での絶えざる問いかけが〈共同体に抗する共同性〉を呼び求める裂け目として地鳴りをあげているのであり、また同時にこのような問いかけなしには共同体に包摂されない共同性が存在することはないのである。

第五章　情報戦と「真珠」

一　日付と情報

安吾にとって「戦争」がどのような意味を持っていたのかについては様々な議論がある。だがここでは、「思想戦」や「情報戦」は戦前戦後を通じて継続されており、その観点からすると「戦前／戦後」という区分けが困難だという議論[1]を鑑み、「情報」という問題から安吾自身が「戦争」に囲まれた「現実」をどのように描き出していたのかを問うてみたい。そこで本章では、開戦時の経験を描いた小説である、「真珠」をとりあげたい。

「真珠」は一九四二年六月発行の『文芸』に掲載された。この小説の特徴は、真珠湾攻撃を行った「特殊潜航艇」乗組員たち（いわゆる「九軍神」）を「あなた方」と呼ぶことで、それが「僕」の生活の記述と対比されて叙述している点にある。この小説は四つの節に区切られているが、それぞれの冒頭の文は全て日付に言及して書きはじめられている。「十二月八日以来の三ヶ月のあひだ、日本で最も話題となり、人々の知りたがってゐたことの一つは、あなた方のことであった」（第一節）。「十二月六日の午後、大観堂から金を受取つて、僕は小田原へドテラを取りに行く筈であつた」（第二節）。「十二月八日午後四時三十一分。僕が二の宮の魚屋で焼酒を飲んでゐたとき、それが丁度、ハワイ時間月の出二分、午後九時一分であった」（第三節）。「十二月八日に、覚悟してゐた空襲はなかつた」（第四節）。そして、これらの日々に関する記述の中で「僕」が語る事柄のほとんどは、報道や談話などの、伝聞による間接的な「情報」をもとにしていることに注目したい。

この小説の題材そのものからして「十二月八日以来の三ヶ月のあひだ」伏せられ、一九四二年三月六日に発表となった大本営発表に基づく「特別攻撃隊」の存在についての報道であったし、書き手の戦争に対する知識は、ほとんど帰還兵たちからの体験談をもとにしたものだ。

帰還した数名の職業も教養も違ふ人から、まつたく同じ体験をきかされたのだが、兵隊達は戦争よりも行軍の苦痛の方が骨身に徹してつらいといふ。〔中略〕敵が呆気なく退却すると、やれ〳〵、又、行軍か、と、ウンザリすると言ふのであつた。

「僕」が「開戦」自体を知るのも「新聞社の速報」と、「ラヂオ」という媒体を通してのことである。「街角の電柱に新聞社の速報がはられ、明るい陽射しをいつぱいに受けて之も風もはた〳〵と鳴り、米英に宣戦す――あたりには人影もなく、読む者は僕ひとりであつた」という描写の後にこうある。

> 僕はラヂオのある床屋を探した。やがて、ニュースがある筈である。客は僕ひとり。頬ひげをあたつてゐると、大詔の奉読、つゞいて、東条首相の謹話があつた。涙が流れた。言葉のいらない時がきた。

「三月四日」から六日にかけては、「警戒警報」と「空襲警報」があり、その後でやはり「ラヂオ」から「あなた方の武勲」が伝えられるのを「僕」は聞いている。

> 翌朝、最初の空襲警報が発せられたが、やつぱり敵機は現れなかつた。あなた方の武勲が公表されたのは、空襲警報の翌日、午後三時であつた。僕は七時のラヂオでそれをきいた。

つまり「僕」は、ここで「戦争」に関する記述を、現在起きていることをほとんど何がしかの間接的な「情報」として受け取りつつ、それによって叙述を行っているのである。安吾が「真珠」を書く際、この種の「氾濫していた」「情報」を取捨選択しつつ描いていたことは既に指摘されているが[2]、「真珠」はそもそもこれらの「情報」に囲まれつつ、さらにそこに様々な挿話を繋いでゆくことで成り立っている小説とみなせるのである。また、大原祐治はそこから「歴史」そのものの不可知性と、それに対する「語り」の「態度・構えの行為性」の表明が描かれている作品として「真珠」を位置づけている[3]。だがこれに対して本書では、安吾が「我々は歴史を知らぬかも知れぬが、同様に現代だつて知らない[4]」と語っている点を重視したい。原理的に不可知性をはらんでいるのは「歴史」のみではなく「現在」もそうであることを安吾は指摘しているのであり、「真珠」において様々な媒体を通じて伝達されていた、「情報」という問題について追ってみたいのである。

この小説の「情報」源は「大本営発表」や新聞記事だけではないことに注目しなければならないだろう。宮内寒弥はこの小説を「十二月八日のことを書いた」小説として、他の「所謂「十二月八日」小説」と同傾向のものと定義した。[5] しかしこの評価は、早計に過ぎたと言えるのではないだろうか。「真珠」には、「十二月五日」から「十日」までと「三月四日」から六日までの「僕」の行動の他、帰還兵の話や「お花畑で白骨をまきちらしてくれと遺言した」富豪の話など、「十二月八日」に起こった出来事の他にも様々な出来事が記されているのである。「九軍神」の出来事だけではなく、様々な出来事が「真珠」という作品に記されていることを見落とすことはできない。

二　長距離飛行の果てに

そのような挿話の一つとして、「巴里・東京百時間飛行でジャビーが最初に失敗したあと、これも日本まで辿りつきながら、土佐の海岸へ不時着して恨みを呑んだ二人組」の話に注目したい。

話はすこし飛ぶけれども、巴里・東京間百時間飛行でジャビーが最初に失敗したあと、これも日本まで辿りつきながら、土佐の海岸へ不時着して恨みを呑んだ二人組があつた。僕はもう名前を忘れてしまつたけれども、バルザックに良く似た顔の精力的なふとつた男で、バルザックと同じやうに珈琲が大好物で、飛行中も珈琲ばかりガブ〱呑んでゐたといふ人物である。

「飛行機」の描写に焦点を当ててみると「真珠」は、アメリカの「大型飛行機」や日本の「海軍機」など、多くの飛行機のイメージに満ちた小説としてその姿を現してくる。この「二人組」とはフランスの飛行家、ドレーとミシュレッチであり、不時着は一九三七年五月二六日のことであった。[6]当時は、リンドバーグの大西洋単独無着陸横断飛行の成功(一九二七年)を皮切りに、各国が長距離航空の時間短縮の激しい競争にしのぎを削っていた時代であった。長距離飛行のスピード新記録の樹立が相つぎ、冒険飛行家が数多く長距離飛行への挑戦を行い、各航空会社は航空機の性能をしきりにアピールしていた。

当時のフランス航空省は、パリ–東京間を百時間以内で飛行する記録を樹立した者に対し、懸賞金を出していた。そのため、多くのヨーロッパの航空人たちが長距離飛行に挑戦しており、「真珠」に書かれている飛行士たちも、その企画に乗った冒険航空家たちだった。(「真珠」中では「ジャビー」と表記されている)アンドレ・ジャピーもその一人である。ジャピーの乗るコードロン・シムーン機は、一九三六年一一月九日に悪天候のため佐賀県背振山に不時着、当時の東京朝日新聞は号外を出すほど大きく報じている。そしてジャピーと同様にドレーとミシュレッチの不時着でも東京朝日は号外を出していた。一九三七年五月二七日のその号外には「世界の失望・猛鷲ドレ機挫折」という見出しで、高知県戸原海岸に転覆大破しながら飛行機が不時着、「中からでつぷり肥つたフランス人らしい紳士が海岸の砂つ原へ投げ出された」と報じ、次のように伝えている。

機体の中から投げ出された紳士はパリ東京間記録飛行を目指して二十六日上海の龍華飛行場を出没したドレ氏と判つたので二度吃驚し取り敢ず機体の中に居る今一人の搭乗者を救ひ出したが無論これは同乗者ミケレッチ氏であつた

「手厚い看護を受けたが両氏とも傷のことよりも東京のことが気にかかるらしく「こゝから東京へ何キロ、何キロ」と口走るのみで看護人の人々を暗然たらしめた」とあることは、「真珠」の記述と重なる部分である。

そしてこの両機とも、パリ－東京間百時間飛行の出発から不時着までを、東京朝日新聞が連続的に報道していた。ジャピーの場合もドレーらの場合も、飛行の途中経過を新聞が連日中継し、飛行期間中、紙面に彼らの記事が載らない日はなかった。墜落後の病状の経過や回復後日本国内を巡行したニュースも、墜落後しばらくの間は紙面を賑わせていたのだ。これには理由があった。当時は大阪朝日と大阪毎日の両社は航空報道の競争を行っていたのである。

両社の競争が生み出した特に大きなイベントは、朝日の「神風」号と、毎日の「ニッポン」号の長距離飛行であった。一九三七年、「亜欧記録大飛行」と宣伝された「神風」号は、五月にロンドンで予定されていたジョージ六世の戴冠式を表敬訪問し、その式を撮影した写真を持ち帰ることを目的に東京－ロンドン間の長距離飛行に挑戦。平均時速三〇〇キロで飛行し、総所要時間九四時間一七分五六秒、日本最初の航空世界記録を樹立した。毎日はこれに刺激され、長距離輸送用に改造された三菱九六式中型攻撃機を軍部から借用し、公募で「ニッポン」号と命名する。一九三九年八月二六日に出発、三二カ国を訪問した後に帰国している。[7] もともとこれらの航空事業と報道機関の連携は「航空報国事業」だったのだが、やがて「戦争が勃発し、自由に空を飛ぶことが許されなくなると〔中略〕勢い軍用機献納運動へと向かい、収斂して」いった。[8] これらの長距離飛行を通じて開発された速力の向上と、軍における戦闘機の製作・開発は密接にリンクしながら展開されていたものであった。

ヒンデンブルク号の炎上（一九三七年五月六日）のショッキングな写真が世界中に速報されて以降、空輸手段は飛行船から飛行機へと移り、航空路線の所用時間短縮が各国で行われていた。ジャピーやドレーの長距離航空もまたその流れのなか、新聞報道との強い結びつきで行われた事業だった。速報の中継性と飛行時間の短縮への飽くなき挑戦は、その報道形態と航空事業の活発化のなかで、人々の間に交通における時空間の短縮と、速度化する世界のイメージを流布させていった。長距離冒険飛行は、「二〇世紀前半にスタートする定期旅客輸送と共に、時空間の距離の短縮を人々に実感させ[9]」たのである。

安吾も「日本文化私観」において「羽田飛行場へでかけて、分捕品のイ-十六型戦闘機を見た」ことについて触れており、その「重力の加速度によつて風を切る速力的な美しさ」について述べていることからは、「速力」に対する関心が高かったことが窺える。「真珠」においても、飛行機に対する関心の高さは見てとれる。開戦直後、ラジオで「戦況ニュース」を聞いた「僕」は、「ハワイ奇襲作戦を始め(ママ)て聞いた」後、国府津からの帰り道で次のように考えている。

必ず、空襲があると思つた。敵は世界に誇る大型飛行機の生産国である。四方に基地も持つてゐる。ハワイをやられて、引込んでゐる筈はない。多分、敵機の編隊は、今、太平洋上を飛んでゐる。果して東京へ帰ることができるであらうか。汽車はどの鉄橋のあたりで不通になるであらうか。

飛行機の中継報道合戦は、世界中を飛んでいる飛行機の位置と速度を逐一報告しつつ、それらを遠隔地の人間にとって想像的な存在として想起させ続けた。そして戦時における飛行機への想像力は、「敵機」がいつ来襲するか、どこでどのような空襲が行われるかを予期させる、人々の想像作用へ組み込まれた「情報」戦と結びついていったのである。

当時の軍事技術では索敵に時間がかかり、敵どころか味方の部隊がどのように展開しているのかもリアルタイムには把握できていなかったとされる。[10] そこでは経験から直接性や確実性といった性質が剝奪され、総力戦下の「戦況」は「情報」が想像を生み出し続けるなかでとらえられてゆくことになった。「情報」はその実体を現前性においてとらえさせるものとしてあるのではなく、受け手に次の展開を予期させることで、そこから生み出される予示や推理や感情作用のもとに、身体なり心理なりを動員してゆくのである。[11]

軍事史家ポール・ヴィリリオによると、飛行機の登場によって空間把握の基準が速度へ移行してゆくことになったという。それによって空間性が抹消され、時間の感覚が瞬間性を基調とするようになった世界においては、諸現象は現前性を剝奪され、過去に関する一種の「情報」と化してゆく。[12]

速度と速報に浸された世界においては、情報の速度とそれに対する予期において世界が構想されるようになるのである。そこでは「事実」性が後景に退き、あらわれるものはすべて「想像的なもの」として出現することが避けられなくなってゆく、とヴィリリオは言う。「速度は事実状態にたいして挑まれる戦争状態であり、事実の敗退を誘発するものである。こうして世界が姿をかくす、まるでながい旅行のはてにわすれられてしまった大切な人のように。〔中略〕現前する世界そのものが純粋に想像的なものとなってしまったからである」[13]。種々の「情報」にあふれ、「あなた方」の死の話の他、ラジオで聞いた「ハワイ奇襲作戦」や「太平洋上を飛んでゐる」と想像されるアメリカの編隊、あるいは「海軍機」の話や「空襲警報」といった飛行と死のイメージに満ちている「真珠」は、様々な「戦況」が情報として報道され、「想像的なもの」に浸されている状態としての、「戦争」の開戦状況が描き出されている小説だと言えるのだ。

三　「本末顚倒」な歩み

既に指摘されているように、「真珠」における「九軍神」に関する叙述は、ほぼ当時の大本営発表と諸メディアによって提供された「情報」がほぼそのまま用いられている[14]。だがここで重要なのは、安吾にとって「真珠」を書くきっかけとなったのが、「あなた方」と呼びかけられる人たちが「死に直面した」という話であったということだ。ここでの「あなた方」という存在は、「必ず死ぬ、ときまつた時にも進みうる人」と見なされている。それに対して、「僕」は「あなた方」のような「意識下の確信から生還の二字が綺麗さつぱり消え失せてゐた」存在を、「我々には夢のやうに掴みどころのない不思議な事実」、すなわち「想像的なもの」の次元においてしか考えることができないのである。

「あなた方」が「必ず死ぬ」という問題を人為的に目的化した人々として描かれているとすれば、それに対蹠的なのが、「僕」が失敗や偶発的な行動に満ちた人間として描かれていることだ。まず、「十二月六日の午後」は「大観堂から金を受取つて、僕は小田原へドテラを取りに行く筈であつた」。だがそれは成就せず、「十二月六日の晩は、大観堂の主人と酒をのみ、小田原へ行けなくなつて、誰かしら友人の家へ泊つてしまつた」。この前後、あらかじめの目的や意図に反し、予定が狂った行動の話ばかりが積み重ねられてゆく。十二月五日は、大井広介や平野謙と「探偵小説の犯人の当てつこ」をして「僕」は惨敗。翌日は「完璧の勝利」だが、「六日」は結局「誰かしら友人の家へ泊まつてしま」う。結局小田原に着いたのは「十二月七日の夕刻」だったが、「ガランドウは国府津へ仕事に出掛けて、不在」。そこで「大井夫人」に頼まれていた魚を買おうとするが、小田原では手に入らない。「国府津か二の宮なら」と帰ってきたガランドウに言われ、結局「ガランドウは翌日の仕事を変更して、二の宮の医者の看板を塗ること、なり、僕と同行して、魚を探してくれる」ことに決まり、「ドテラの方は、又、この次といふことにな」る。

その後も目的に沿わない行動は続く。十二月八日は、ラジオで「大詔の奉読」を聞いた後、「僕」はガランドウに連れられ「土器」の発掘現場に行く。だが、土器は発掘された時点で既に破壊されてしまっている。それらは「目的の違ふ発掘の鍬で突きくづされてゐるから、こまかな破片となり、四方に散乱し、こくめいに探しても、とても完全な形にはならない」。それから国府津に着くが、出発前にガランドウがあらかじめ「魚屋へ電話かけておいた」にもかかわらず、「地の魚は、遂に、一匹もなかつた」。「魚屋の親爺」に「こんな日に魚さがす奴もないだよ」と言われつつ、彼から鮪を買い、「労務者のみに特配の焼酒」で酔っぱらう。

これらの描写からは、予定された目的に従って行動した「あなた方」に対して、「僕」が終始偶発性に従った行為をし続ける存在として対比的に描き出されていることがわかるだろう。そもそも「大詔の奉読」や「東条首相の謹話」すらも、「昼間多くのラヂオが止まつてしまふ小田原では」、わざわざ「ラヂオのある床屋を探」さなければ聞けなかったのであり、開戦の布告さえ、あたかも「僕」の行動によって見つけ出されたものであるように描き出されているのである。「僕」は自分の行き当たりばったりな行動パターンについて次のように語っている。「かういふ本末顛倒は僕の歩く先々にしよつ中有ることで、仕方がない」。「あなた方」がその「死」という予定を絶対的な目的とし、やがて来るべき「死」を先駆的に「手足の一部分」にする存在として描かれているのに対し、「僕」の行動は、目的に対するこのような「本末顛倒」のモチーフに満ちているのである[15]。

ここにこそ、テクスト内で数多くの飛行機が高速で飛び交い、想像的なものとしての「情報」が錯綜する「真珠」のモチーフが、小説として描かれた重要性があるだろう。「あなた方」の目的＝終着点としての死は、ドレーらが「不時着」を起こした挿話や、あるいは「敵機」の騒音と間違えられる「モーターの音」のユーモラスな話（「三月四日の夜になつて、警戒警報が発令された。〔中略〕ぶら〳〵歩きだすと、飛行機の音がきこえる。敵機かね？　立止つて空を仰いだ。すると街角にで、話してゐた三人のコックらしい人達が振向いて／「いや、あれはうちのモーターの音ですよ。あいつ、止めてしまはうぢやないか」／コック達は相談を始めてゐる。馬鹿々々しいほど明るい満月が上りかけてゐた。おあつらへむきの空襲日和である」）のように、飛行機にまつわる数々の失敗だらけの話によって転倒させられてしまっている。ここでは、目的地をダイレクトに目指す行動に対して、様々な偶発性によって次の展開が変化する世界が「情報」を受け取る文脈として形成されているのである。

これは報道機関が日本の連戦連勝を伝え、そのなかに「九軍神」の神話化が行われていたことと対照的な事態だと言えよう。三月六日の「大本営発表」では、「特殊潜航艇」に搭乗した人間を「九軍神」として想像させることに情報戦略が練られていた。小説「真珠」は、あくまでも「大本営発表」によって、あらかじめ解釈の方向付けをされた情報を元にしつつも、そのような情報戦略とは関係のないところから記述をはじめている。小説の冒頭で「十二月八日以来の三ヶ月のあひだ、日本で最も話題となり、人々の知りたがつてゐたことの一つは、あなた方のことであつた」としつつ、それを「僕」の生活において受け取られた「情報」として再構成してしまっているのである。つまり、安吾は「情報」の真偽を問いに付してはいないが、それを「僕」の偶発的な文脈に結びつけることで、「情報」に込められた意図を座礁させてしまっているのだ。すなわち「真珠」に描かれている「あなた方」は、大本営が人々に見せたがっていた像を書き換えてしまっているのである。「真珠」は、「九軍神」の死が伝えられたことを参照しつつも、その「情報」を受け取った「僕」の個別的で偶発的な行動の側から書くことで、プロパガンダの意図とは異なる「目的地」へと「情報」を導く。「人々の知りたがつてゐたこと」を「僕」の話とともにある「あなた方」の話とすることで、小説を読む者に対し、「情報」に対する文脈と欲望の方向性を大本営発表の目的から引きはがしてしまうのである。

四　真珠の粉

ところで、バラバラに散った「あなた方」の身体の「破片」を象徴的に統合するものが、一九四二年三月六日に大本営発表でなされた「九軍神」の事蹟の公表と、四月八日に執り行われた合同海軍葬だったと言えよう。例えば同年四月九日の朝日新聞は「厳かに九軍神の合同海軍葬」の見出しで、「純朴の血肉を頒つた父母、同胞は栄光に溢れて伏し額いた、戦地とほく屍は還らずといへども、九軍神の英霊は天翔つてこの春光うららかな葬場に至り、かくて、大君の御盾、国の護りとして永へに神鎮まつたのであつた」と報道している。ここでは「屍」が「真珠湾」にあるにもかかわらず、祭儀においてその身体を「葬場」に象徴的に引き寄せることで「神鎮」める、国家による喪の作業が執行されていた。

だが「真珠」中で「僕」は、この儀式について一言も触れていない。むしろ「僕」は「あなた方」を神格化するより、「自分の持山の赤石岳のお花畑で白骨をまきちらしてくれと遺言した」、「裸一貫巨万の富を築いた富豪」の話と「あなた方」を並列させることで、小説に奇妙な効果をもたらしている。「富豪」と「あなた方」は、「風のまに〳〵吹きちらされる白骨」のイメージと、「真珠湾海底に散つた筈」の「骨肉」のイメージにおいて重ねられているのである。

こんな遺言を残す程の人だから、てんで死後に執着はなかつたのだ。お花畑で風のまに〳〵吹きちらされる白骨に就て考へ、これは却々小綺麗で、この世から姿を消すにしてはサッパリしてゐる、と考へる。この人は遺言を書き、生きてゐる暫しの期間、思ひつきに満足を覚えるだけで充分だつた筈である。実際死に、それから先のことなどは問題ではない自信満々たる生涯であつた。

あなた方はまだ三十に充たない若さであつたが、やつぱり、自信満々たる一生だつた。あなたがたは、散つて真珠の玉と砕けんと歌つてゐるが、お花畑の白骨と違つて、実際、真珠の玉と砕けることが目に見えてゐるあなた方であつた。

ここで「あなた方」は「生きてゐるしばしの間、思ひつきに満足を覚えるだけで十分だつた」とされる「富豪」と重ねられることで、「軍神九柱」という象徴的な統合に対し、「思ひつき」をはらんだ異質なものとなってしまっている。小説の末尾では、「英霊」として死んだはずの「あなた方」自身が「死」も忘れてしまっていたというモメントすら強調され、その状態を「遠足」として語っている。(16)

老翁は、実現されなかつた死後に就て、お花畑にまきちらされた白骨に就て、時に詩的な愛情を覚えた幸福な時間があつた筈だが、あなた方は、汗じみた作業服で毎日毎晩鋼鉄の艇内にがんばり通して、真珠湾海底を散る肉片などに就ては、あまり心を患はさなかつた。生還の二字を忘れたとき、あなた方は死も忘れた。まつたく、あなた方は遠足に行つてしまつたのである。

「遠足」は「死」と「生」というカテゴリーを無効化するように書き込まれ、あたかも彼らが「放送途絶」後も未だ世界のどこかを飛んでいるという想像を開いてしまう。死においては、喪の作業が行われないと死者たちを象徴化できないとすれば、「真珠」における「あなた方」は永遠に死ぬことも生き返ることもない、奇妙な状態へと引き込まれているのである。この意味で、「あなた方」に対する喪の作業は決して終了することはない。「あなた方」の「情報」はそれ自身に対して余剰の「情報」を与えられ続ける可能性自体を付与され、決してそれ自体葬り去れないものとなるのだ。

ところで、同時代評では平野謙にせよ宮内寒弥にせよ、「あなた方」とは「九軍神」のことであると断定していたが[17]、「特殊潜航艇」による真珠湾攻撃は、実際には九名ではなく十名で行われたのであり、一名の生存者がいた。少尉として「特別攻撃隊」に参加した酒巻和男は生き残り、この戦争における日本軍初の捕虜となっている[18]。彼は捕虜のため「軍神」化されることもなく、情報漏洩させてはならない国家の機密となっていた。「真珠」における「あなた方」が一連の訓練と行動に従事し、「真珠湾海底に散つた筈」の人々を指すとすれば、もしそのなかに捕虜となり生き延びた人が居る場合、「九軍神」ではない「あなた方」とは、一体誰のことになるのか[19]。「あなた方」は「九軍神」と呼称が異なる以上、完全に重なるわけではない。確かに作者である安吾は、生存者に関する秘密など当時知り得なかった。だが、「九軍神」という固定された呼称を用いるのではなく、「あなた方」という呼称を用いる「真珠」の叙述方法そのものが、このような指示対象に関する看過できない問題を開いてしまっているのである。

このような発想は、およそ二年後に執筆された「歴史と現実」(『東京新聞』一九四四年二月八日)において語った、「戦争といふ現実が如何程強烈であつても、それを知ることが文学ではなく、文学は個性的なものであり、常に現実の創造であることに変りはない」という言葉とも響き合っている。また「二合五勺に関する愛国的考察」(『女性改造』一九四七年二月)では、安吾自身は戦時中きわめて「ぐうたら」な生活を過ごしていたが、「歴史上」においては、「カイビャク以来の戦争」を凌いだ「異常にして壮烈な歴史的人物」として見出される可能性について語っている。「文学」において「現実」に対し常に新たな可能性を見出して行く姿勢は、安吾の持っていた創作態度として一貫していたものだ。

このような、汲み尽くせない「現実」の可能性の問題は、「真珠」において、「あなた方」と呼ばれる死者たちを「神話」(平野謙)に取り込むことができず、「砕け」た「真珠の玉」、「肉片」の「粉」として海中を漂い続けている状態として描くことに表されている。「真珠の玉と砕け」た「粉」として「あなた方」を小説に書くことは、そこに「粉」として飛散し、異和としてあり続けるものとしての死者たちが常にある可能性を開いてしまうことに他ならない。このような観点からすると、あらゆる死者にとって追悼は原理的に不可能な行為であるだろう。「真珠」に「粉」として書き込まれることにおいて、死者たちは自らを砕け散り続ける者として不断に回帰させられることになるのである。

　このように、「真珠」に描き出されていた問題とは、時代状況の枠組みに文脈を見出そうとすると必然的に大本営発表の与える「情報」において解釈される「あなた方」の存在に対し、むしろその文脈への構想力を座礁させ、「僕」の偶発性を基調とする生活の記述へと不時着させてしまうことで、「情報」の喪が不可能であることを示すことだったと言えよう。この意味では「歴史」の叙述も「現実」の経験も、「情報」としてはその目的（テロス）とともに十全に構築されることはなく、常にその構成の転覆可能性と共にしか届かない。「真珠」という作品は、「情報」が持たされている目的に対して、それを「僕」の記述という余計な文脈と組み合わせることで「本末顚倒」な想像を喚起してしまうように機能している。この意味において「真珠」は、「情報」に囲い込まれた世界においてその文脈を散乱させ換骨奪胎してしまう、抗争する散文としての「小説」の特徴が表現された作品であったと言えるのである。

第六章　空襲と民主主義――「白痴」論

一　「露路」と「掟」

第二次世界大戦はアメリカが軍事力において「空の覇権」を確立し、その後の影響力の前提を形成した大きな出来事となった。二〇世紀後半における冷戦構造、さらにそれ以降続いたアメリカの覇権体制は、航空機という「空の文化」なしには考えられなかったと言える[1]。現代に至るまで空軍力は軍事的‐政治的覇権の形成に関して大きな力を保ち続けてきたが、安吾はまさに先の大戦において大型戦略爆撃機の行う空爆の下を生き延び、その空襲の様相を描きつつ小説を書いた作家だったのであり、その代表作といえる小説が「白痴」である。

戦争終結の後の一九四六年六月、小説「白痴」は雑誌『新潮』に発表された。そこには空襲によって街の「露路」が破壊され、炎の中へと消滅してゆく様が描かれている。この小説を平野謙は「必要以上に空襲の細密描写なぞつみかさねて模索をつづけ」ているとして批判的にみなしたが[2]、むしろその「細密」な空襲描写には、戦時中の空襲の様相と、それによってどのようにその下での生の条件が変化したのか（あるいは変化しなかったのか）を読み込むことができるだろう。[3] このような問題意識から、ここではまず小説「白痴」に見られる空襲の表象とそれがもたらす帰結についての読解を行いつつ、安吾の評論と戦後社会との関連性について論じたい。

この小説は、戦時中、文化映画の演出家として糊口をしのいでいる主人公・伊沢の元にある日隣家から「白痴」の女が逃げ込んでくるところからはじまる。その女をかくまっている内に空襲に遭遇し、共に爆撃の下を逃げのびてゆく……というあらすじだが、掲載当時の反響は非常に大きく、二ヶ月前に発表された評論「堕落論」[4] とともに世相に衝撃を与えた。発表時に読んだ奥野健男は、冒頭の「人間と豚と犬と家鴨」という描写によって人間と動物を一挙に並列した部分に惹きつけられ、「全く人間も豚も同じだ、戦後のぼくたちのアナーキーな心情をぐいぐいひっぱりこむ快感と迫力にみちていた」という感想を記している。[5] たしかに小説の冒頭には、後に空爆によって破壊される「露路」という場所で生息している人間たちがカリカチュアのように描かれていることが特徴的だ。

その家には人間と豚と犬と家鴨が住んでゐたが、まつたく、住む建物も各々の食物も殆ど変つてゐやしない。物置のやうなひん曲つた建物があつて、階下には主人夫婦、天井裏に母と娘が間借りしてゐて、この娘は相手の分らぬ子供を孕んでゐる。

だがここで注目したいのは、具体的に「人間と豚と犬と家鴨」たちを並列させる条件を作り出している原因として、「住む建物」が環境として大きく強調されているということである。特に伊沢が住んでいるとされる「商店街の露路」は、彼が住んでいる建物と大差ない建築物の集合体として描かれており、そこにある「何課の誰さんの愛人だの課長殿の戦時夫人（といふのはつまり本物の夫人は疎開中だといふことだ）だの重役の二号だの」が住んでいる安アパートのうち半数以上は「軍需工場の寮」になっている。その中の、プライベートな空間が存在しないこのアパートには「五百円の妾」が住んでおり、居住者の関係は一様で並列的なようだが、実際には互いの間で差別化が競われている。特に登場人物たちの中でも「間借りの娘」は、「露路」内での金銭による差異づけの象徴的な存在として書かれている。

間借りの娘は元来町会の事務員だつたが、町会事務所に寝泊りしてゐて町会長と仕立屋を除いた他の役員の全部の者（十数人）と公平に関係を結んださうで、そのうちの誰かの種を宿したわけだ。そこで町会の役員共が醵金してこの屋根裏で子供の始末をつけさせようといふのだが、世間は無駄がないもので、役員の一人に豆腐屋がゐて、この男だけ娘が妊娠してこの屋根裏にひそんで後も通つてきて、結局娘はこの男の妾のやうにきまつてしまつた。他の役員共はこれが分るとさつそく醵金をやめてしまひ、この分れ目の一ヶ月分の生活費は豆腐屋が負担すべきだと主張して支払ひに応じない八百屋と時計屋と地主と何屋だか七八人あり（一人当り金五円）娘は今に至るまで地団駄ふんでゐる。

この娘は町会の役員十数人と、「町会事務所」という共同の場所において「公平」な関係を結んでいるが、建築物によって分断されつつ併置されている人間たちの間には、性的関係と共に貨幣の交換が成り立っていることが読み取れるだろう。「露路」に住む個々人を結びつけている要因は性的関係と貨幣であり、特に伊沢にとっては、貨幣が織りなしている交換価値の体系の存在が、その外に逃れることができない「悪霊」の「掟」として伊沢の生存を脅かしている。

まるであの二百円の悪霊が――俺は今この女によつてその悪霊と絶縁しようとしてゐるのに、そのくせ矢張り悪霊の呪文によつて縛りつけられてゐるではないか。怖れてゐるのはたゞ世間の見栄だけだ。その世間とはアパートの淫売婦だの妾だの妊娠した挺身隊だの家鴨のやうな鼻にかゝつた声をだして喚いてゐるオカミサン達の行列会議だけのことだ。そのほかに世間などはどこにもありはしないのに、そのくせこの分りきつた事実を俺は全然信じてゐない。不思議な掟に怯えてゐるのだ。

事実としては「アパートの淫売婦」といった個別の現象しか存在しないはずなのに、それらの間に「世間」という全体概念が反復脅迫的に立ち上がってくる。ここには貨幣経済における交換価値の体系が存在論的にとらえられるメカニズムが記されており、それこそが「掟」と呼ばれるものになっているのだ。各個人は分断されて生活しつつも、貨幣を通じたこの「掟」の存在において、ある意味での共同性と呼べるものを共有してしまっている。だが伊沢はこのような形での共同性を忌避したいと願いつつ果たせないでいるのである。
「露路」の奥に住む「気違ひ」の男の家の建物は、一見このような「掟」を無視して成り立っているように見える。それは彼が「浮世の俗物どもを好んで」おらず、「他人と絶縁しようと腐心」しているが故にである。

この隣人は気違ひであつた。相当の資産があり、わざ〳〵露路のどん底を選んで家を建てたのも気違ひの心づかひで、泥棒乃至無用の者の侵入を極度に嫌つた結果だらうと思はれる。なぜなら、露路のどん底に辿りつきこの家の門をくゞつて見廻すけれども戸口といふものがないからで、見渡す限り格子のはまつた窓ばかり、この家の玄関は門と正反対の裏側にあつて、要するにいつぺんグルリと建物を廻つた上でないと辿りつくことができない。無用の侵入者は匙を投げて引下る仕組であり、乃至は玄関を探してうろつくうちに何者かの侵入を見破つて警戒管制に入るといふ仕組でもあつて、隣人は浮世の俗物どもを好んでゐないのだ。

「気違ひ」の家は「露路」に対して閉じており、厳重に他者の侵入を拒む造りになっている。伊沢に「露路」の内情を知らせてくれる仕立屋も、この家の「内部の仕掛」についてはよく知らない。しかしながら「気違ひと常人とどこが違つてゐるといふのだ。違つてゐるといへば、気違ひの方が常人よりも本質的に慎み深いぐらゐのもの」と語られているように、「掟」に従って生を営む「露路」の動物的な人間たちと、「相当の資産があり」「露路のどん底」の家に住む「気違ひ」との間に本質的な違いがあることはこの小説において否定されている。実際、伊沢は最初この男が防空演習の際に「演説（訓辞）」をはじめた時まで、「気違ひ」だと気づくことはなかった。

ある日この露路で防空演習があつてオカミさん達が活躍してると、着流し姿でゲタゲタ笑ひながら見物してゐたのがこの男で、そのうち俄に防空服装に着代へて現れて一人のバケツをひつたくつたかと思ふと、エイとか、ヤーとか、ホーホーといふ数種類の奇妙な声をかけて水を汲み水を投げ、梯子をかけて塀に登り屋根に登り、屋根の上から号令をかけ、やがて一場の演説（訓辞）を始めた。

日本の防空演習は一九三七年の防空法制定以降に本格化したものの、実際には被災を防ぐことよりも、空襲の脅威を煽ることで隣組間の防諜意識を高め国内の統率を図ることが主な目的だった[6]。「気違ひ」はこのイベントに歓迎されている訳ではないが、かといって疎まれている様子もまた描かれていない。また食料配給の際には、「気違ひの女房ですもの白痴でも当然、その上の慾を言つてはいけますまい」と、「白痴」の女はやはり排除される訳でもなく周囲に受け入れられている。これらの描写からは、この「町会」における「気違ひ」の一家は、イレギュラーな存在として受け入れられていることが指摘できるだろう。

防空演習中のこの場面で「屋根の上から号令をかけ、やがて一場の演説（訓辞）を始めた」ことにより、「気違ひ」は防空演習の性質を戯画的に浮き彫りにしてしまっている。彼は「露路」を見渡し指揮する上部（屋根の上）から命令することで、演習を統率する立場をパロディ的に体現してしまっているのだ。さらに言えば「気違ひ」の家の構造自体、他者の侵入に対し即座に「警戒管制」に入れるようになっているという描写からして、この家のあり方と防空の体制はパラレルに語られている。いわば、「露路」においては「正気」の人間と「気違ひ」とは連関しつつ一つの場を成立させてしまっているのであり、その関係の外に伊沢は出ることを願いながらも、人々を分断しつつ併置する建物と貨幣で成り立っている、「露路」という場から出て行くことができないでいるのだ。

　だが、「気違ひ」が「四国遍路」の途中で出会い「露路」に連れてこられたという「白痴」の女は、「気違ひ」の家を抜け出して伊沢の小屋に侵入してきてしまう。小説の後半、「露路」は空襲の直撃を受け、伊沢は「白痴」の女を連れて逃亡することになるが、この意味について考えるためには、「四月十五日」に起こった空襲下における伊沢の「露路」からの逃避が描き出している問題について考察してみなければならない。

二　空襲下における生

　第二次大戦で大規模に展開された空襲における「戦略爆撃」という発想は、元来は第一次世界大戦において唱えはじめられた戦略理論であった。当初は軍事目標のみを破壊する「精密爆撃」を主な目的としていたが（しかし実戦で正確に目標のみを爆撃できた作戦はほとんど存在しなかった）、一九三八年の日本の重慶爆撃においてはじめて無差別爆撃を目的とした攻撃が行われ[7]、第二次大戦においても当初は意識されていた「精密爆撃」の概念は形骸化し、第二一爆撃軍司令官にカーティス・ルメイが着任した後は特に無差別絨毯爆撃が実質上の目的となっていった。第二次大戦では「戦意破壊爆撃」と呼べるような、敵国国民の士気を低下させる目的でも爆撃が行われるようになり、焼夷弾の使用により空爆による死者数はそれまでに比べ急増した[8]。総力戦における戦略爆撃についてヴィリリオはこう述べている。「総力戦の時代に突入することによって、軍事機密（戦場の現実）の局面から、生の現場に過剰にさらされる移行が起きた。というのも、戦略爆撃とともにすべては都市周辺で展開し始め、戦闘を目のあたりに見る人も限られた数ではなく、無数になるのである」[9]。ここで出現したのは、無数の目撃者に唯一つの光景を見せる戦争の技術であり、いわば戦争技術による知覚の一様化と言いうるものであった。

総力戦体制下で空爆を受けた一般の人々は、自らが住む場が比喩抜きの戦場と化したことを否応なく見せつけられると同時に、火焔と爆弾、爆音によるスペクタクルに強制的に包摂されることになった。小説「白痴」内の描写では、空襲時どこに爆弾が落ちるか分からない状況の心理が精細に語られている。「ズドど〳〵と爆発の足が近づく時の絶望的な恐怖ときては額面通りに生きた心持がな」く、空襲はあたかも「よそ見をしてゐる怪物に大きな斧で殴りつけられるやうなもの」であった。上空から一方的に圧倒的な量の爆撃がなされることで、被害者も加害者も相手を直に目撃することのない、非対称的な眼差しのあり方が現出したのである[10]。伊沢がこの戦争を「超自然の運命、いはゞ天災のやうにしか思はれな」いと述べている原因には、空襲によるこのような知覚の非対称的な方向性のあり方が影響していたと言えるだろう。

空爆に対し戦時下の日本の都市では、一九四四年以降、防空的観点から延焼を防ぐため家屋を強制的に破壊し、工場の周囲や交通の要所に空地をつくる建物疎開が実施されていた[11]。この「疎開騒ぎ」の話もまた小説「白痴」のなかに記されている。

戦争といふ奴が、不思議に健全な健忘症なのであつた。まつたく戦争の驚くべき破壊力や空間の変転性といふ奴はたつた一日が何百年の変化を起し、一週間前の出来事が数年前の出来事に思はれ、一年前の出来事などは記憶の最もどん底の下積の底へ距てられてゐた。伊沢の近くの道路だの工場の四囲の建物などが取りこはされ町全体がたゞ舞ひあがる埃のやうな疎開騒ぎをやらかしたのもつい先頃のことであり、その跡すらも片づいてゐないのに、それはもう一年前の騒ぎのやうに遠ざかり、街の様相を一変する大きな変化が二度目にそれを眺める時にはたゞ当然な風景でしかなくなつてゐた。

この小説が特異な点は、このような疎開後の街並みや空爆で破壊された都市の中で、伊沢に対して強迫的に浮かび上がってくる「白痴の顔」のイメージが強調されている点である。「その健康な健忘症の雑多なカケラの中に白痴の女がやつぱり遠くへ押しのけられて霞んでゐる。昨日まで行列してゐた駅前の居酒屋の疎開跡の棒切れだの爆弾に破壊されたビルの穴だの街の焼跡だの、それらの雑多なカケラの間にはさまれて白痴の顔がころがつてゐる」。ここで伊沢の想起に現れてきてしまう「白痴の顔」とは、空間や時間の形式を破壊された都市の瓦礫の中で浮かび上がり、「空間の変転性」や「健忘症」に抵抗し残存してゆくイメージとして、彼の知覚のあり方自体に刻み込まれてゆくのである。

このように、空襲の下で「白痴」の女は、伊沢の意志にかかわらず彼の知覚を通して意識下に刻印された存在となっていた。その事態は、日々の警戒警報や空襲警報が鳴る際にも顕在化している。

毎日警戒警報がなる。時には空襲警報もなる。すると彼は非常に不愉快な精神状態になるのであつた。それは彼の留守宅の近いところに空襲があり知らない変化が現に起つてゐないかといふ懸念であつたが、その懸念の唯一の理由はたゞ女がとりみだして飛びだして、すべてが近隣へ知れ渡つてゐないかといふ不安なのだつた。知らない変化の不安のために、彼は毎日明るいうちに家へ帰ることができなかつた。

伊沢は空襲で「露路」が破壊されると「白痴」を自宅に隠していたことが近隣に露顕してしまうのではないかと想像し、「白痴」の女は「知らない変化」とともにある存在として、伊沢にとって「不安」とともに想起されるようになっていた。この「不安」を払拭するため、四月十五日（空襲の直撃日）以前の伊沢は戦争で女が殺されることを望み、現状が「自然」に解決することを望むのである。「戦争が、たぶん女を殺すだらう。その戦争の冷酷な手を女の頭上へ向けるためのちよつとした手掛りだけをつかめばいゝのだ。俺は知らない。多分、何か、ある瞬間が、それを自然に解決してゐるにすぎないだらう」。

しかし実際には、家が直接に空襲攻撃を受けた時、「露路」が焼跡になろうとするまさにその際で、伊沢は女を小屋から連れ出して逃げることになる。伊沢は内面においては「自然」や「破壊の神」といった超越性として「空襲」や「戦争」を表象し、それらが「白痴」との関わりを「解決」する「裁」きなるものを行うのを待ち望んでいたとしても、実際には「白痴」が彼に残したイメージにおいてその「裁」きに対する「抵抗」が引き起されてしまい、最終的にはその「抵抗」感に従うのである。「身体の動きをふりきるやうな一つの心の抵抗で滑りをとめると、心の中の一角から張りさけるやうな悲鳴の声が同時に起つたやうな気がした。この一瞬の遅延のために焼けて死ぬ、彼は殆ど恐怖のために放心したが、再びともかく自然によろめきだすやうな身体の滑りをこらへてゐた」。

空襲において伊沢が「白痴」を助けるという行為は、それまで彼が「白痴」の「自然」な死を願っていたことと矛盾しているが、彼自身も何故そのような行動をとってしまうかを説明できない。その状態は「気違ひ」のようだと形容される。「なぜ、そして、誰が命令してゐるのだか、どうしてそれに従はねばならないのだか、伊沢は気違ひにな、り、さ、う、だ、つ、た」。しかし、ここで伊沢は実際に「露路」にいた「気違ひ」になった訳ではなく、ここではむしろ「露路」の「気違ひ」との差異が示されている。というのも、「気違ひ」が「掟」を否認することで自らを「露路」の上部に超越させようとする存在だったとするならば、「白痴」の女の存在によって伊沢は逆に、空襲におけるスペクタクルのなかへ自らを差し挟んでゆくのであり、それにより彼は超越性に対する「抵抗」を引き起こそうとしているからである。「気違ひ」と伊沢はこの瞬間に対照的な存在となる。そして、この空襲下の行為のことを伊沢は「最後の取引」と呼び、自らをそこで「芸人」と位置づけることになる。

「僕はね、ともかく、もうちよつと、残りますよ。僕はね、仕事があるのだ。僕はね、ともかく芸人だから、命のとことんの所で自分の姿を見凝め得るやうな機会には、そのとことんの所で最後の取引をしてみることを要求されてゐるのだ。僕は逃げたいが、逃げられないのだ。この機会を逃すわけに行かないのだ。もうあなた方は逃げて下さい。早く、早く。一瞬間が全てを手遅れにしてしまふ」

この「最後の取引」とは、何と何の交換なのか。それは「掟」の価値体系における交換とは異なり、いわば「超越性によって規定される主体」と「自己に内在する抵抗から見出される新たな自己」との交換なのである。つまり、空襲が引き起こす事態を「自然」や「運命」としてとらえている自己と、そこでの「抵抗」感において「自分の姿を見凝め」ることで、「知らない変化」とともに見出される自己とを取り替える試みのことなのである。伊沢がここで行った「最後の取引」とは、空襲のように一様な知覚と行動の強制が行われる事態において引き起こされる「抵抗」感に従うことにおいて、自分自身の新たな姿（「芸人」）を編み出そうとする行為なのだ。そして伊沢は「白痴」の女と共に逃げることによってこそ、「自然」に逆らうこの「抵抗」の技法＝芸術（アート）を身につけるのである。

三　「火」と「太陽の光」

伊沢と女が空襲から逃走する部分に小説が進むと、周囲の建築物がことごとく火に包まれる中を逃げ延びてゆく描写が中心となる。むろんそれらの火災はナパーム弾による効果として木造住宅の延焼を目的としたものであったが、[12]ここで注目したい点は、小説「白痴」にはこの殺傷力を持った「火災」以外にも、「火」というモチーフがいくつか出てくるということだ。例えば、伊沢が煙草に火をつける描写がいくつかあることに注目してみよう。「朝目がさめる。今日も会社へ行くのかと思ふと睡くなり、うとうとすると警戒警報がなりひゞき、起き上りゲートルをまき煙草を一本ぬきだして火をつける。あゝ会社を休むとこの煙草がなくなるのだな、と考へるのであつた」。「白痴」の女が伊沢の部屋に転がり込んでくる前、伊沢は飽き飽きしていた映画会社に行く前に毎朝煙草を吸っていた。そして空襲から逃げ出し、丘の林の中へ入った後で伊沢は改めて一服する。「ねむるがいゝさ、と伊沢は女を蒲団にくるんでやり、彼は煙草に火をつけた。そして何本目かの煙草を吸つてゐるうちに、遠く彼方にかすかに解除の警報がなり、数人の巡査が麦畑の中を歩いて解除を知らせて廻つてきた」。空襲からの逃走の前後を挟むように煙草の火が登場することによって、空襲下の時間における「火」の存在が際立たせられているのである。

また伊沢と女が空襲を逃げ延びた先の丘では、燃える家の「火」で群衆が体を暖めようとしている。「燃え落ちようとする家の火に手をかざして、ぐるりと並んで暖をとり、崩れ落ちる火のかたまりに飛びのいたり、煙に顔をそむけたり、話をしたりしてゐる。誰も消火に手伝ふ者はゐなかつた」。「火」はここでは、群衆の人々の体を暖めるはずのものとして現れている。だがしかし、空襲の夜の「寒気」は「堪へがた」かったにもかかわらず、女と伊沢はなぜか、この火に近付くことはない。女は眠りこみ、伊沢は煙草を吸いながら動かないままの状態でいる。「下の麦畑のふちの諸方には尚燃えつゞけてゐる一面の火の原があつた。そこまで行つて煖(ママ)をとりたいと思つたが、女が目を覚すと困るので、伊沢は身動きができなかつた。女の目を覚すのがなぜか堪へられぬ思ひがしてゐた」。ここで彼は身体を暖めるための手段を求めているはずなのだが、しかし決して「火」に近づくことがないのである。

一方で小説の最後では、伊沢は暖を求め、「火」ではなく「太陽の光」が差すかどうかを考え、移動しようと思う可能性について述べられている。「今朝は果して空が晴れて、俺と俺の隣に並んだ豚の背中に太陽の光がそゝぐだらうか、と伊沢は考へてゐた。あまり今朝が寒むすぎるからであつた」。このように、「寒気」に対し、「火」と「太陽の光」という両者の間の対比は際立ったものがある。何故、身体を暖めるものが「火」ではなく、「太陽の光」でなければならないのか。さらにそもそも「寒さ／暖かさ」という対比はこの小説において、どのような意味があるのだろうか。

例えば「白痴」がはじめて伊沢の部屋へ入って来たのは「真冬」のことであり、「特別寒い夜更けで、一人分の寝床を二人に分割しただけでも外気がぢかに肌にせまり身体の顫えがとまらぬぐらゐ冷めた」い晩だった。

それは驚くほど短い（同時にそれは無限に長い）一夜であつた。長い夜のまるで無限の続きだと思つてゐたのに、いつかしら夜が白み、夜明けの寒気が彼の全身を感覚のない石のやうにかたまらせてゐた。

ここでの「寒気」は、身体から「感覚」を奪うものとして描かれている。「夜の冷気」は伊沢の感覚を奪う。だがここでも伊沢は「火」にまつわるものを用いず、結局は夜が白み、太陽の光が「感覚のない石」のような状態を回復させるだろうことが示唆されている。「暖かさ」は身体に「感覚」を取り戻させるのだが、この「感覚」こそが「白痴」にとって重要な問題としてあるのだ。

この寒い夜、「白痴」の女は「電燈を消して一二分たち男の手が女のからだに触れない」だけで嫌われたと自覚してしまうと描かれているように、欲望を喚起する「感覚」に関する部分が小説の中で強調されている。しかし爆撃の下において、彼女はそのような「感覚」自体を喪失してしまい、「絶対の孤独」へと陥ってしまう。

人は絶対の孤独といふが、他の存在を自覚してのみ絶対の孤独も有り得るので、かほどまで盲目的な、無自覚な、絶対の孤独が有り得ようか。〔中略〕爆撃が終つた。伊沢は女を抱き起したが、伊沢の指の一本が胸にふれても反応を起す女が、その肉欲すら失つてゐた。このむくろを抱いて無限に落下しつゞけてゐる、暗い、暗い。無限の落下があるだけだつた。

爆撃は「白痴」の女の「感覚」を喪失させることで、「他の存在」への「自覚」の契機となるだろう欲望そのものを失わせてしまっている。「白痴」の女から「感覚」と欲望を奪う空襲は、「白痴」を「芋虫の孤独」とまで呼ばれる「無限の落下」にはまり込ませ、対他的な次元を無化してしまうのである。

そして、この意味では伊沢もまた、「感覚」の喪失と呼べる問題と直面していたと言える。それは彼の仕事であった、文化映画の制作においてである。「底知れぬ退屈」を伊沢が会社の映画に感じていた理由は、「神風特攻隊」「本土決戦」「あゝ桜は散りぬ」などといったスローガンが、ひたすら既知の認識構造をなぞる「詩情」に沿った知覚刺激を再生産するばかりで、それが「感覚」を通じて「他の存在の自覚」への欲望を喚起する「芸術」の「構成」を行うことがなかったことにある。「あゝ日の丸の感激だの、兵隊さんよ有難う、思はず目頭が熱くなつたり、ズドズドズドは爆撃の音、無我夢中で地上に伏し、パン〳〵〳〵は機銃の音、凡そ精神の高さもなければ一行の実感もない架空の文章に憂身をやつし、映画をつくり、戦争の表現とはさういふものだと思ひこんでゐる」。スペクタクルへと知覚を強制し、「たゞ現実を写すだけ」のニュース映画制作を指示する映画会社の部長に対し、伊沢は「如何なるアングルによつて之を裁断し芸術に構成するか」という問題を映画に組み込もうとして苦しむ。

だが小説が進むにつれ、対象を「裁断」し「構成する」ことにより「独創」的な「芸術」を生むという伊沢の「意志」的な主体性は、段々とクローズアップされなくなってゆく。代わりに伊沢の生活は、「裁断」も「構成」も不可能な「白痴」の女という存在と共生することにおいて、彼自身が

「芸人」として自らの存在を見出す事態へと転換してゆくのである。そしてそれと同様に、「白痴」の女にも一時の変化が起こる。それは空爆の「火」の海の中で女が主体的な「意志」を示したと伊沢が思い、瞬間的に彼女の中に「人間」を見出したと描かれるシーンにおいて見られる。

女はごくんと頷いた。
その頷きは稚拙であつたが、伊沢は感動のために狂ひさうになるのであつた。あゝ、長い長い幾たびかの恐怖の時間、夜昼の爆撃の下に於て、女が表した始めての意志であり、たゞ一度の答へであつた。そのいぢらしさに伊沢は逆上しさうであつた。今こそ人間を抱きしめてをり、その抱きしめてゐる人間に、無限の誇りをもつものであつた。

「火」に取り巻かれている時だけ、伊沢は彼女に「火も爆弾も忘れて」「俺の肩にすがりついてくるがいゝ」と語ることができた。だが小説を読み進めていくと、この「感動」は長く続かなかったことがわかる。(13) 爆撃が終わり猛火が収まった後で伊沢は「何もかも馬鹿々々しくなつて」しまい、いっとき「人間」と見なされた「白痴」は、小説の最後には「豚」と呼ばれるようになってしまう。「まつたくこの女自体が豚そのものだと伊沢は思つた」。「火」の中での逃亡での二人の関係は、「死」という生命の限界を想定した際に喚起されていた、空襲のスペクタクル下における時空間が作り出していた一時的な共同性だったのだ。しかしその共同性は、「火」に包まれた空間にしか見出せない、いわば終末観を念頭においた発想に支配された世界の中でのみ生まれた共同性でもあった。

「火」は「意志」的な「決断」を迫るものとして小説に描かれるが、その「火」がなくなった時、伊沢にはこの共同性に対する幻滅が訪れる。

しかし「火」がもたらす共同性とは異なり、小説の最後で「あまり今朝が寒むすぎるから」と望まれる「太陽の光」に対しては、伊沢にとって「俺と俺の隣に並んだ豚の背中」を暖め、「寒気」によって「全身」が「感覚のない石」となっている状態から回復できるかどうかが重要視されている。ここで伊沢は女に意気沮喪しつつも、自らの身体を「豚」と同等な場所に「並べ」る。そして「火」に代わり、空襲がなくとも昇る「太陽の光」の下で、「他の存在」への欲望を喚起する「感覚」を自らに引き起こしつつ、「意志」的な主体のみでは包摂不可能な「知らない変化」とともにあることにおいて、それまでと別様な共同性における主体化の契機を立ち上げてゆくことを待ち望んでいるのである。

四　民主主義と主体化

そして、小説「白痴」のラストは次のように締めくくられている。「停車場の周囲の枕木の垣根にもたれて休んでゐるとき、今朝は果して空が晴れて、俺と俺の隣に並んだ豚の背中に太陽の光がそゝぐだらうか、と伊沢は考へてゐた」。この「考へる」という表現は、小説の前半で伊沢が映画会社に対して並べる文句のなかから登場しており、その後小説の展開のなかでしばしば用いられつつも、その意義が変遷している言葉である。ここから、この小説における「考へる」という表現の持つ意味に注目してみたい。

伊沢の会社への文句における「考へる」という言葉は、まず次の部分で用いられている。「ひと思ひに兵隊にとられ、考へる苦しさから救はれるなら、敵弾も飢餓もむしろ太平楽のやうにすら思はれる時があるほどだつた」。ここからは当初、伊沢にとって「考へる」という言葉が、上からの命令系統に従う「兵隊」とは異なり、「個性や独創」を持つ主体が被写体を「裁断し芸術に構成する」ことして意義付けられていたことが読み取れる。だが小説が進んで空襲が行われはじめると、「敵が上陸し、天地にあらゆる破壊が起り、その戦争の破壊の巨大の愛情が、すべてを裁いてくれるだらう。考へることもなくなつてゐた」として、「考へる」という行為自体がいったん伊沢から消え去ってしまう。ところが小説の最後には「考へる」という言葉が、「俺と俺の隣に並んだ豚の背中に太陽の光がそゝぐだらうか、と伊沢は考へていた」という願望とともに再び出現してくるのである。「考へる」という行為の意義は、小説「白痴」のストーリー展開と関連して変化しているのだ。

ここで、空襲に言及した坂口安吾の他のテクストに目を転じてみたい。というのも小説「白痴」とほぼ同時期に書かれた「堕落論」（『新潮』一九四六年四月）においても、戦争時のスペクタクル下の状況が「虚しい美しさ」に充ちていたと位置づけられており、そこから「考へる」ことで距離を取ろうと試みているからだ。

> 戦争中の日本は嘘のやうな理想郷で、たゞ虚しい美しさが咲きあふれてゐた。それは人間の真実の美しさではない。そしてもし我々が考へることを忘れるなら、これほど気楽なそして壮観

な見世物はないだらう。たとへ爆弾の絶えざる恐怖があるにしても、考へることがない限り、人は常に気楽であり、たゞ惚れ〴〵と見とれてゐれば良かつたのだ。私は一人の馬鹿であつた。最も無邪気に戦争と遊び戯れてゐた。

終戦後、我々はあらゆる自由を許されたが、人はあらゆる自由を許されたとき、自らの不可解な限定とその不自由さに気づくであらう。人間は永遠に自由では有り得ない。なぜなら人間は生きてをり、又、死なねばならず、そして人間は考へるからだ。政治上の改革は一日にして行はれるが、人間の変化はさうは行かない。遠くギリシャに発見され確立の一歩を踏みだした人性が、今日、どれほどの変化を示してゐるであらうか。

ここでは、空襲という「見世物」（スペクタクル）に対し、それが人々を傍観者でありかつ潜在的な共犯者として位置づける働きから身を引き剝がす手段として、「考へる」という行為がとらえられていることがわかる。そしてさらに注目したいことは、「人間は考へる」ということと「人間の変化」について語りながら、安吾がそこで「遠くギリシャに発見され確立の一歩を踏みだした人性」という言葉を用いている、という点である。「ギリシャ」という語で暗示されているのが「民主主義」であることは明らかだろう。ここで安吾は「民主主義」と「人性」の変化について歴史的に比べてみていると言えるのではないか。

安吾が戦後の民主主義というテーマに関して当時の言説の文脈とどのように交差していたか。それについて小熊英二は、同時代において安吾は丸山眞男や大塚久雄らの市民社会論と言説を共有していると述べている[14]。そこでは、安吾が一九四六年に発表した「続堕落論[15]」の次のような一節が引かれている。

文化の本質は進歩といふことで、農村には進歩に関する毛一筋の影だにない。あるものは排他的精神と、他へ対する不信、疑り深い魂だけで、損得の執拗な計算が発達してゐるだけである。……

大化改新以来、農村精神とは脱税を案出する不撓不屈の精神で、浮浪人となつて脱税し、戸籍をごまかして脱税し……彼等は常に受身である。自分からかうしたいとは言はず、又、言ひ得ない。その代り押しつけられた事柄を彼等独特のずるさによつて処理してをる[16]……。

ここから小熊は、安吾には「近代的個人」の意識から外れる「農民」を蔑視する思想が丸山や大塚同様に見られるとして、「丸山などと対極に置かれる存在だった「無頼派」作家の坂口安吾も〔中略〕農民像は、丸山や大塚の大衆観と、ほとんど共通のものである。「無頼派」の坂口が、「脱税」を批判するのはいささか奇異にもみえるが、これも「規律正しい兵士、実直な商人、勤勉な労働者」を賞賛した大塚と共通したものであった[17]」と述べている。つまり小熊は、前近代的な「農民」の意識を批判する態度の共通性から「近代的個人」の形成を望ましく見る言説、すなわち丸山眞男による民主主義に自ら参加する「市民」的主体の形成や、大塚久雄による経済生産の面からの自発性の要求と同様に、安吾もまたそのような主体の確立を主張していたと述べているのである。

確かに、安吾の言葉の内には啓蒙主義的な意味としてとれる面もある。しかしながら安吾における主体化の問題に関しては、小熊の論じ方では足りない部分があることもまた確かである。というのも既にこれまで述べてきたように、「白痴」に描かれているテーマ（そして「堕落論」などの論）からは、安吾は「知らない変化」とともにある他者との関係性の次元に主体化の契機を見ようとしていることがわかり、それによって彼の主体化には「「近代的個人」になるか否か」といった形式ではなく、「知らない変化」の次元に従うことで自己において他性を絶えず引き出しつつ、そこでの変化を元にして、主体化の過程を絶えざるものとしてとらえようとしていると言えるからだ。「堕ちる道を堕ちきることによつて、自分自身を発見し、救はなければならない」（「堕落論」）。この点からすると、安吾における主体化の問題を単純に「近代的個人」や「市民」的主体と同質のものとして考えることはできないだろう。

そしてこういった安吾における主体化のテーマは、「歴史のカラクリを知」るという行為と表裏一体のものとしてとらえられていることを忘れてはならない。「堕落論」によると、安吾にとって「自我の本心を見つめる」ことは、「歴史のカラクリを知」ることと表裏一体の行為なのだ。「日本戦史は武士道の歴史よりも権謀術数の戦史であり、歴史の証明にまつよりも自我の本心を見つめることによつて歴史のカラクリを知り得るであらう」。

歴史的・社会的な構造を備えた「カラクリ」は、人間の思考・心理・認識・欲望等々の仕組みを知ることによって浮かび上がってくるものと見なされている。このような「カラクリ」に対する同様の主題が書かれている文章として、「咢堂小論[18]」を挙げることができるだろう。そのなかで安吾は「社会制度によつて割りきれない人間性を文学はみつめ、いはゞ制度の穴の中に文学の問題がある」と述べることで、「制度の穴」と呼ばれる領域をクローズアップしている。そこではあらゆる「制度」が「カラクリ」に過ぎず、「制度」のいわば盲点を見出し続けるということが文学の問題として提起されている。そして、「文学」はその「制度の穴」を通して現れている欲望の形態を見出すことで、主体にとって「知らない変化」を発見しうる契機となりうるものとされるのである。

この意味で、安吾が述べる主体化の契機は、絶えず「制度の穴」において世界に存在している欲望を見出し、その底に潜んでいるものを探ってゆくことにあると言えるだろう。それゆえいかなる制度、戦後の民主主義の政体下においてもまた、常に「制度の穴」を見出すことなしには、安吾にとって主体化の問題はなかったのであり、民主政も天皇制もひとつの制度に過ぎないという点では同様であった。「天皇制といふカラクリを打破して新たな制度をつくつても、それも所詮カラクリの一つの進化にすぎないこともまぬかれがたい運命なのだ。人間は常に網からこぼれ、堕落し、そして制度は人間によつて復讐される。〔中略〕文学は常に制度の、又、政治への反逆であり、人間の制度に対する復讐であり、しかして、その反逆によつて政治に協力してゐるのだ。反逆自体が協力なのだ」（「続堕落論」）。

このような形で安吾における主体化の問題が形成されていった背景には、「意志」的な主体のみでは包摂不可能な「知らない変化」のもとに自己を置くことにおいて、それまでと別様な主体化の契機を立ち上げてゆくという問題を集約的に描いた、小説「白痴」における空襲体験とそれからの逃避のあり方が重要なモチーフとなっていると言えるのだ。終戦後、「民主主義」が急激に前景化したこの時代において、小説「白痴」は、制度の盲点における「知らない変化」と共にあり続ける、主体化のプロセスの問題を提起していたのである。

第七章　「思考の地盤」を掘ること――「土の中からの話」

一　坂口安吾と「土地」

思考の「地盤」や「基礎」というものはありうるのだろうか。アジア・太平洋戦争における敗戦は、無数の人々に大きなショックを与えると同時に、このような「地盤」を反省させる契機となった。「半年のうちに世相は変つた」（「堕落論」）と述べる安吾もまた、戦争の終結を「思考の地盤」そのものを問い直す機会としてとらえていた。

先づ我々が第一に反省しなければならないことは、農村は淳朴だときめてかゝつて一向に深い考察を加へなかつた思考の不足に禍根があつたといふことである。常識とはかういふものだ。我々は常識を思考の根底とし、その上に生活を営んでゐるが、常識は決して深い洞察から生れたものではなく、長い歴史的な思考の地盤であつたといふばかりで、その思考の根底が深く正しいものであることを意味してゐない。農村は淳朴だときめてかゝつて疑ふことのなかつたのが奇怪であり、かういふところに日本国民全般に思考力が不足してをり文化の低さがあつたので、我々は先づ身辺の貧弱な、又欺瞞にみちた数々の常識に正しい考察を加へることが必要だ。

「思考の根底」を「常識」としての「思考の地盤」から引きずり出すこと、これこそが課題であると安吾は語る。この「地盤」は「深い洞察」の有無とは何ら関係がなく、それ自体に善悪もないものとしてある。それは単に「長い歴史的な」時間に形成された性質を持つに過ぎないのであり、そこに安吾は「正しい考察を加へ」るべきことを主張するのである。

評論「地方文化の確立について」は、一九四六年二月『月刊にひがた』に掲載されたものだが、そのなかで安吾は面白いことに、「日本の歴史」が形成してきた「常識」という「地盤」をまさに文字通り「土地」の問題として言及している。内省行為としての「思考の地盤」ではなく、ここでは「地盤」や「基礎」といった言葉の意味を文字通りの、「土地」という問題として安吾は論じてゆくのである。

元来日本の歴史は土の歴史で、大化改新によつて土地国有が断行せられ口分田の制度が行はれて以来、荘園の発生に伴ふ貴族や寺院の隆盛から武士の勃興、すべて土地の力によつて歴史が動いてゐる。さうして、荘園がなぜ発生したかといへば、その最も有力な一因は農民達の脱税行為によるもので、貴族や寺院の領地が国司不入であるために、名目上土地を寄進して脱税をはかる、又は荘園の小作となつて脱税をはかる、このために広大なる貴族の領地が発生するに至つたものであつた。いはゞ日本の歴史を動かしたものは土地であり、その土地は農民に握られ、しひたげられた農民達が、実は日本の歴史を動かす原動力になつてゐた。

ここで興味深いのは、「思考の地盤」がまさに「土地の歴史」にある、と議論を移行するこの思考のあり方だ。「常識」が作られた背景には「思考の基盤」としての「土地の力」があり、それこそが「日本の歴史を動かす原動力になつてゐた」と進める論調からは、安吾が制度や歴史をとらえる際の見方を読みとることができるのではないだろうか。

安吾にこのような書き方で「思考の地盤」についての筆を執らせたものは、一体何だったのだろうか。一九三〇～四〇年代における歴史学が積み重ねてきた議論と農地改革の関連を参照しつつ、「地方文化の確立について」と「土の中からの話」という二つの文章から、安吾の「土地」への見方を考察し、そこで何を問題としていたのかを浮かび上がらせてみたい。

二　中世と農地改革

「地方文化の確立について」では「土地」の歴史について論じる際、比較的具体的に土地制度の問題に言及している。

歴史家は土地制度の欠陥が貴族をふとらせたり武士を発生させたと言ふのであるが、見方を変へると、土地制度の欠陥を利用した農民達の狡猾さが日本を動かす原動力になつてゐたと見ることもできる。言ふまでもなく、農民達をしてかく狡猾な脱税方法を案出せしめたものは過当な課税であり国司や地頭の貪慾によるものであるが、ともかく彼等はあらゆる方法を用ひて脱税した。今日残存する奈良朝の戸籍簿を見ればいづれも重税の対象となる壮丁たちの人口が極めて少なく記載されてをり、戸籍を誤摩化してゐるのでなければ浮浪人となつて出稼ぎし課税をまぬかれてゐる証拠なのである。

ここでは「奈良朝」時代がモデルケースとして挙げられており、引用の後半部の「奈良朝の戸籍簿」に言及している記述からは、安吾が少なくとも「奈良朝の戸籍簿」が掲載されている文献をソースのひとつとしてこの「脱税」に関する話を組み立てたことがわかる。奈良時代の戸籍研究については、澤田吾一による研究(1)(『奈良朝時代民政経済の数的研究』冨山房、一九二七年九月)以降これをもとに進められてきたとされるが、その後、戸籍データを元として奈良時代の社会構造を考察する研究は、戦時中に史的唯物論の理解と結びつきつつ古代家族制研究の分野で盛んになっていた。成清弘和によると、それは次のようにまとめられる。

家父長制を論理的に内包した史的唯物論は戦前から盛んに行われたが、古代の戸籍などを資料とした本格的な家族・親族論は戦時中に始まったといえる。つまり、石母田正「古代家族の形成過程」(一九四二年)や藤間生大『日本古代家族』(一九四三年)などによって、華々しく展開された家父長制家族論はまさに世界史的スケールで、古代日本の家族も史的唯物論の発展段階に位置づけられたかにみえた。(2)

石母田正や藤間生大(とうませいた)ら、史的唯物論をもとにしつつ戦後に民主主義科学者協会をつくってキーパーソンとなる歴史学者たちは、史的唯物論が提唱する史的段階の発展論にもとづく歴史理解をしていたが、実はそこでの「中世」という時代区分は、問題含みのものであった。戦前におけるマルクス主義歴史学の「中世」言説としては、野呂栄太郎『日本資本主義発達史』(鉄塔書院、一九三〇年二月)や『日本資本主義発達史講座』(岩波書店、一九三二年五月〜一九三三年八月)、あるいは渡部義通が主導した『日本歴史教程』(白楊社、一九三六〜三七年)などが挙げられるが、そこでは班田収授の法による土地制度の公有化や、墾田永年私財法に象徴される初期荘園の発生と土地私有化の発展がトピックとして論じられていた。これは、史的唯物論の発展段階説に日本の歴史があてはまることを前提として、奴隷制の崩壊から封建制への移行が、「古代」から「中世」への移り変わりとすることを前提とした発想であった。

しかし一九三〇年代のマルクス主義歴史学では、まだ、中世よりも古代の研究と、明治以降の近代研究が盛んであった。(3) 一九四〇年代初頭になると実証主義的なアプローチを取り入れた形で、日本の古代社会が「奴隷制」と見なせるかについて、古文書の解読を積極的に行いつつマルクス主義歴史学の研究活動が進められてゆくことになる。石母田正「王朝時代の村落の耕地」(『社会経済史学』一九四一年五〜八月)、藤間生大「北陸型荘園機構の成立過程」(『社会経済史学』一九四一年七月〜

九月)、「荘園不入制成立の一考察」(『歴史学研究』一九四二年六〜七月)などが相次いで発表され、また清水三男『日本中世の村落』(日本評論社、一九四二年一〇月)などの刊行により、平安時代から中世にかけた時代についての議論が盛んになっていったのである。

そして戦後になると、石母田正、藤間生大らにより、古代社会から中世への転換が「皇国日本」の崩壊と重ね合わせられて意義付けられてゆく。土地公有・国有化を行った専制主義的な「古代」に対し、そこへの抵抗と歴史的転換を図っていった「中世」、という時代の意義づけが行われていった。この時代の歴史学では「土地」の持つ問題は、公田や荘園というテーマとともに、土地所有と支配に関連する「史的段階」の問題とともに考察されていたのである[4]。

そしてこういった問題意識を元に発展していった戦後史学と、日本の敗戦により起こった「農地改革」という問題は密接にリンクしながら進められてゆく。例えば山田盛太郎は、講座派理論の土地観から農地改革について発言を重ねつつ、「日本における土地問題の解決は、現在、進行中の、日本民主化の過程における最も基礎的な一要素を構成する」と後に位置づけている[5]。一方、敗戦前に官僚が構想していた「農地改革」は、一説によると、地主制を利用してアメリカが支配を容易に行うことを防ぐために計画されていたともされる[6]。

だがそれは、占領後のGHQの介入により挫折する。地主勢力に有利な一九四六年一二月の第一次農地改革案を廃案にしつつ、第二次農地改革を示唆してゆく際にGHQが重視したのは、地主制から小作農を解放することによって、戦時体制を支えた農本主義的イデオロギーの解体と、農村に「民主主義」的なメンタリティの形成をもたらすことであった。

寄生地主制の撤廃とそれによる民主主義の確立をかかげる、この農地改革の制定過程に深く関わった農林官僚の東畑精一は、GHQの意図にもかかわらず、問題は日本の農民の大半が企業家精神を欠如した「単なる業主」であり、日本農業を動かす「経済主体」となり得ない点だと論じていた。近代的主体の形成の必要を唱えた大塚久雄の農地改革観もまた、同様なものであった[7]。

このように農地改革とは、思想的にはマルクス主義講座派陣営からの「天皇制=奴隷制」からの解放というテーマと、近代主義者からの「主体の確立」というテーマが重なり合いつつ論じられた問題であった。またその実行においては、戦前の官僚が立てていた計画を、占領軍がチェックし形を変え実行命令を下すという錯綜した形をとっており、いわば戦前から戦後にかけての諸勢力の争点がからみ合いつつ集中したトピックでもあった。

安吾が戦争終結後の早い時期から土地問題に関心を持っていたことは、一九四五年九月一八日付の実兄である坂口献吉宛書簡に、

> 尚又今後重大な社会問題としては、失業対策として耕地問題即ち地主の土地分割という問題が提出せられると思いますが、之等の新事態に対しても、従来の社会主義理論などにとらわれず、日本眼前の必要という差しせまった事態として之を見て、ゴマ化しのきく論法や態度をとらず、日本永遠の観点に於て、対処発論せらるべきです。

と書いていることからも読みとれる。また安吾は、「地方文化の確立において」の中で農地改革と

歴史記述の関連性を示す発言を行っている。

> 歴史家は土地制度の欠陥が貴族をふとらせたり武士を発生させたと言ふのであるが、見方を変へると、土地制度の欠陥を利用した農民達の狡猾さが日本を動かす原動力になつてゐたと見ることもできる。

このように、安吾は同時代の農地改革論に対して様々な反応をしているのだが、「土地制度の欠陥を利用した農民達の狡猾さ」を歴史の「原動力」と呼ぶこの視点には、前章でも触れたが、「農民」を「市民」として覚醒させなければならない、という論調は共有されていない。東畑や大塚らが「主体」の概念を前提としつつ「土地」の問題を考えているのに対して、安吾はそれと異なり、「主体」の前提自体が「土地制度」のなかで作り上げられていくと考えていると言えよう。つまり安吾は、「主体」が可能か否かという問題に行くよりもまず、「土地」の持つ力に即して既に「主体」がある形で構成されてしまっている、というあり方に注目しているのである。また一方で、史的唯物論の見方との関連では、専制政治からの解放を古代からの中世の成立に重ねる発展図式に対して、現代でも「土地」に関する問題は「農民」たちの「狡猾さ」を形成しつづけながら残存している、という反復性の面を強調してもいることが見てとれる。

三　「土地」の不気味さ

ここで、歴史への意識と戦後の問題が重ねられている安吾の文章として、単行本『道鏡』（八雲書店、一九四七年一〇月）所収の「土の中からの話」を参照してみたい。この「土の中からの話」は一風変わった構成になっており、評論と創作が組み合されて一本の作品になっている。この作品には、「地方文化の確立について」で見られるような安吾の「土地」観と創作との関係が読みとれるのである。

「土の中からの話」についての先行文献は、管見のかぎり多くはない。杉浦明平はこの作品について「思いつくままに農民の土地所有と動かしがたい保守性、農村の排他性や狭さにふれ、農民の歴史は悲惨だったが、その代り、つけ上がらせればいくらでもつけ上がるというような感想を雑然とのべたのち、寺から借りた二斗の酒を返済できずに死んだ百姓がその罰で牛に生まれ代わって八年間寺で働かされる話が語られる」とまとめた後、「農民論には耳を傾けるべき部分もあり、小説にはユーモラスなところもあるけれど、全体としてしまりがない」と述べているが、[8] 内容について具体的には論じていない。奥野健男は「一種の残酷物語だが、土や農民、そして女の執念に対する作者のやりきれない嫌悪が表現されている」とし、[9] また川村湊は「安吾は、渡来人、芸能民、行商人、海民などの生の在り方に興味を引かれていたのであって、それに較べ、日本の田舎の農村生活や農耕民については、冷ややかな関心しか向けていないように思われる」とした上で、「「土の中からの話」は、まさにこうした日本的農民の性格について語ったもの」だと言及している。[10] 確かに、「土の中からの話」で描かれている「農民」像への一方的なまなざしのあり方には難があることは否みがたい。しかしここでは、「土地」というテーマには当時の歴史学における歴史理解と、戦後の農地改革という問題が重なり合うことから浮かび上がってくる問題について論じたい。

「土の中の話」は執筆年月が正確には未詳であり、本文の末尾に「昭和二十年」と記されていることが手がかりになってはいるが、『道鏡』刊行以前にどのような執筆・発表の過程を踏んだのかは確定できていない。しかしこのテクストのなかでは、「農民」の行動や中世の文学への参照が、「地方文化の確立について」などの他の評論に見られるよりもかなり詳しくなされており、執筆時期は少なくとも先の坂口献吉宛書簡と重なることはあるとしても、戦争終結前ということはないと筆者は考える。

この話は前半と後半に分けられており、前半は「土と農民との関係」に関する評論的な文章、後半は物語となっている。まず前半の評論部分で言及されている一つのモチーフとして、農民にとっての「土地」とは「土」なのであり、それは作家にとっての「原稿用紙」にあたるはずだという推測が書かれている。

私の親父は商売が新聞記者なのだから、新聞紙にも自分のいのちを感じてゐたに相違ない。誰しも自分の商売に就てはさうなので、私のやうなだらしのない人間でも原稿用紙だけは身体の一部分のやうに大切にいたはる。〔中略〕商人が自分の商品に愛着を感じるかどうか、もとより愛着はあるであらうが、商ふといふことと、作るといふこととは別で、作る者の愛着は又別だ。さういふ中で、農民といふものはやつぱり我々同様、作者なのであるが、我々の原稿用紙に当るのがつまりあの人々では土に当るわけで、然し原稿用紙自体は思索することも推敲することもないのに比べると、土自体には発育の力も具はつてゐるので、我々の原稿用紙に更に頭脳や心臓の一かけらを交へた程度にこれは親密度の深いものであるらしい。その上に年々の歴史までであり、否、自分の年々の歴史のみではなく、父母の、その又父母の、遠い祖先の歴史まで同じ土にこもつてゐるのであるから、土と農民といふものは、原稿用紙と私との関係などよりははるかに深刻なものに相違ない。

小説家にとっての「原稿用紙」が「身体の一部分」であるように、「土」が「農民」にとって「我々の原稿用紙に更に頭脳や心臓の一かけらを交へた程度に」「親密度の深いもの」であると意義付けられている。暑い夏に原稿用紙を心臓の上に押し当ててみたとき、「なつかしさで全てが一つに溶けてゆくやうな気持ちになつた」ことがあると語りつつ、しかし一方で小説が書き終わると「見るのが怖しいやうな気持になり、題名を思ひだしてもゾッとするやうになつてしま」ったと安吾は書く。「原稿用紙」はここで、身体に取り込まれつつも身体とは異質なものとして描かれているのである。小説家としての安吾にとって、原稿用紙は自己自身を形成するためには欠くことが出来ない「いのちの籠つたもの」でありながら、同時に決して自己と同一化することなく、おぞましい感覚をも与えるものである。同様に、農民にとって身体の一部と化した「土地」とは、「愛着」によって自身を構成する一部として取り入れられつつも、同時に取り込みきれないものとしてあることも語られている。

さらに加えて安吾は、「原稿用紙」と「土」の間には決定的な違いがあるとも記す。「原稿用紙」と「土」との違いは、「土」には「年々の歴史」が関わってくる点である。「土」はそれ自体が様々な制度的歴史を孕んでいるものでもあり、「農民」はそこにおいて「生活感情や考への在り方」などを育んでいる。「土地」とは「農民」にとって、そこにおいて自己の個体性を形成している一つの条件として既にそこにあるものなのだ。そして「土地」には「自分の年々の歴史のみではな」い時間性や政治性が孕まれており、それらが「人間」を構成する要素となってゆくのである。「人間には数千年の歴史が複雑なヒダをつくってゐる」(「地方文化の確立について」)。

安吾によると、「土地」をめぐる「農民」の歴史は、「大化改新以来今日まで殆ど変化といふものがなく続いて」きた。「土の中からの話」の「土地」観は、班田収授の法が成立し、租税逃れのために流民が荘園に流れ込んでくることで権門勢力が大きくなり、貴族が力をつけ土地私有制度が発生していったとする説を踏まえている。[11] だがその議論を踏まえながらも、ここで安吾がいわば「書き過ぎ」ている部分はかなり奇異な印象を与える。

表向きの〔歴史の〕立役者は皇室、寺院、貴族、武家の如くであるが、一皮めくつてみると、さうではない。実は農民の脱税行為が全国しめし合せたやうに流行のあげく国有地が減少して貴族がふとり、ついで今度は貴族へ税を収めるのが厭だといふので管理の土豪の支配をよろこび、土豪を領主化する風潮が下から起つておのづと権力が武家に移つてきたので、実際の変転を動かしてゐる原動力は農民の損得勘定だ。〔中略〕いぢめられ通しの農民には、上からの虐待に応ずるには法規の目をくぐるといふ狡猾の手しか対処の法がないので、自分が悪いことをしても、俺が悪いのではない、人が悪くさせるのだと言ふ。何でも人のせゐにして、自主的に考へ、自分で責任をとるといふ考え方が欠けてをり、だまされた、とか、だまされるな、と云つて、思考の中心が自我になく、その代り、いはば思考の中心点が自我の「損得」に存してゐる。自分の損得がだまされたり、だまされなかつたり、得になるものは良く、損になるものは悪い。損得の鬼だ。これが奈良朝の昔から今に至る一貫した農民の性格だ。

「農民」の「思考の中心点」は決して「自我の「損得」」を抜けない。そのため「自主的に考へ、自分で責任をとるといふ考え方が欠け」てしまう。こう言い放つ安吾は、それゆえこの「歴史の原動力」自体の有り様を変えることこそが必要だと考え、「土地」を所有するという発想自体を変えなければならないと主張するのである。そこから安吾の話は「自主的に考へ、自分で責任をとるといふ考え方」が育つための具体的「地盤」に踏み込んでゆく。

これは一つは土のせゐだ。土は我々の原稿用紙のやうにかけがへのある物ではないので、世界の大地がどれほど広くても、農民の大地は自分の耕す寸土だけで、喜びも悲しみもただこの寸土とだけ一緒なのだ。ただこの寸土とそれをめぐる関係以外に精神がとどかないので、人間だか、土の虫だか、分らぬやうな奇妙な生活感情からぬけだせない。土地の私有がなくならぬ限り、農村の魂は人間よりも土の虫に近いものから抜けだすことは出来ないやうだ。

「寸土とそれをめぐる関係」によって規定された「農民」が、その「関係」の外において自らを変化させること。そのことによって「自主性」自体を形成する可能性について語りつつも、農村にまつわる「物語」が、「農村は淳朴だ」とする「思想」を撒き散らし続けることで、「農民」達自身が「自分自身の善良さを信じて疑ふことを知らない」ようになってしまう物語の構築を批判する。

安吾はそのような物語に対抗するために、「伊太利喜劇」の「ピエロ」のような、「戯画化された典型的人物」によって「損得勘定」を余す所なく描く創作、いわば喜劇でありながら批判でもある創作の必要について言及している。

伊太利喜劇といふものがあつて、これは日本のにはかのやうに登場人物も話の筋もあらかたきまつたもので、例のピエロだのパンタロンのでてくる芝居だ。可愛いい女の子がコロンビーヌ。意地わるの男がアルカンなどときまつてゐて、ピエロはコロンビーヌにベタ惚れなのだがふられ通しで、色恋に限らず、何でもやることがドヂで星のめぐり合せが悪くて、年百年中わが身の運命のつたなさを嘆いてゐるのである。ところが舶来の芝居は情け容赦がないもので、日本の勧善懲悪みたいにピエロも末はめでたしなどといふことは間違つても有り得ず、ヤッツケ放題にヤッツケられ、悲しい上にも悲しい思ひをさせられるばかりだ。そのくせ狡いといへばこの上もなく狡い奴で、主人の眼や人目がなければチョロまかしてばかりゐる。

このような「典型的人物」を描くことが「日本の農村」の物語において必要だと安吾は語る。彼によると「戯画化された典型的人物」の存在によって、「農民」自身が自己のイメージをひとつの演劇的「典型」として突き放してとらえることができてはじめて、その「典型」を演じさせる舞台であるただの「土地」が「社会的に設計されているもの」として見えてくるのである。それによって、「土地」が「農民」にとって自己自身をつくりだしている「親密」なものとして機能していることが、認識に抑圧されていたものとして現れてくることになるのだ[12]。「土地」が抱かせる「親密」さと不気味さが対象化されない状態では、人々は自己の「思ひこみ」を自発性として位置づけてしまうことを避けられないだろう。安吾はこのエッセイにおいて、「農民」にとって親密なものとしての「土地」という「抑圧されたもの」を描き出すことで、それを「不気味なもの」として戦後の時空間へと回帰させようとしているのだ。

四 「思考の地盤」としての「土地」

「土の中からの話」のなかでは、二つの物語が語られている。その一つである『今昔物語』中の藤原陳忠の話は、「伊太利喜劇」のような「典型的人物」を描いた例として取り上げられている。一方、末尾に置かれている「土の中から生れた小さな話」なる物語は一見唐突に出てくるのだが、この

「昔噺[13]」もまた、「抑圧されたものの回帰」というテーマにおいてエッセイ部分と共通点を持つと考えられるのではないだろうか。

この物語の筋は次のようなものだ。物部麿は坊主から酒を借りたが返済できず、死後牛になって八年寺に仕える契約を結ばされる。しかし耐えきれなくなった牛が毎晩和尚の夢に現れ、彼のキンタマを蹴り上げるようになってしまう。それを忌々しく思った和尚が牛を解放するという（だけの）話である。この話のなかで浮かび上がってくるモチーフとしてまず注目されるのは、「所有」をめぐるテーマであり、和尚が麿をいかにして所有することになるかというプロセスである。所有の理由となっているのは「負債」であり、麿が婚礼の際に寺から借りた二斗の酒の負債の代わりとして、彼のいまわの際に和尚は「牛に生まれ変わって八年間働くこと」を言いつけるのである。

「なんで牛に生れなければなりませんか」

「それは申すまでもない。この容態ではとてもこの世で酒が返せないのだから、牛に生まれ変つてきて、八年間働かねばなりませんぞ。それはちやんとお釈迦様が経文に説いておいでになることで、物をかりて返せないうちに死ぬ時は、牛に生まれてきて八年間働かねばならぬと申されてある」

「たつた二斗の酒ぐらゐに牛に生れて八年といふのはむごいことでございます。どうか、ごかんべん下さいまして」

「いやいや。飛んでもないことを仰有るものではない。ちやんと経文にあることだから、仕方がないと思はつしやい。それとも地獄へ落ちて火に焼かれ氷につけられる方がよろしいかの。八年ぐらゐは夢のうちにすぎてしまふ。経文にあることだから、牛になつて八年間は働いてもらはねばならぬ」

「二斗の酒」の借財と、「八年間」の労働期間には厳密にいって因果関係はない。だが、「経文」に言及することでそれらの間に等価な関係が結ばれ、負債の利子が含まれた時間として「八年間」の苦役が告げられており、それによって「牛」は「別に縄につながれてもゐないのに」和尚に所有されることになる。和尚は「八年ぐらゐは夢のうちにすぎてしまふ」のだから大したことではないという態度を見せるものの、「寺男」である「牛扱い」の荒さは酷いものであった。「ゆつくり草もたべさせず、縄をつかんで鼻をぐいぐいねぢりまはして引廻すものだから辛いこと悲しいこと、それでも五年間は辛抱した。そして、たうたう、たまらなくなつてしまつた」。五年たった頃から和尚が「毎晩々々」見はじめた「夢」は執拗に反復し、和尚を悩ませる。

その晩から、和尚は毎晩のやうに、夢の中で必ず牛に蹴とばされる。どうやらスヤスヤ寝ついたと思ふと、どこからともなく牛がニューとでてくるのだが、ニューとでてくる、アッと思ふともうダメなので、逃げるに逃げられず追ひつめられて、そのときキンタマをいやといふほど蹴とばされるのである。

「八年ぐらゐは夢のうちに過ぎてしまふ」と語った和尚は、過ぎ去らず毎晩反復する「夢」の時間の中で「キンタマをいやといふほど蹴とばされる」羽目になる。「二斗の酒」の代わりとしての労働期間は、「経文」により「八年間」という具体的な長さにおいて課されていたが、「毎晩々々」見る夢には具体的な長さが提示されていない。これにたまらず、和尚は残り三年の労働をチャラにすることになるのである。

「負債」の時間に対する「夢」の登場は、毎日のように反復する「夢」に現れる暴力が、「経文」の解釈によっては抑圧しきれないものだということを示していると言える。和尚の本心としては「まだ三年あるのに、もつたいないことだと思つたが、毎晩キンタマを蹴られるのも迷惑な話だから、まア、このへんで勘弁してやるのも功徳といふものだろう」と損得の計算をしつつ、

「まだ三年もあるのだが、見れば涙など流して不愍な様子だから、特別に慈悲をしてやらう。こんな慈悲といふものは、よくよく果報な者でないと受けられるものではないが、それといふのもお前の運がよかつたのだから、幸せを忘れぬがよい。さア、好きなところへ行くがよい」

ということで牛を解放することになる。「経文」の法解釈によって所有された牛は、同じく法解釈の形をとって一応解放される、というのがメインの筋になっていると言えよう。

だが、この物語にはもう一つの見逃せない要素が書かれている。それは物部麿の妻となった、「桜大娘」という女性だ。この女は物語の最後、和尚の「牛の夢にうなされたことがないか」という

質問を「そんなをかしい夢を見る者があるものかね」と笑いとばし、「ほんとに意地の悪いいたづら者だよ、和尚さんは」と一笑に付してしまう。実は彼女は、和尚が経文をたてに麿を牛として八年間働かせると言った際、「お前さん経文にあることだから仕方ないよ」と彼を説得していた。だが、後に和尚と川のそばで話していた会話からは、麿に告げられた「牛に生まれてきて八年間働かねばならぬ」という言葉を、「意地の悪いいたづら」としてしかとらえていなかったことがわかるのである。

女の笑いを聞き、和尚は「てれて、ひきさがつて」ゆく。それは「経文」を理由に「牛」を所有していた和尚が、ただの「いたづら者」へと卑小化される瞬間でもある。それは、女が麿の死後の話についての「経文」の解釈を「いたづら」として見なしたことに依っている。女は端的に、「経文」から世界を見ることを笑いとばしているのである。[14] 和尚は「経文」にあるからという解釈によって判断を下すが、その判断の根拠（地盤）自体については何も考えることがない。「牛」を使役し、徹底的に自分の利益になることを行っていても、その行為は「経文」の教え通りのものとしてしか認識していないのである。この点において、和尚にとっての「経文」には、「農民」にとっての「土」と同様に、自己の条件に盲目的に縛られているため、行為の意義を把握することができない立場が描かれている。この「土の中からの話」には、「経文」が「土」と同様に人間の思考を拘束している様子が描かれているとともに、そのような状態が笑いとばされることで、そこからの解放への夢が示唆されていると言えるだろう。

ところで最後に、物部麿のような死者の話は「土の中からの話」前半のエッセイ部分にも出て来ていたことを思い出したい。

この噺は土の中から生れた噺なのだが、それなら、農民が土を私有しなくなつたらこんな噺はなくなるかといふと、然し、農民が土を私有しなくなる、ところが、困つたことに、農民が土の怨霊から抜け出す時がきても、人間といふ奴が、死んだあとでは土の中へうめられて土に還つてしまふので、どうも、これは、困つた因縁だ。結局、話が人間といふことになつては、私の屁理屈やおしやべりはもう及びもつかない。

物部麿の話は、死者が「牛」になって戻って来るという物語だったが、ここでは死者が文字通り「土」になってしまうということが述べられている。「土」には「死者」が無数に混じってゆくのであり、「土の中からの話」は、そこで生まれる「土の怨霊」についての議論と「説話物語」の持つ文脈を越えて「現代」と接合する時空間とを重ねることで、「土」の持つ反復的で亡霊的な影響力を浮き彫りにしているのである。

同時期に進行していた農地改革は、安吾に「土地の私有」について考えさせた。しかしそれ以上に彼は「土地」を、そこにおいて人間たちが自己を形成しあるいは制作されてゆく、具体物と制度と技術との重層的な混淆体として見ていたと言えるだろう。しかしながら一方で「土の中からの話」という作品は、「思考の地盤」として機能するものとしての「土」を掘り起こすことの必要性を示している。むしろ自らの地盤に裂け目を入れるこの掘り起こしの行為こそが「思考の根底」と呼ばれるべきなのであり、「土の中からの話」はまさに「土の中」に抑圧されているものを呼び起こす話として描かれているのである。そしてここからは、この掘り起こしにおいて現れる「土」の裂け目に身を置くことで見出されるものとしての、新たな「自己」の誕生が待望されているのだと言えるのではないだろうか。

第八章　暴力と言葉──「ジロリの女」をめぐって

一　「ジロリ」の眼差し

言語と暴力の関係は、言葉が単に暴力的情景を描写することにあるのではない。紋切り型的な展開を持ち、俗物的な行動に徹しようとする語り手をもった小説である「ジロリの女」[1]においては、語り手の言葉が小説内の「ジロリの女」たちに対する「暴力」を描き出す点において独特な効果を生んでいる。本章では、この小説に見られる「言葉」と「暴力」との関係が持つ問題についての考察を試みたい。

「ジロリの女」は、「ジロリ」と見る視線を持つ女性に執心する男の「手記」として書かれている。戦前にわか仕込みの漫才師をしていたゴロー三船は「ジロリ」と見る視線を持つ遊妓の金龍に対して奴隷的に奉仕するが、戦後になると「インチキ会社」の社長として様々な女たち（富田衣子、富田美代子、夏川ヤス子）に関わってゆく顛末が書かれている。

村松友視はこの小説が「読むたびに色合いのちがう不思議な作品」であり、「一種の悪徳小説(ピカレスク)とも読めるし、ひとりのどうしようもない男の滑稽譚とも読めるし、原体験に生き方を決められた男の悲劇とも読めるし、マゴコロを目指す男の誠実な物語とも読める」と述べている。(2)

だがこの小説は発表時の評価が高かったわけではない。例えば十返肇は「ジロリの女」を「白痴」と対比しながら批判し、「「白痴」のラスト部分に見られる「新しい出発にふさわしい前向きの姿勢」が、「ジロリの女」からは読み取れない」と書いた。(3) 関井光男はこういった低い評価に対して、この作品に見られる宗教性を指摘しながら、「文学は説教でもなければ宗教でもないという認識が諸家の評価の機軸になってい」た、当時の「やり玉に「ジロリの女」が上った」としている。(4) 一方、福田恆存は「ジロリの女」を「金銭無情」や「青鬼の褌を洗う女」といった小説と並べ好意的にとらえ、安吾が「自分の作品の框(かまち)をぶちこはしはじめた」小説として「ジロリの女」を位置づけている。(5) 福田によると、それまでの安吾の小説は「実証主義精神」や「合理主義精神」が徹底された後でも消えずに残る「フィクション」を描き出すことに賭けられていたが、「ジロリの女」はその「フィクション」自体を対象化して放擲しようとする試みだとされているのである。

だが、これらの論者が前提としている三船と「ジロリの女」との関係については、より詳細にみてゆく必要がある。というのも、それらの論の前提になっている、三船の行動を駆り立ててゆく「ジロリの女」への「情熱」は、もとから彼に備わっていたものではない点が見落とされているからだ。小説の語り手たるゴロー三船の性癖は、(安吾の作品で繰り返し変奏して描かれる、冷酷なタイプの女性である)金龍の存在によっていわば「感情教育」されたものであることが、冒頭から明

> 示されているのである。
>
> 私がこの手記を書くのは、金龍の想い出のためではないのだ。私ももう四十を越した。私の一生は金龍によって変えられ宿命づけられたようなものであった。
>
> 私は二十六の年に平凡な結婚をして、今では三人の子供もある。私は然し、恋愛せずには生きられない。けれども、私にとって、気質的に近い女を手易く口説いてモノにするのは恋ではなく、私の情熱はそのような安直な肉体によって充たされることが、できなくなっていた。私は例のジロリ型の反撥に敵意をいだく女を、食い下り追いつめて我がものとすることだけに情熱を托しうるのであった。それは金龍が私の一生に残してくれたミヤゲであった。

この「手記」は金龍との間の出来事がゴロー三船に及ぼした変化の顛末について、語り手たる三船が書き記す形をとっている。三船の「情熱」は先天的なものではなく、金龍による一種の教育がもたらした「ミヤゲ」としての効果が三船の一生に与えた影響と、その帰結を書くことに語り手の焦点は絞られていると言える。

もともと、ゴローは「ジロリ」の視線を持った女に対して、「私と性格的に反撥し、一目で敵意をもったり、狎（な）れがたい壁をきずいたりするふうで、先ずどこまでも平行線、恋など思いもよらぬ他人同士で終るべき宿命のもののようだ」と考えていた。この認識は、小説のラスト近くまで変わることはない。このような「狎れがたい」女たちを例えば「他者の群れ」と呼び、「彼女らに捧げられる「憎悪」も、そして「讃仰」も、安吾なりの他者性への接近の仕方と言えるかも知れない[6]」ととらえてゆく見方も成り立たないわけではない。

だがそのように、性差に対して世俗化された超越性を見出す解釈に対しては留保が必要である。というのもゴローは、金龍との間の出来事を「何か切実ではなかったような思いがする」と述懐しつつ、認識における「感傷とか甘さというものの喪失から来たこの現実の重量感の負担」という「不惑」の意識に悩まされているからだ。ゴローは、むしろ「現実」において分かるものは分かってしまうという意識を持っているのであり、「女」を超越的なものとして見ているわけではない。

私は自分の子供でも、やっぱり、ジロリとみる。そして、それが、私の心の全部であるということが、ハッキリとわかった。むろん女房に対してもジロリであり、金龍に対しては、これは昔からジロリ対ジロリによって終始している関係であった。すべてがジロリであった。そのほかには、何もない。この発見は、せつない発見であった。発見というものではない、それが現実の全部であるという切実な知覚であった。

つまり、ここでは女もゴローもともに「人の心をいっぺんに見抜く」ような「ジロリ」の視線を持つ同類として描かれており、アプリオリな他者性を帯びているわけではないのだ。そして三船は、他人に対してのみならず、自分のこともまた「これだけのもの」として認識している。

三人のジロリの女を射とめなければならないこと、そしてそれが特にジロリの女でなければならぬこと、これ又、私の宿命である。

こう言いきると、いかにも私がムリに言いきろうとしているように思われるかも知れないが、ムリなところは更にない。あべこべに、私の生きる目的が、もはや、これだけのものだ、とハッキリ分ってしまったことが、切ないのである。自分の人生とか、自分の心というものに、自分の知らない奥があり、まだ何かがある。そう感じられる人生は救いがあるというものだ。

「自分の人生」や「自分の心」は、それ自体では「奥」はない。だが、「ジロリの女」を追いかけることにおいては、「恋」の状態を作り出すことができる。このような「人間の心理の動き」は、ゴロー三船が恋敵の大浦博士による、病院院長夫人・衣子と自分との関係についての「人間通」ぶった解釈を揶揄する次の場面にも読みとれる。

博士は人に接触する職業の人であるから、人間通で、人の接触つながりに就ての呼吸を心得ている。それで私の場合も、衣子と私とのツナガリにわだかまる急所のところを、こうズバリと言ってのけて、つまりは私の説得に成功した。衣子が内々私を高く評価しているか、どうか、むしろ博士はそうでないことを知っているから、アベコベのことを言った。私は博士の肚をそう読んだが、往々にして、こういう策のある言葉が実は的を射ていることがあるもので、人間通などと云ってもタカの知れたもの、人間の心理の動きは公式の及ばぬ世界、つまり個性とその独自な環境によるせいだ。

ここで注目したいのは、「個性」と「環境」という要素の結合が、「心理の動き」において無数の帰結を生むととらえられている点だ(7)。そこにおいて現れる「心理の動き」は、「個性」と「環境」の交錯から生まれる「個体化」の効果としてみなされており、その発生においてこそ、他者性が見出されていると言えよう。この意味での他者性を発見する行為として、ゴローは相手との間の「遊び」をはじめているのだ。例えば金龍との間では、ゴローは「肉慾」を充たすことよりも、むしろ自分が彼女に「歯牙にもかけておらぬ奴隷」として扱われることに悦びを見出していた。

> 私は然し、肉慾自体に目的をおくものではなかった。金龍の手練は美事であったし、謎のゆたかな肉体というものならば、私程度の遊び人は、誰しも一生に五人や六人その心当りはあり、然し、そのようなものによっては、我々のグウタラな魂すらも充たされぬものであることを知っている筈のものだ。
>
> 私はすでに三十のころから、単なる肉慾の快楽には絶望していた。
>
> 恥をお話しなければならぬが、私が金龍にコキ使われ、辱しめに堪え、死ぬ以上の恥を忍んで平伏してふし拝んだり、それというのも、肉体のミレンよりも、そうすることが愉しかったからである。

「肉体」それ自体としての金龍に対してゴローは「愉し」みを感じておらず、むしろ金龍に跪拝するという状況を作り出すことによってこそ、「愉し」みが得られることになる。ゴローは、この「マゾヒズム」[8]のシチュエーションを「ジロリの女」たちとの間で発明することに「愉し」みを感じているのであり、このような状況が構成されることにおいてはじめて他者との交渉が構想されうる、という事態を描き出している。

二　「金銭」について

「ジロリの女」において見出された他者との関係を築く手段、それはゴロー三船にとってはまず何よりも、「金銭」であった。そもそも彼が金龍と接触することになったのは、即席の漫才師として金龍の目にとまり、彼女の「幕僚」として、「金銭上の恩恵」を受けるようになったからであった。

> 然しそれは恋愛の技法上から体得したことではなくて、処世上、おのずから編みだしたことで、なぜなら私は金龍によって、金銭上の恩恵を蒙っており、金持ちの客に渡りをつけて、それからそれへ儲けの口を与えてくれるからであった。だから私は金銭上の奴隷として女王に仕えつつあるうちに、おのずから恋愛の技法を発見するに至ったのであった。

ここでは「恋愛の技法」なるものがゴローに獲得された経緯が語られているが、見落とせないのは、金龍に対して「金銭上の奴隷」として仕えたのちに「おのずから恋愛の技法を発見するに至った」と彼が述べている点である。「金銭」の重要性については、戦後に彼が「インチキ新聞の社長」兼「インチキ雑誌」の発行者となって「三人の女を追い回」していた際にも明白に言及されている。「私は遊ぶ金が必要なのだ。だから必死に稼ぐ必要があるのである。要するに、私は、それだけなのだ」。

だが彼は「金銭」を貯蓄する次元には関心がなく、もっぱらそれは「ジロリの女」たちとの交流のために費やされている。

私は先ず年来の恩義を霊前に謝する意味に於て、多額の新円をたずさえて、幾たびか足を運び、そうすることによって、女の客間の交通手形のようなものを彼女の心に印刷させることができた。

私はそのために貧乏であった。必死に稼がなければならないのである。

ゴロー三船はそもそも「新円成金」の男であった[9]。小説発表時の一九四八年前後には戦争終了直後の巨額の国庫支出に加え、凶作や消費物資の不足値上りが重なり、かつてない激しさでインフレが進行していた。そのため政府は一九四六年二月に「金融緊急措置令」と「臨時財産調査令」などを発布し、金預金を「封鎖」して「新円」を発行したが、戦時の余波で財政赤字の削減は進まず、なかなかインフレは解消しなかった（実際にインフレが収束したのは一九四八年のＧＨＱによる経済安定九原則の発表と、一九四九年のドッジ・ラインによる超均衡財政がなされたことによる)。この時期にヤミで急成長した商人は「新円成金」と呼ばれ、ゴロー三船はそのうちの一人として設定されている。その仕事内容である「ヤミ」の商売の様子と、「縁談」との違いについて彼は次のように説明している。

「縁談などというものはマトモすぎるからヤヤコシクて、これがあなた、当世のヤミ商談なら、公定千円の紙、ヤミに流して二千五百円、これを百レン買って二十五万円、これを一万何千部かの本にして一冊七十円。七カケで売ってザッと七十万、諸がかりをひいて、二十万はもうかる。じゃア買いましょう、ハイお手打ということになる。話はハッキリしていまさア。縁談という奴は、ソレ家柄だ、合い性だ、そんなモヤモヤしたものは、ヤミ屋じゃ扱えないね。これがオメカケとくるてえと、合い性も家柄もありませんや、年齢も男前もないのだから、月々いくら、これはハッキリ、つまりヤミ屋の扱いものになるんだけど」

と益々シャッポをぬいでおく。実はこの縁談のカケヒキの方が、ヤミ屋の扱いよりも、もっと複雑な金銭勘定、例のお家騒動という含みの深い係争の根を蔵しているのである。こういう古来の家庭的な損得勘定という奴は、ヤミ屋の取引には見かけないモヤモヤネチネチしたもので、たしかに私の気質に向かないことは事実である。

「金銭」が描き出すエコノミーは、そもそも不等な物同士の間で交通を作り出す。それは循環し続けることで、異なるものを交換可能性において共軛し、それによって交換価値によるひとつのエコノミーの圏域を形成する。それゆえ、ゴローは自分と不等な立場にいる衣子に対しても「交通手形」を手に入れるために「必死に稼ぐ必要がある」、と語るのだ（この点で、「白痴」における伊沢の「金銭」に対する態度とは対照的だ）。

一方で、ゴローは「金銭」を手に入れる手段として、常に言葉に関わる仕事を行っていることに注目する必要があるだろう。彼は戦前「即製」の漫才師になったことから金龍と出会い、さらに幇間を経て秘書となっていた。

金龍姐さんが客人に披露して、こんどこの土地にゴロー三船という大学生幇間が現れたのよ、趣向が変ってバカらしいから呼んでやりなさい、と言ったという。

私も癪にさわったが、よろし、その儀ならば、目に物を見せてくれよう、というわけで、幇間になりすまして、即席、見事に相つとめて見せた。

すると金龍姐さんは案外にも、宴の終りに、この人はホンモノの幇間じゃなくて、大学生であり、こんど卒業だから、あなた方、カバン持ちにやとって上げなさい。あなた方も遊びが本職の仕事のような御方ぞろいなのだから、こんなカバン持ちも趣向でしょうよ、と云ってくれて、その場で就職がきまった。私はモーロー会社社長の秘書にやとわれたのである。

三船は「いつもオシャベリ」で、「人に対して何か喋らずにいることが悪事のようにすら思われる」人物として造形されている。「金銭」を稼ぐ手段として、常に言葉を用いる仕事からはじめて、戦後は「インチキ新聞の社長」と「インチキ雑誌」の編集者となる。

私はインチキ新聞の社長であった。インチキといっても恐カツなどやるわけじゃない。その方面では至って平和主義者であるが、つまりただ、配給の紙の半分以上は闇に流すという流儀なのである。同時に私はインチキ雑誌をやっていた。このインチキはエロ方面で、雑誌の五分の四頁ぐらいは色々の名前で私が一人で書きまくる流儀であった。

三船は、言葉を用いることと金銭を流通させることとをつなげてとらえている。「金銭」はあらゆる無数の商品との交換可能性を保証されている(「金さえあれば、なんでもある、イノチもある」)ものでありながら、「ジロリの女」たちとの関係においては、彼は「遊ぶ」ためだけにその使い道を特化しており、言葉もまたそれと同様のものとしてある。三船にとって金銭それ自体は目的ではなく、言葉それ自体にも特別な意味はない。金銭や言葉は「ジロリの女」たちに関して用いられることによってのみ有意味なものとなっている。このことを確認しておいてから、先へと進みたい。

三　「家」と「秘密」

先に触れた通り、「ジロリ」という視線に遭遇することは、ゴローが関与している貨幣という交換価値に基づく経済(エコノミー)のなかから、他者性を出現させる身振りであった。だがそれでは一方、「ジロリ」と見る者の中では何が起こっているのだろうか。

私自身が昔から人をジロリと見る癖があったというが、そういうジロリの意識の苦しさが、つまり今では私のノベツの時間のような、現実というものにただ物的に即している苦しさ冷めたさで、心というものが、物でしかないようで、それが手ざわりであるような自覚についての切なさであった。

三船もまた、「ジロリ」のまなざしを持つ存在である。それは、現実を単なる「物」としてとらえるまなざしであり、人であっても物であっても同等に「現実＝物」としてとらえる、無関心な態度であると言えるだろう。それゆえ、彼は他の「ジロリ」の女からどう見られるかを知っている。つまり彼は女たちから「ジロリ」と見られることにおいて、自らが「物」としてみなされ、そのように扱われていることを感じているのだ。このことは、金龍の三船に対する扱いにも読みとれる。

私というものは、金龍にとっては歯牙にもかけておらぬ奴隷にすぎず、踏んだり蹴ったり、ポイとつまんでゴミのように捨てて、金龍は一秒間の感傷に苦しむこともないのである。男女関係において、その馬鹿阿呆になりきること、なれるということ、それが金龍を知ることによって、神にさずけていただいた恩寵であり宿命であった。

金龍からゴローは何らの「感傷」的な態度も示されることなく「ゴミ」同然に扱われること、すなわち「物」としての立場に徹底することに、彼自身のマゾヒスティックな悦びを見出している。つまりゴローにとって女性にかしずくことは、あらゆる存在を「物」へと変容させるまなざしに自らを捧げきるという試みなのである。ゴローにとって他者とは、自分を物のように見る眼差しのことなのだ。

他者の視線にさらされるということは、自らを「物」に還元することに他ならない。自己の意識と自己という「物」との結びつきが失われることが、この視線の劇においては描き出されることになる。ゴローは次の引用のように、常に自分の視線のあり方や「人相」を気にしているのだが、そこにおいては自分を見る自分の眼差しもまた、自分を「物」のように見る視線として現れているのである。

私のように、自分がこれだけのものだと分ってしまっては、底が知れた、あとがない、ヌキサシならぬ重量を感じる。首がまわらぬ、八方ふさがり、全体がただハリツメタ重さばかりで、無性にイライラするばかり。

そのあげくには、自分の人相がメッキリ険悪になったという、鏡を見ずに、それが感じられる変な自覚に苦しむようになった。

目薬をさしたり、毎日ていねいにヒゲをそったり、一日に何回となく顔を洗ったり、できれば厚化粧のメーキアップもしたいような気持になるのも、美男になりたい魂胆などでは更になく、ただ人相をやわらげたいという一念からだ。

だがこのように人間を「物質的」に見るまなざしの存在を否認し、さらに人間を差別化することで物以上の存在とする意識を持っているのが、ジロリの女の一人である院長夫人・衣子だ。彼女は常に「家」の存在を念頭に置いて行動する人物である。例えば、大浦博士の弟の種則と衣子の娘である美代子の縁談について持参金の問題で揉めた際、それに首を突っ込もうとするゴロー三船に衣子は釘を刺す。「御当家の恥というものを、一から百まで承知している私ですよ。これから先をお隠しになったところで、頭かくして何とか云うイロハカルタの文句みたいじゃありませんか」と語るゴローに対して、衣子はこう答える。

「イロハガルタの文句で相済みませんことね。三船さんはカン違いしていらっしゃるわね。当家と大浦家の関係は格別のものなんです。お分りになりませんこと。親戚以上の大切なもの。当家と三船家の比較にならない格別のものですのよ。ですから」

衣子にとっての「家」は、個々人とは別のレベルにあると考えられている。「家」は同等の「家」とのみ交渉することができ、個人に起こった事実を隠蔽する装置としてもそれは機能する。そのことは美代子のスキャンダルもみ消しに奔走した三船が「これは、もう、ハッキリ訴訟を起して、慰藉料をとるべきです」と言うのに対し、衣子が怒り「なんですって、三船さん。あなたは美代子の恥を表向きにさせたいのですか」と返すことにも描かれている。三船が実質上美代子は「パンパン」ではないかと言い返したのに対し、衣子は話題を「家」の問題に転じて次のように語るのである。

「三船さん。卑劣とは、あなたという人、そっくり、それのことですよ。当然理のあるカケアイに、ユスリなどと言いがかりをつけられるのも、あなたの人柄のせい、あなたの性根のせい、あなたがユスリのような人で、大方、ユスリでもするように談じこんだのでしょう。恥さらしではありませんか。当家の名誉はどうなるのです。まして、美代子がパンパンなどと、そのような無礼なことを、あなたという人が相手であればこそ、あなたが下品、粗野、無教養、礼儀知らず、卑劣であればこそ、言われるのです。美代子のような娘をパンパンなどと辱しめられるのも、あなたのせい、あなたの柄の悪さのために、当家の娘がパンパンなどと」

ここで衣子にとっての「家」とは、物質的な現実を隠蔽するために仮構される装置として、否認を引き起こすための無意識の働きとして描かれている。彼女と同様に、病院に出入りしている大浦兄弟もまた、金銭と「家」を物質的な現実を直視しないための装置として頼っている。特に弟の大浦種則は、「新憲法」の影響下に個人主義を標榜した世代の存在として三船には見なされている。

かねて自分一個の赤誠をヒレキする種則のことであるし、新憲法と称し、家の解体、個人の自由時代、兄博士の横槍もヘチマもある筈がないと思うと、あにはからんや、脱兎の如き恋の情熱児が、にわかにハニカンで、ハムレットになった。

結婚すれば、兄の家も出なければならぬ。自分はまだ研究室の副手にすぎず、独立して生計を営む自信がないから、兄の援助を断たれると、直ちに生活ができなくなる、純情や理想の問題じゃなく、現実の問題だから、と云って、暗然として面を伏せ、天を仰いで長大息、サメザメと暗涙をしぼらんばかりの御有様となる。

種則が主張した「個人主義」的な態度は、実際のところ、「家」との経済的な関係なしには成立しておらず、それらはお互いに相補的なものとして存在している。種則は兄の大浦博士と経済的な関係を切れないが、それは兄の威光なしには社会的に「浮かぶ瀬がなくなる」からである。そして彼は、衣子に美代子の持参金を出すよう泣きつく際、次のような言葉を発する。

「ですから、僕は低能なんですというのに。こんなこと、誰にも言いたくないのです。僕は、恥は隠しておきたいのです。あなたは僕の悲しい思いを理解して下さらなければダメですよ。僕が兄貴に捨てられたら、僕はどうすればいいのですか。それは分るじゃありませんか。僕だって、自分がそれほど能なしのバカだなんて、思いだしたくないですよ」

ここで注目したいのは、種則も衣子と同様に「恥」は隠すべきだと考えており、自分が「低能」であるという事実を「家」によって隠蔽する必要がある、と考えている点である。種則は美代子と二度目の失踪の際、美代子が知人の医者に犯されるのを「見ないフリをしていた」どころか、宿泊費が浮いたことをよろこんでいる。後でこの事件について衣子の命令で談判に行った三船に対しても、「どこに僕の支払いの責任があるんだ。美代子は僕に隠れて院長とできているのだ。僕は裏切られているのだぜ」と開き直ってさえいる。衣子や種則は事実を「隠す」こと、あるいは「隠された」ことを核心として自らの主体を形成する社会的・金銭的エコノミーを成立させる存在である。この点において、彼らの立脚点は「家」と「個人主義」という違いにおいていっけん反目しあっているように見えるが、実質的には同類であるのだ。

一方それに対する三船の態度は、例えば衣子と「待合をくぐった」際に彼女に向かって言った台詞に表されている。

「遊びですよ、奥さん。大浦先生と違って、私は遊びということのほかに、何ひとつ下心はないのです。私はあなたに何一つ束縛は加えませんし、第一、いつまでも、あなたと云い、奥さんとよび、遊びは二人だけのこと、死に至るまで、これっぱかしも人に秘密をもらしは致しません。私はただ奥さんを心底から尊敬し、また愛し、まったく私は、下僕というものですよ」

三船にとって「ジロリの女」との関係は「遊び」だが、しかし全生活をその関係に捧げる彼にとって、「遊び」でないものは存在しない。「遊び」とは安吾の文学全体に散見されるモチーフであるが、ここでの「遊び」とは、「秘密」を作り出す活動として描き出されている。衣子や種則らが自らを

「家」という、事実を「隠す」制度に据えてとらえているのに対し、三船は活動を「秘密」そのものを作り出す「遊び」として行うことを自己の身上としている。この「秘密」とは、それをネタに用いて金銭を増やすための事実としてではなく、個別的な「マゾヒズム」的関係において交換不可能な「秘密」の出来事を生産してゆく行為として実践されているのである。

衣子らは現実を「隠す」ために「家」という装置に依拠した主体性を必要とし、かつその装置こそが行動の至上の原則となっている。一方三船は、「遊び」において「秘密」を作り出していく行為に自らの「金銭」や「言葉」をつぎ込み、エコノミーを利潤や蓄積とは無関係なものにさせてゆく原則に自己を従わせようとするのである。

四　暴力と言葉

小説の最後、自分の社に勤めている才媛の夏川ヤス子と言葉を交わした直後に三船は「ゴムフーセンの赤インク」での狂言自殺を行うのだが、その際、彼は「死のう」と思うことは「無意味千万」だったと語っている。

急に自殺のマネをしてみようと思ったのです。実際、死んでもよかったのです。まったく、そうでした。私は胸のインキのタマを握りしめていたとき、死ぬマネをするなどとは思わず、実際、短刀を握りしめているのと変りのない気持になっていたのです。よし、死のう、と思いました。おかしくもなければ、悲しくもなかったのです。まったく、無意味千万でした。

このような「死」の無意味性というテーマは、「ジロリの女」においては冒頭からしきりに語られている。例えば、金龍は嫉妬から「ヘマ」をした三船に対して、次のように言い放っている。

私は死にますと言った。そのとき金龍はキリキリと眉をつりあげて、
「死になさい。私の目の前で、死んでみせなさい」
私は意地にも死んで見せますと言いたかったが、言えなかった。私はゾッとした。ノドを突こうと、毒薬を飲もうと、私がのたうって息絶えるまで、眉ひとつ動かしもせず、ジッと見つめているのだ。見終ると、フンとも言わず立去って、お座敷で世間話でもしているだけだ。私は、すくんだ。

ここでの金龍は、まさに死の意味を無化する存在である。このような態度に対して、ゴロー三船は「死」を回避する言葉を口にすることで、彼女からの赦しを得ている。

私は魂がぬけてしまった。ふらふら立上って、二階へ登って、若い妓の着物のブラ下っているのを、一時間ほども、眺めていたのである。そのうちに、もはや一つの解決しか有り得ないと自分の心が分ったので、私は降りてきて、両手をついて、あやまった。

「心を入れ換えます。いいえ、心を入れ換えました。今後はただもう、誠心誠意、犬馬の労をつくして、君の馬前に討死します。毛頭、異心をいだきません」
君前に討死します、と言ったので、一緒にいた若い妓が腹をかかえて笑いころげてしまった。
そして、さすがの金龍もクスンと苦笑いして、私は虎口を脱することができたのである。

「ジロリの女」たちは、死にはいかなる意味を付与することもできないことを表している存在である。金龍のような対象の前では、ゴローは「心を入れ換え」る他なく、ユーモアをもった言葉で相手の殺意を削ぐことに必死になっている。鈴木直子はこの小説に関して「語り手の三船自身がインチキかつ卑小なイメージとして提示されているため、語り自体もまやかしのイメージを拭えない」として、三船に対し「猿芝居」という評価を与えているが[10]、実のところ三船にとってはこの「猿芝居」こそ、そもそも等質なコミュニケーションの成立が見込めず、圧倒的な非対称性が存在する相手との間でコミュニケーションを形成する際に必要とされていたものであったと言えよう。「言葉」も「ゴムフーセンの赤インク」も、「死」を象徴化することでそれ自体を回避するための手段として見ることができるのである。三船は、それらのものを用いることで彼女たちにアプローチする。だが次の引用にあるように、それらの手段は三船自身によって、実は一種の「暴力」でもあると明言され、それが持つ暴力性が強調されている。

私は三人のジロリの女をモノにしたいと専念する。愛するが為よりも、彼女らに蔑まれている為である。私の気持はもっぱら攻略というもので、その難険の故に意気あがり、心もはずむというものだ。いわば三人の御婦人は私の可愛いい敵であるが、汝の敵を愛せという、まさしく私は全心的にわが敵を愛しもし、尊敬したいとも考える。

私はわが敵を尊敬したいから、そのハシタナイ姿は見たくない。だから私は私の工夫によって事を運び、私の暴力によって征服したいものであり、彼女らの情慾などは見たくない。

ここでは言語行為として、理性的に用いられる言語による暴力を振るうことを三船は計画している。ここで「暴力のない理性」／「理性のない暴力」といった区別はなされておらず、言葉を通じ、あくまで理性において暴力は伝達されることが示唆されている。[11] 言葉という手段を通じて、直接的な物理的暴力と間接的な暴力が連接される事態が目論まれているのである。

だがこのような暴力性は、最終的に暴発する。それは美代子が種則とその友人の医者に暴行されたことに関する「慰藉料請求」の話で三船が彼らにたらい回しにされた挙句、その顚末を報告した際に衣子に罵倒されたことに端を発する。ここで美代子に振るわれる物理的な暴力は、三船に向けられた罵詈雑言をきっかけにして起こるのである。衣子とのやりとりの中でゴロー三船は、「当家の娘が、笑わせるよ。まさしく、パンパンじゃないか」と言った言葉をまさに実体化するために、「美代子をパンパンにおとしてみせる」と誓い、それを実行するのである。「この恨みは、必ず、はらす。私は、誓った。見事、美代子をパンパンにおとしてみせる。パンパンの如くに、私が美代子を弄んでみせる」。ゴローはまさしく、自らの語った言葉の意味を実現させるために暴力を実践する。
熱心に計画する。私は緊張し、図太くなり、そして、私の目の鉛色に光りだすのが自分にも分るように思われる。メンミツに、ジンソクに、着々と、私はすでに実行しているのであった。

このようにしてゴロー三船にとって、考えることと行為することは暴力において一体化してゆき、言語もまたそれに従属した形で用いられてゆくのである。

犯行に及んだ三船に対してヤス子は、自首を促しつつ「私はいつまでもお待ちしております」と告げる。だが、ヤス子が三船を肯定した時、三船はそれに返す言葉を全く持たなかった。ゴロー三船は、警察へ自首した際には「私は結局、あれからも、ヤス子に一言も語らなかった。語る何ものもなかったのだ。別れの挨拶の言葉すらも、なかったのである」として、沈黙の淵へと沈んでいる。だが、最早語るものが何もないと思われた後、「刑事部屋」で彼はこう語るのである。

「ねむらせて下さい。一時間でいいのです。ああ、疲れた。ウワゴトを言ったら、覚えておいて下さい。ああ、何か、オレの喋ることが、分ればいい」

そして、ゴロンところがっていると、はじめて、うすい涙があふれてきた。

それまで「いつもオシャベリ」で、「人に対して何か喋らずにいることが悪事のようにすら思われる」性質だった彼は、小説の最後でもはや自分の語りが自らのコントロールから離れていることを露呈させ、自分でも不明な「ウワゴト」を語ることになる。この「ウワゴト」は、本人には分からず、他者しか理解することができない言葉であり、三船がそれまで用いていた、主体が暴力の対象へと働きかける言葉とは位相が異なるものとして書かれている。

この「手記」は、物語内容が終わった時点以降に三船が書いたという設定になっていることをここで改めて指摘しておきたい。この「手記」は、さまざまな暴力が実現し、悲劇を招いてしまった後に書かれたものなのである。三船が「手記」を書いた目的について、小説の途中でこのように書かれていたことを思い出そう。

> もっとも、色道はこれ本来迷いの道であるが、私などはその迷いにすら通じてはおらず、このしかたを振りかえればサンタンたるヌカルミの道であったが、後世のお笑い草に筆をとるのも、今は私のはかないい楽しみである。

この「手記」は、「後世」に向けて差し向けられている。読む者は、この語り手からは見えない未来にいる存在として、この「手記」の言葉に向かい合わなければならないのである。この、語り手の意図との分裂を実現する読み手こそが、最も忠実な関係性をこの小説と結びうるという逆説がここには描かれているのだ。この「手記」の言葉は、言葉において行使される暴力に満ちた世界に内在して生きることを前提としながらも、その言葉がエコノミーの外部へも届きうる可能性を指し示すことで、そこに働く意味を異なる位相へと連れ出してしまう言葉のあり方について語ろうとしているのである。

第九章　法と構想力――「桜の森の満開の下」論

一　法の宙吊りのなかで

一九四七年五月三日、それまでの憲法に代わるものとして日本国憲法が施行された。しかし、日本国憲法の成立までにはいくつもの紆余曲折があったことはよく知られる事実である。憲法問題調査委員会による「憲法改正要綱」、そのＧＨＱによる拒否と「ＧＨＱ案」の受け入れ、「芦田修正」と帝国議会による修正など。さらに当時は、民権論者による私案も複数編まれ、いわば「大日本帝国憲法」の強固な拘束力が外れた直後の時代、それまで「民主主義」と「憲法」という大枠で近代を形成していた道具立ての連関のあり方や、その存在意義そのものが根本から問いに付された時期であった[1]。

そのような時期、憲法発布の一ヶ月後にあたる一九四七年六月に、坂口安吾の小説「桜の森の満開の下」は発表された。しかしこの小説ははじめ、雑誌『暁鐘』第五号（一九四六年一一月発行予定だった）に掲載されるはずが、ＧＨＱ／ＳＣＡＰの検閲により発行禁止処分、廃刊の憂き目にあい発表されなかった経緯がある。この小説は、同じ発行元の「暁社」が後続誌『肉体』を発行しその創刊号に掲載されるまで、いわば世に出ることなく宙吊り状態にあったのだ[2]。

戦争終結後の同時期に、日本国憲法と「桜の森の満開の下」はともに、様々な力学にさらされながら発表される機会を待ち構えていた文章という面で、いわば共通していたのである。むろん憲法は発布前にいくつものプロセスを経るなかで内容が変更されており、一方の編集預かりとなって未発表状態のままであった小説とではその意味で全く異なっていることは、重々承知している。しかしながら、本章ではむしろ小説に描かれている事柄そのものを同時代の政治・経済状況と照応させつつ読んでみることによって、その抽象性・物語性ゆえに「人間存在そのもの」を描いた[3]というような本質論的枠組みの読解から外れたところで、この小説の寓意的な起爆力を拾い上げてみたい。

二 「市」と「魔術」

「桜の森の満開の下」はいわゆる「説話文学」的な形式を用いて描かれている。プロットをまず紹介しよう。鈴鹿峠をねぐらにする山賊が主人公である。ある日山賊は、峠を通りかかった女を見初め強奪するが、逆に女の「魔術」的な魅力に逆らえなくなり、それまでの妻たちを「ビッコの女」一人を除いて全員殺してしまう。その後、山賊は盗みや殺しや狩りをして女と一緒に暮らしていたものの、女が田舎に飽きてしまい、彼女の要望どおりに都へ移ることになった。都で男は女のために宝飾品を方々から奪ってくるが、それ以外にも盗みに入った家の人間の首を持ち帰る。女がその首で、ままごとのような「首遊び」を行うことを毎晩のように望んだからである。しかし、やがて都と女の行動に「退屈」を感じ出した男は、山に帰ることを決意する。女もついてくるが、途中で桜の木の下を通りかかった際に男はそこで正気を失い、女を殺害する。

論を進めるにあたってまず、「桜の森の満開の下」には経済をめぐるテーマが散りばめられていることに言及しておきたい。「桜の森の満開の下」における戦時中の経済というテーマはすでに、塩田勉が論じている。[4] 塩田は、流行と消費が結びつく〈モード〉的な消費活動の現れとして「女」の贅沢な要求を解する（以下、登場人物の女は「女」と記述する）。そして、アジア・太平洋戦争を押し進めた原因はそもそも消費社会の加速化に関連した軍事産業の増強にあったという認識のもと、小説の最後に「鬼」と変化した「女」を殺す男には、生産と消費のサイクルをストップさせる願望が投影されていると見なされている。しかし本章ではそのような見方に対してまず、山賊と「女」の関係から、そもそも「市場」自体が形成される際に働く「技術」というテーマと、「桜の森の満開の下」における「女」の問題の関連を取り上げてみたい。

ある日、山賊の男が通りかかった美しい「女」の連れを殺して彼女を奪い、ねぐらへ連れ帰ることから、物語は大きく動いてゆく。連れ帰る途中、山賊は自分が我がものとして振る舞うことができる周囲の山地の光景を、「女」に自分の所有物として自慢する。

山賊はこの美しい女房を相手に未来のたのしみを考へて、とけるやうな幸福を感じました。彼は威張りかへつて肩を張つて、前の山、後の山、右の山、左の山、ぐるりと一廻転して女に

見せて
「これだけの山といふ山がみんな俺のものなんだぜ」
と言ひましたが、女はそんなことにはてんで取りあひません。彼は意外に又残念で
「いいかい。お前の目に見える山といふ山、木といふ木、谷といふ谷、その谷からわく雲まで、みんな俺のものなんだぜ」

山賊は、何がどこにあるのか熟知している周囲の環境を彼の所有物として見なしている[5]。山々のうちで彼が知覚できる範囲に生息しているものは、彼が自分の自由にできる力を持つがゆえに、彼のものと見なしているのである（自由にできないものは「桜」のみであり、それだけに彼は恐れを抱いている）。それゆえ道を通る人間たちもまた彼の所有物なのであり、山賊にとって盗む行為はそもそも、元々彼が手にしうるものを、自由に力を振るって自分のものをねぐらへ持ち帰るだけのことにすぎないと考えられている。

しかしこの日、山賊が女を連れ帰ることで、彼の世界のとらえ方に歪みが生ずる。彼女を背負って連れ帰る途中の坂道で、山賊の知覚に変化が引き起こされていることは注目に値する。


「ア、、もどかしいねえ。お前はもう疲れたのかへ」

「馬鹿なことを。この坂道をつきぬけると、鹿もかなはぬやうに走つてみせるから」

「でもお前の息は苦しさうだよ。顔色が青いぢやないか」

「なんでも物事の始めのうちはさういふものさ。今に勢いのはづみがつけば、お前が背中で目を廻すぐらゐ速く走るよ」
けれども山賊は身体が節々からバラ〲に分かれてしまつたやうに疲れてゐました。そしてわが家の前へ辿りついたときには目もくらみ耳もなり嗄れ声のひときれをふりしぼる力もありません。家の中から七人の女房が迎へに出てきましたが、山賊は石のやうにこはゞつた身体をほぐして背中の女を下すだけで勢一杯でした。

山賊は女を背負い命令されることで「身体が節々からバラ〲に分かれてしまつたやう」な感覚に陥る。女を奪ったことにより、山賊は充足した所有の感覚を失ってゆき、自らの身体もまた断片化するのを感じてゆくのである。これによって山賊が暴力によって所有していた感覚は変化してしまい、彼にとって世界は断片的な知覚の集積と化してゆくのである。ここでは、「女」を所有すること自体によって所有の感覚が断片化されてゆくという事態が描かれている。これまで男の身体の一体性と、それがふるう力によって維持されていた所有関係は、「女」の登場によって寸断されてしまうのである。

その後、二人がねぐらに帰り、「女」は「ビッコの女」を除くそれまでの妻を全員「山賊」に斬り殺させた後、彼のいわばバラバラに断片化された感覚を集約し再編成してゆく叙述があることに注目したい[6]。

女は櫛だの笄だの簪だの紅だのを大事にしました。彼が泥の手や山の獣の血にぬれた手でかすかに着物にふれたゞけでも女は彼を叱りました。まるで着物が女のいのちであるやうに、そしてそれをまもることが自分のつとめであるやうに、身の廻りを清潔にさせ、家の手入れを命じます。その着物は一枚の小袖と細紐だけでは事足りず、何枚かの着物といくつもの紐と、そしてその紐は妙な形にむすばれ不必要に垂れ流されて、色々の飾り物をつけたすことによつて一つの姿が完成されて行くのでした。男は目を見はりました。そして嘆声をもらしました。彼は納得させられたのです。かくして一つの美が成りたち、その美に彼が満たされてゐる、それは疑る余地がない、個としては意味をもたない不完全かつ不可解な断片が集まることによつて一つの物を完成する、その物を分解すれば無意味なる断片に帰する、それを彼は彼らしく一つの妙なる魔術として納得させられたのでした。

「女」は着物やら飾り物やらの「断片」を集めて「一つの美」を成り立たせる、「魔術」を行う者として描かれる。そしてこの女の「魔術」によって、山賊の断片化した「感覚」は新たな形に組み上げられ、意味づけられてゆく。「自分自身が魔術の一つの力になりたいといふことが男の願ひになつてゐました」。「女」によって山賊の「感覚」が組み替えられ、再編成されることによって、あたかも「何枚かの着物といくつもの紐と、そしてその紐は妙な形にむすばれ不必要に垂れ流されて、色々の飾り物をつけたすことによつて一つの姿が完成されて行く」ように、山賊は「魔術」の機構の中に組み入れられ、その内で働く力となることを欲してゆくのである。

そこから山賊は自ら「女」の「助手」となることを嘱望し、「女の命じるものを作」ることで、いわば彼自身が労働力として用いられることを願うようになる。つまりここでの「魔術」とは、物も人間も同様に素材あるいは資源としてみなし、そこからそれが持つ可能性を引き出す力としての「技術」としてとらえられているのだ。[7] ここで男は、それまでの山賊として物や生命を奪い盗むことで所有する立場から、「魔術」によって、物品やその効果（「美」）を生産する別種の体制の内へと移行しているのである。

そして同時に、このような「美」をもたらす「魔術」への男の怖れは、「都」への恐怖心へと重ねられてゆく。

そして男に都を怖れる心が生れてゐました。その怖れは恐怖ではなく、知らないといふことに対する羞恥と不安で、物知りが未知の事柄に抱く不安と羞恥に似てゐました。女が「都」といふたびに彼の心は怯え戦きました。けれども彼は目に見える何物も怖れたことがなかつたので、怖れの心になじみがなく、羞ぢる心にも馴れてゐません。そして彼は都に対して敵意だけをもちました。

盗みを生業としていた男が「都」への「怖れ」と「敵意」を持つのは、彼女が常に「都」の市場を念頭に置いているからだ。彼女は「お前の力で、私の欲しい物、都の粋を私の身の廻りへ飾っておくれ」と挑みかけ、男を都へ差し向けさせる。そこには、知識や技術が取り交わされつつ金銭と商品が交換されてゆく「市」が存在していた。

男は都を嫌ひました。都の珍らしさも馴れてしまふと、なぢめない気持ばかりが残りました。彼も都では人並に水干を着ても脛をだして歩いてゐました。白昼は刀をさすことも出来ません。市へ買物に行かなければなりませんし、白首のゐる居酒屋で酒を飲んでも金を払はねばなりません。市の商人は彼をなぶりました。野菜をつんで売りにくる田舎女も子供までなぶりました。白首も彼を笑ひました。都では貴族は牛車で道のまんなかを通ります。水干をきた跣足の家来はたいがいふるまひ酒に顔を赤くして威張りちらして歩いて行きました。彼はマヌケだのバカだのノロマだのと市でも路上でもお寺の庭でも怒鳴られました。

男は都に馴染むことができない。それは、「市」で金を払わなければならない、という慣習そのものに対する敵意として描かれている。経済体制の変化により作られた法の内へと取り込まれることで従属的な位置を与えられる、異質な経済の存在様態を表しているのだ。男はこれまで基本的に財産を奪い所有してきたが、都では、貨幣と商品との交換を成り立たせる市場が成立しており、彼はこのコミュニケーションにうまく加わることができない。

にもかかわらず、「女」が欲しているのは「都」の習慣であり、「市」の存在する生活であった。「女」は「せめて食べる物でも都に劣らぬおいしい物が食べられないものかねえ。都の風がどんなものか。その都の風をせきとめられた私の思ひのせつなさがどんなものか、お前には察することも出来ないのだね」と述べる。彼女を作り上げてきたのは、物品の交換と流通を前提とする「都」という集合体なのである。

「都」はまさに、断片として生産された人や物が集められ流通するよう形成された場として描かれている。そして、個々にはバラバラの人間や物品の交換と流通が集積することによって成り立つ一つの集合体であるという意味において、「都」という場自体もまた、バラバラで個別的なものの集合に全体性を与える、「魔術」的なエコノミーによって作り上げられている。そういった「都」の市場が作り上げた「魔術」という力を象徴する者が「女」であり、彼女はそれらの環境の働きを集約的に表している存在なのだ。

三 「無限」のネットワーク

それでは、「都」においてこの「魔術」が引き起こす事態はいったいどのようなものなのか。「女」は「都」に来ると、「着物や宝石や装身具」を盗むために邸宅に侵入しつづける男に対し、入った家の人間の首を持ち帰るように要求する。蒐集された首は「女」によって整理され、「どこのたれ」の首であったかがわかるように保管される。そして彼女はそれらを使って、人形遊びのような「首遊び」をはじめる。

彼等の家にはすでに何十の邸宅の首が集められてゐました。部屋の四方の衝立に仕切られて首は並べられ、ある首はつるされ、男には首の数が多すぎてどれがどれやら分らなくとも、女は一々覚えてをり、すでに毛がぬけ、肉がくさり、白骨になつても、どこのたれといふことを覚えてゐました。男やビッコの女が首の場所を変へると怒り、こゝはどこの家族、こゝは誰の家族とやかましく言ひました。

女は毎日首遊びをしました。首は家来をつれて散歩にでます。首の家族へ別の首の家族が遊びに来ます。首が恋をします。女の首が男の首をふり、又、男の首をすてゝ女の首を泣かせることもありました。

この「首遊び」は「女」が想像した通りの筋書きに沿って繰り広げられるが、首が腐って崩れると、「女」は遊びに飽きてしまう。また、前もって「女」の考えた物語に沿うような首が要求され、男はそれを都から調達してくることもある。例えば、「坊主の首」はその例として挙げられている。

坊主の首もありました。坊主の首は女に憎がられてゐました。いつも悪い役をふられ、憎まれて、嬲（なぶ）り殺しにされたり、役人に処刑されたりしました。坊主の首は首になつて後に却つて毛が生え、やがてその毛もぬけてくさりはて、白骨になりました。白骨になると、女は別の坊主の首を持つてくるやうに命じました。新しい坊主の首はまだうら若い水々しい稚子の美しさが残つてゐました。女はよろこんで机にのせ酒をふくませ頬ずりして舐めたりくすぐつたりしましたが、ぢきあきました。

「もつと太つた憎たらしい首よ」
女は命じました。男は面倒になつて五つほどブラさげて来ました。ヨボ〳〵の老僧の首も、眉の太い頬つぺたの厚い、蛙がしがみついてゐるやうな鼻の形の顔もありました。耳のとがつた馬のやうな坊主の首も、ひどく神妙な首の坊主もあります。けれども女の気に入つたのは一つでした。それは五十ぐらゐの大坊主の首で、ブ男で目尻がたれ、頬がたるみ、唇が厚くて、その重さで口があいてゐるやうなだらしのない首でした。女はたれた目尻の両端を両手の指で押へて、クリ〳〵と吊りあげて廻したり、獅子鼻の孔へ二本の棒をさしこんだり、逆さに立てゝころがしたり、だきしめて自分のお乳を厚い唇の間へ押しこんでシャブらせたりして大笑ひしました。けれどもぢきにあきました。

「女」の命令により、男の手で町中から無数の首が物語の資材として調達される。女の「首遊び」は、物語の役割に伴う関係性を憑依させるための首を必要とするのである。「市」のある「都」は、単なるバラバラの物品を交換する場というだけではなく、その間に想像される関係性そのものを「欲望」の対象として作り上げてゆく。もし関係性が必要とする構図に適当な「首」が手元にない場合、役割に応じた首が「都」のなかから狩り出され、徴発されるのだ。ここでは関係性の展開が抽象性にとどまらず、物理的な状況に実効的な力を加えてゆく様子が描かれている。関係の様態や構造がつくり出す「欲望」は単に享楽され消費されるだけではなく、即物的な次元に対して影響力を行使し、自らに応じて新しい物質的な状況をもつくり出してゆくのである。

さらにこの場面で注目したいことは、女が作り出す関係性の「首遊び」は、女が飽きると「首を針でつゝいて穴をあけ小刀で切つたり、えぐつたり」され投げ出されるということが繰り返されつつ、「無限」に続いてゆく営みだということが示唆される点だ。

けれども彼は女の慾望にキリがないので、そのことにも退屈してゐたのでした。女の慾望は、いはゞ常にキリもなく空を直線に飛びつゞけてゐる鳥のやうなものでした。休むひまなく常に直線に飛びつゞけてゐるのです。その鳥は疲れません。常に爽快に風をきり、スイ〳〵と小気味よく無限に飛びつゞけてゐるのでした。

これに対し男は、「無限を事実に於て納得することができ」ない存在として対比的に描かれている。

男は山の上から都の空を眺めてゐます。その空を一羽の鳥が直線に飛んで行きます。空は昼から夜になり、夜から昼になり、無限の明暗がくりかへしつゞきます。その涯に何もなくいつまでたつてもたゞ無限の明暗があるだけ、男は無限を事実に於て納得することができません。その先の日、その先の日、その又先の日、明暗の無限のくりかへしを考へます。彼の頭は割れさうになりました。それは考への疲れでなしに、考への苦しさのためでした。

男は、いわば「事実」としてカウントできない「無限」という概念を思考することに困難を覚える。このような態度は、「目に見え」ないものに対する彼の態度にも描かれている。山にいた時、女から「都」という「知らない」言葉を聞くたび、彼は「物知りが未知の事柄に抱く不安と羞恥」に似た感情を抱いていたことにそれは表されている。

この「女」は、「慾望」を駆動させる「都」や市場に象徴されるような、関係のネットワークから浮かび上がる「無限」の運動自体を体現した存在として描かれていると言えるだろう。彼女は「いつまでも涯のない無限の明暗のくりかへし」のように、「都」や「市」で「首」の無際限の開拓を行う。だが彼女はその無際限性と、常にある一定のルールで関係性をつくり続ける等質的な単調さそのものにおいて、彼の「退屈」を呼び起こすことになるのである。

このことが、男にとって「都」を去ることを決意させる契機となる。彼は「キリがないから厭になつた」として首狩りをやめてしまい、「俺は都に住んでゐたくないだけなんだ」と語る。山賊は、環境としての「都」こそが「女」の持つ「慾望」を実現可能にし、あたかもネットワークの自己増殖運動の如き無際限性を可能にしていることを理解し、断ち切ろうとする。この「女」の「慾望」は「無限」に進行するが、それ自体は「都」や市場を参照しつつ、そこで張り巡らされる有限な物質的関係によって形成され続ける「慾望」なのである。

四　切断と「桜」

山賊は「女」を連れて「都」という環境から離れ、山へ帰ることで「無限」のネットワークから立ち去ろうとする。しかしその際、「山」と「都」の境にあり、かつ両者と異なる領域としてある「桜の森」を通りかかることになる。「桜の森」は特別な場所として、小説内の舞台が別の場所へと展開する時に必ず登場しているモチーフだ。ここで、男が都へ行くことを決意して桜の森へ出かけてゆく際、山賊と「女」との間で次のようなやりとりがなされていることを見ておきたい。


「私も花の下へ連れて行つておくれ」

「それは、だめだ」

男はキッパリ言ひました。

「一人でなくちや、だめなんだ」

女は苦笑しました。

男は苦笑といふものを始めて見ました。そんな意地の悪い笑ひを彼は今まで知らなかつたのでした。そしてそれを彼は「意地の悪い」といふ風には判断せずに、刀で斬つても斬れないやうに、と判断しました。その証拠には、苦笑は彼の頭にハンで捺したやうに刻みつけられてしまつたからです。それは刀の刃のやうに思ひだすたびにチク〱頭をきりました。そして彼がそれを斬ることはできないのでした。

三日目がきました。

彼はひそかに出かけました。桜の森は満開でした。一足ふみこむとき、彼は女の苦笑を思ひだしました。それは今までに覚えのない鋭さで頭を斬りました。それだけで彼は混乱してゐました。


山賊は、「女」が「意地の悪い」という意味を含んだ笑いをしても、「苦笑」において現れる意味の連関に加わることができないでいる。これは「都」に対して山賊が怖れを感じることと同じである。「女が「都」といふたびに彼の心は怯え戦きました」。山賊は経験的に知らない、「未知の事柄」を語る言葉を了解することができないのみならず、怖れを抱いているのである[8]。

にもかかわらず、「女」は「男」に命令を下し、「男」にとって「未知」の「都」へ赴かせようとしていた。彼女は「お前が本当に強い男なら、私を都へ連れて行つておくれ。お前の力で、私の欲しい物、都の粋を私の身の廻りへ飾つておくれ、そして私にシンから楽しい思ひを授けてくれることができるなら、お前は本当に強い男なのさ」と語ることで山賊を挑発し、山賊の持つ力を引き出そうとする。言葉で素材から可能性を引き出すという意味において、言葉こそが「女」にとって「魔術」を行使する手段である。彼女は男を駆り立てて首を採取させ、物語の関係性を強化する。

ここでテーマとなっているのは、関係を成立させる、この言語の技術による駆り立てなのである。

関係性は権利的には「無限」につむぐことができる。しかしその「無限」とは、実際には「女」

の命令により、山賊が資源として見出された首を狩ることで増殖してゆく物質的なプロセスが無際限に続く、という仮定のもとに成り立つものだ。男はそれを「キリがない」ものとして「退屈」を感じ、山に帰ろうと考え出す。そのことを思い出させるのが、「桜」の存在なのである。

ある朝、目がさめると、彼は桜の花の下にねてゐました。その桜の木は一本でした。桜の木は満開でした。彼は驚いて飛び起きましたが、それは逃げだすためではありません。なぜなら、たつた一本の桜の木でしたから。彼は鈴鹿の山の桜の森のことを突然思ひだしてゐたのでした。あの山の桜の森も花盛りにちがひありません。彼はなつかしさに吾を忘れ、深い物思ひに沈みました。

山へ帰らう。山へ帰るのだ。なぜこの単純なことを忘れてゐたのだらう？　そして、なぜ空を落すことなどを考え耽つてゐたのだらう？　彼は悪夢のさめた思ひがしました。救はれた思ひがしました。今までその知覚まで失つてゐた山の早春の匂ひが身にせまつて強く冷めたく分るのでした。

「桜の森」は「なつかしさ」と同時に「不安」を感じさせるがゆえに、「山」とも「都」とも切断された感覚を「男」に与える。はじめて「女」を山のねぐらへ連れ帰り、彼女に命令されて今までの女房たちを殺した後に山賊は、「女」に感じる「不安」が「桜」に似ている、という感想を持つ。

ふと静寂に気がつきました。とびたつやうな怖ろしさがこみあげ、ぎよッとして振向くと、女はそこにいくらかやる瀬ない風情でた丶ずんでゐます。男は悪夢からさめたやうな気がしました。そして、目も魂も自然に女の美しさに吸ひよせられて動かなくなつてしまひました。けれども男は不安でした。どういふ不安だか、なぜ、不安だか、何が、不安だか、彼には分らぬのです。女が美しすぎて、彼の魂がそれに吸ひよせられてゐたので、胸の不安の波立ちをさして気にせずにゐられたゞけです。

なんだか、似ているやうだな、と彼は思ひました。似たことが、いつか、あつた、それは、と彼は考へました。ア、さうだ、あれだ。気がつくと彼はびつくりしました。

桜の森の満開の下です。あの下を通る時に似てゐました。どこが、何が、どんな風に似てゐるのだか分りません。けれども、何か、似てゐることは、たしかでした。

このように「桜」と「女」はともに、経験したことのない感情に男を叩き落とすが、桜の木の下で襲われるこの感覚について、男は反復して何度も考えてみようとする。「けれども山賊は落付いた男で、後悔といふことを知らない男ですから、これはをかしいと考へたのです。ひとつ、来年、考へてやらう。さう思ひました。今年は考へる気がしなかつたのです。そして、来年、花がさいたら、そのときじつくり考へやうと思ひました。毎年さう考へて、もう十何年もたち、今年も亦、来年になつたら考へてやらうと思つて、又、年が暮れてしまひました」。

この「女」は「その先の日、その先の日、その又先の日、明暗の無限のくりかへし」であるような、循環的かつ変化のない「慾望」を中心として廻る時間を生きているのに対し、山賊は「桜の花の下」で未知のものに対する感情について「考へ」、この「女」と「都」の循環的時間から脱却しようとする。「桜」は男にとって、その時間の反復性そのものに気づかせる場所としてあるのだ。それは、「女」が使う「魔術」としての言葉の無際限の関係性からの脱却を行わせ、異なる状況へ移る必要がある時に現れるモチーフなのであり、「魔術」における言葉と物質の連環から脱却することをこの「男」に決意させるのである。

五　小説と「蛇足」

ここで、「桜」について改めて考察してみたい。「桜」の下で、「男」は「今までその知覚まで失つてゐた山の早春の匂ひが身にせまつて強く冷めたく分るのでした」とあるように、「山の早春の匂ひ」の「知覚」をよみがえらせられたことで、環境を変えることを決意する。この描写を手がかりにして「桜の森の満開の下」を読んでみると、小説の全篇にわたって、「知覚」に関連したテーマがちりばめられていることが改めて読み取れる。

例えば「男」が周囲の山を自分の所有物だと女に示すときは「お前の目に見える山といふ山、木といふ木、谷といふ谷、その谷からわく雲まで、みんな俺のものなんだぜ」と語り、その後家に着いたときには「目もくらみ耳もなり嗄れ声のひときれをふりしぼる力も」なかった。ここにはすでに、「女」を連れ帰ることにより知覚の混乱がはじまっていたことが示されている。また、「男」の

「都」に対する恐怖心の理由にも、「彼は目に見える何物も怖れたことがなかつたので、怖れの心になじみがなく、羞ぢる心にも馴れてゐ」なかったと語られており、「目に見える」ことと恐怖心とは関係づけられて語られていることがわかる。

「男」は「物が見えている」つもりでいたものの、「女」の登場によって確かな知覚を失い、最後には「女」が鬼に変化したと感じて桜の森の下で殺害に及ぶ。ここで「桜」は、「男」の知覚を完全に混乱させ変容させるものとして現れてきている。「彼の目は霞んでゐました。彼はより大きく目を見開くことを試みましたが、それによつて視覚が戻つてきたやうに感じることができませんでした。なぜなら、彼のしめ殺したのはさつきと変らず矢張り女で、同じ女の屍体がそこに在るばかりだからでありました」。そして小説の最後には、「男」は全く知覚を失った「孤独」かつ「虚空」の状態に陥り、消滅へ至ることになる。

ここで、「桜」によって知覚が左右されるというモチーフは、「桜の森の満開の下」においては作品の冒頭から示唆されていることに注意しよう。書き出しの、桜の花についての慣習を振り返る部分から、既にそのような問題は言及されていたのである。

> 桜の花が咲くと人々は酒をぶらさげたり団子をたべて花の下を歩いて絶景だの春ランマンだのと浮かれて陽気になりますが、これは嘘です。なぜ嘘かと申しますと、桜の花の下へ人がより集つて酔つ払つてゲロを吐いて喧嘩して、これは江戸時代からの話で、大昔は桜の花の下は怖しいと思つても、絶景だなどとは誰も思ひませんでした。近頃は桜の花の下といへば人間が

より集つて酒をのんで喧嘩してゐますから陽気でにぎやかだと思ひこんでゐますが、桜の花の下から人間を取り去ると怖ろしい景色になりますので、能にも、さる母親が愛児を人さらひにさらはれて子供を探して発狂して桜の花の満開の林の下へ来かかり見渡す花びらの陰に子供の幻を描いて狂ひ死して花びらに埋まつてしまふ（このところ小生の蛇足）といふ話もあり、桜の林の下に人の姿がなければ怖しいばかりです。

ここで語り手は、「桜の花の下から人間を取り去ると怖ろしい景色になります」と書くことで、花見の光景を無人の光景へと変換して描き出している。いわば、桜の花に関するイメージへと干渉することで、読む者の知覚へ介入しているとも言えよう[9]。小説中の「男」に対する知覚の変化というテーマは、前口上の部分においても読み手に対して行われていることが確認できるのだ。

また、「花びらの陰に子供の幻を描いて狂い死にして花びらに埋まつてしまふ」という情景は、作者による「蛇足」とされている[10]。だがこの小説自体もまた、そもそも「桜」というモチーフから描き出された「蛇足」として現れてきたイメージを元にしているのではないだろうか。この点において「蛇足」という言葉は、実はこの小説の生成過程自体について言及している言葉なのである。この小説の冒頭においては、「桜の花の下へ人がより集つて酔つ払つてゲロを吐いて喧嘩して」という「現代」的光景に、「蛇足」として展開される山賊と「女」の物語が重ねられることで、「桜」の光景そのものが秘めていた、現在の姿とは異なる姿が描き出されることになる。「桜の下」で形成される習慣・制度は時代ごとに形を変えているのであり、安吾はこの小説を書くことで、光景が潜めている、様々な「蛇足」のイメージをあぶり出そうとしたと考えられるのである。[11]

「桜の森の満開の下」という、「桜」をめぐる習慣・制度に関わる小説が書かれた時期は、戦争終結直後に政治・経済・社会・教育などにおいて、法制度の根幹にかかわる数々の議論が出されていた時期と重なっていた。[12]例えばヴァルター・ベンヤミンは、法を形成する「法措定的暴力」と「法維持的暴力」にまつわる神話性について述べたが、[13]法措定と法維持の根本には、両者に共通して、神話においてどのように暴力が手段として正当化されるかという問題が含まれると述べている。さらに、異なる角度からではあるが、この神話と想像力との関係について三木清は、制度が擬制的性質を持つものとして発明され効力を持つためにはそこに「空想、想像、構想力」が働かねばならないことを述べていた。「制度は擬制（フィクション）であり、構想力の産物[14]」でもあるとするならば、法とそれにかかわる制度の制定は、その社会において創設の暴力を維持させる想像力（構想力）を、形を変えながら保存してゆくことになるのだ。「桜の森の満開の下」はいわば、そのような構想力の働きがはらんでしまう「蛇足」を描いた小説として書かれているのである。そして、「桜の下」において山賊が「魔術」とは異質な「考へ」る時間を導入していたように、法措定的暴力に対する切断の契機の存在の可能性を、この小説に読み取ることができるのではないだろうか。構想力に潜む「蛇足」から、制度の大枠を成り立たせるものとして現れる「コンテクスト」と別の潜勢力を引き出すこと――そのような問題が「桜の森の満開の下」という小説には埋め込まれているのだ。

第十章　「トリック」の存在論――「不連続殺人事件」とその周辺

一　民主主義と統治

戦中から戦後への体制の変化を坂口安吾はどのように考えていたか。例えば、「青鬼の褌を洗う女」[1]の語り手は、次のように語っている。

世間の娘が概してそうなのか私は人のことは知らないけれども、私や私のお友達は戦争なんか大して関心をもっていなかった。男の人は、大学生ぐらいのチンピラ共まで、まるで自分が世界を動かす心棒ででもあるような途方もないウヌボレに憑かれているから、戦争だ、敗戦だ、民主主義だ、悲憤慷慨、熱狂協力、ケンケンガクガク、力みかえって大変な騒ぎだけれども、私たちは世界のことは人が動かしてくれるものだときめているから勝手にまかせて、世相の移り変りには風馬耳、その時々の愉しみを見つけて滑りこむ。

ここでは、特に戦後の「民主主義」だけが特別視されているのではない。登場人物によって批判されているのは、「戦争だ、敗戦だ、民主主義だ」という「世相」の移り変わりにおいて、「男の人」というジェンダーが「世界」を動かす（とされる）主体を構成してきたことだ。同じ体制の下にあっても、異なる主体の位置からすると異なる次元の現実のとらえ方をしながら生きているということ、そしてその立場からすると、「戦争」と「民主主義」とはどちらも同様に国家的な規定によるものであり、それらに関与せずに「国賊」と呼ばれたところで何の問題もない、という態度が述べられている。

これは登場人物の述懐であり、また総力戦体制における「銃後」の問題からすると楽観的にも見える言説だが、そこに語られている問題意識について少し踏み込んで拾い上げてみたい。ここで述べられているのは、「戦争」が「情報」で構成された概念である以上は無条件に受容しないという態度であり、それは安吾の評論にも共通しているものだからだ。例えば、安吾自身が一九四八年前後の他のエッセイで語っている「民主主義」への意見でもその見方は繰り返されている。「帝銀事件を論ず」[2]において安吾は、一九四八年一月二六日に起きた帝銀事件の犯人について「この犯人から特別つよく感じさせられるのはむしろ戦争の匂いである」と推察しながら、次のように述べている。

かような智能の小児麻痺的錯倒から、終戦となり、民主主義。いきなり接木に健全な芽が生えてスクスク成長するはずのあるべきものじゃない。今日、すでに戦争は終ったという。しかし、どこに戦争があって、いつ戦争が終ったか、身をもってそれをハッキリ知るものは、絶海の孤島で砲煙の下から生き残ったわずかな兵隊でもなければ、知りうるはずはない。誰も自主的に戦争をしていたわけではないのであるから、戦争というから戦争と思い、終戦というから終戦と思い、民主主義というから民主主義と思い、それだけのことで、それは要するに架空の観念であるにすぎず、われわれが実際に身をもって知り、また生活しているものは、四囲の現実だけだ。

ここでは「戦争」「終戦」「民主主義」という概念は、「四囲の現実」を通すことなしには全て「架空の観念」であるとされており、これらを実現する「現実」なしに「時流のカケ声」が形而上学的な意味を持つことを安吾は拒否している。そして、事件の犯人が「戦争中よりも戦争的」な、戦争状態を現在に持ち込んでいると語る。帝銀事件、それから他の「頻発する素人ピストル強盗の類い」は、そうは一般には呼ばれていないが「戦争」なのだ、そのことに気づかなければならないと述べる。

私は帝銀事件の犯人に、なお戦争という麻薬の悪夢の中に住む無感動な平凡人を考える。戦争という悪夢がなければ、おそらく罪を犯さずに平凡に一生を終った、きわめて普通な目だたない男について考える。終戦後、頻発する素人ピストル強盗の類いが概ねそうで、すべてそこに漂うものは、戦争の匂いなのである。道義タイハイを説く人々は、戦争は終った、という魔法の呪文を現実に信じつつある低俗な思考家で、戦争といえば戦争、民主主義といえば民主主義、時流のカケ声の上に真理も実在していると飲みこんで疑らぬ便乗専一の常識家にすぎない。戦争はけっして終っておらぬ。四囲の現実は今こそ戦争中よりも戦争的であり、人々の魂はそれ自ら戦争の相を呈しているではないか。

この文章からは、安吾が「戦争」の意味を国家間の軍事的交戦に限っておらず、様々な場面で具現化しうる状態としてとらえていることが分かる。これと同様の考えは、タイトルにまさに「戦争」と付けられた「戦争論」[3]でも書かれている。そこで「今日、我々の身辺には、再び戦争の近づく気配が起りつゝある。国際情勢の上ばかりではなく、我々日本人の心の中に」と安吾は指摘しながら、「今日に於ては、人々は軍服をぬぎながら、そして、武器を放しながら、庶民的習性に帰るよりも、むしろ多くの軍人的習性をのこし、民主々義的な形態の上に軍国調や好戦癖を漂わしているのである」と述べ、「天皇に対する人間的限界を超えた神格的崇拝の復活」を批判している。彼の観点からすると「戦争」も「民主主義」も形而上学的な概念に過ぎず、そのような表面的な認識の下に様々に理不尽な体制が蠢いていることへの否認をやめなければならない、と強調している。

概念による誤認についての懐疑は、「大東亜戦争」にせよ「戦後民主主義」にせよ、それらが諸国家間の力学から導き出された一種の「統治の道具」＝「カラクリ」として機能してきた点を安吾は問題としている。この点では、安吾にとって明治以降の政府も連合軍による占領も形式的な意味での差異はない。このような批判意識は、後年の「安吾人生案内」における、ある村落で「暴力政治」に直面している青年からの投書に対する応答でも語られている。[4]

「道路工事に義務人夫で出ろ。さもなければ茶菓子をだせ」などという暴力政治が、田舎では今でも行われているのですね。この青年が反抗するのは当然だ。真に日本を愛し、日本のより良く暮しよい国たらんことを願う者が、再びこのような暗黒な暴力政治におちこみつつある村政に反抗しなくて、どうしようか。口に大きな理想を唱え、天下国家を論じる必要はない。自分の四周の無道に対して抗争し、わが村の民主政治が正しかれと努力すれば足りるであろう。

可哀そうな青年よ。君の村は、そんな悲しい暗黒な、暗愚な村なのかねえ。そのような暗愚や暴力に負けたまうな。村のボスなどと妥協したもうな。君の味方が、君の友が、僕一人である筈はない。


安吾は「民主主義」の理念が国家の政体として制定され、それが上からの「統治の道具」として機能することの受け入れを拒絶しつつ、「民主主義」という形式自体が、実際にはその理念と異質な様々な体制と共に作動している点を批判する。そのような状況に対して、彼自身は「四囲の現実」を最小限の闘争回路としてみなし、まずその「現実」を変えてゆくこと、そしてそれが共同体を超えた「味方」や「友」へと波及してゆき、同様の試みが様々に伝播してゆくことを考えていたと言えるだろう。

周囲の現実しか実際に確かめることができないのであれば、まさにそこから言葉と提起を立ち上げてゆくこと。そしてさらにそのような試みが孤立しているのではなく、同様の条件と構造において問題や争いが引き起こされている他の場所と連携しつつ、共同性をつくり出してゆくこと（「君の味方が、君の友が、僕一人である筈はない」)。ここに安吾は自分の言葉で解釈した政治の問題を見出していたと言えるだろう。

二 「推理」という行為

だがそれでは、「架空の観念」のように自明性をまといながら「現実」として表現される論理に対して、どうすればそれが「統治の道具」であり政治的な「カラクリ」であることが分かるのだろうか? 以下に論じてゆくように、その現実認識の方法が、安吾がこの同時代に書いていた探偵小説の「トリック」の構造には読み取れるのである。そこで、ここからは彼の探偵小説の代表作と言える「不連続殺人事件」(5)に焦点を絞り、そこでの問題意識について考察をした上で、最後に再び戦後まもなくの時代状況と結び合わせてみたい。

笠井潔は安吾の「不連続殺人事件」(以下「不連続」と略)について、そこで描かれる殺人事件の被害者たちの数の多さに注目し、そこに戦争体験における大量虐殺の記憶が影を落としていることを述べた。笠井は「不連続」をまさに戦争の表象として理解しており、犯人が最後に自死を選ぶのは死の意味と無意味の対立を超えた、「人間意識の外部に横たわる名付けられようもない存在(イリヤ)それ自体」を徹底できない点を描いた、とする。(6) しかし本章では、笠井のような小説の内容を戦時中の問題と重ねてゆく読解ではなく、安吾が「不連続」を書くに際して仕掛けている様々の問題設定を軸に考えつつ、「不連続」をむしろ安吾が「戦後民主主義」の導入と関連させて描いていたということをめぐって論じたい。

ジャック・デュボワは探偵小説というジャンルについて、次のように書いている。「探偵小説というジャンルは、その功利主義的前提によって、開発的社会としての市場社会に立脚しているのであるが、同時に読者を謎の解決へと参加させることによって民主主義的な要求をも担う。能動的で参加型の読書という神話を、その伝統全体が担っているのである」[7]。ここで語られている「民主主義的な要求」という言葉には、いわば推論する「市民」を読者として想定した、参加型の読書による娯楽としての探偵小説という意味合いが込められている。しかし「不連続」における「民主主義的な要求」というものは、より原理的な意味において、「読者」の範疇そのものを押し拡げてしまっているのである。それは即ち、「謎の解決へと参加」しうる人数が、原則的に見ると想定される範疇を超えて、権利上無際限に存在しうることに関係している。

それは、安吾が広く読者に謎解きの「知慧くらべ」を呼びかけた結果、彼が想定していなかった人々が数多く参加してきた事実に表されている。安吾は連載中、何度も読者を謎解きへと挑発する文章を掲載していた。この、「不連続」のなかで提起されている懸賞金つきの犯人当て「知慧くらべ」の欄では、明確に作者が読者の思弁に挑戦している[8]。

この探偵小説には私が懸賞をだします。犯人を推定した最も優秀な答案に、この小説の解決篇の原稿料を呈上します。細目はいずれ、誌上に発表しますが、だいたい、九回か十回連載の予定、大いに皆さんと知慧くらべをやりましょう。当らなければ、原稿料は差上げませんよ。

たいがい、差上げずに、すむでしょう。

作者は「謎を解く者はいない」ことに賭けていると言明しつつ、「不連続」の連載中、「附記」において他の作家を名指ししながら謎解きを何度も挑発している。しかし蓋を開けてみると正答を当てて投稿してきた人物は幾人もおり、ほとんど寸分の狂いなしに答えを当てた投書もそのなかにはあった。

> 完全な正解が四氏もおられたということは、私のかねての目的が達成せられた一証左ではないかと思われ、私はうれしい。／もっとも、私が答案の山の中から最初にとりあげたのが、事もあろうに、長野の秋元氏の正解の答案であり、いきなり完全正解であるから、このときトタンにギョッとして、こらイケナイ、それから三通ばかり見ると、又、三通目に今度は高知の庄司氏の正解答案で、もうダメだ、これは大変なことになった、五六十人も当てているんじゃないかと思った。運悪く私の見た始めの三分の一に正解が全部あり、次々に、いささかギョッとさせられたのである。

ここで安吾は、自らが無意識に想定していた推測自体が外れ、失調した事態に直面して「ギョッとして」いる。彼はここで自分の「仕掛け」が解読不可能だという目算が外れ、読解した人間が自らの想定を超えて存在していることに驚かされているのだ。つまり「不連続」の挑戦は、安吾が想定していた「読者」への挑戦として書かれていたが、これは推理するプレイヤーの数を著者の想定していた文脈の外へと無際限に開いてゆく遂行的な言語行為として働いたのである。この意味において、安吾はどのような人間がこの小説を読んでいるか、またどういった推理を行ってくるかということに関して、想定の範囲を超えた、数えきれないプレイヤーを抱え込む挑戦を行っていたのである。

このような事態は、先に引用した「帝銀事件を論ず」と同様に、「日本人全部の中から」正解者がどれほどいるか、という推理を働かせざるを得ない地点と同じ構造を描き出していると見なせるだろう。

日本の探偵作家（外国の作家も）たちはやたらと作中に刑事をボンクラに仕立てて名探偵を登場させるが、帝銀事件の如く、実際の犯罪は、偶然に行われるから、却々（なかなか）犯人がつかまらないのは当然で、これは刑事の頭が悪いのでもなく、近代捜査法を知らないのでもなく、偶然だから、つかまらないのだ。動機もハッキリしなければ、登場人物も、日本人全部の中から探さざるを得ないのだから、益々つかまらない。

この発想を徹底すれば、この「知慧くらべ」は原理的にかつ権利上、「日本人全部」という範囲のみだけではなく、世界中のあらゆる相手に対して「推理」のゲームを伝播させてゆくことになるだろう。[9] ここには、ある限定された形で権利を与えられている「民主主義」の成員という想定そのものに潜む、その想定を超えて参加しうる無数のメンバーが現れてくることと同型の問題が見出せるのである。

さらに加えて、安吾が読者に対して、犯人についての情報開示を不平等にしていることはあり得ないこと、またそのトリックが「専門の知識」を必要とせずに解くことができる点を強調していることにも注目しなければならない。安吾は、「情報はすべて開示されている」という前提において「知慧くらべ」はされなければならないという原則を、この挑戦文のなかで繰り返し述べている。「専門の知識を必要としなければ謎の解けないような作品は上等品とは思われないので、たとえばある毒薬の特別の性質が鍵である場合には、その特質をちゃんと与えておいて、それでも尚、読者と智恵を競い得るだけの用意がなければならぬと考える」[10]。この意味で安吾は、専門性の如何にかかわらず解くことができる「謎」において無数の「読者と智恵を競」うことを重視していた。この点からは、特定の知識やトリックに関するパターン認識の専門知識を必要としない探偵小説を書こうとする安吾の姿勢が見られる。むしろ、専門性とは別の思考を働かせなければならないのに裏読みしかしない作家や批評家たちを小説内で安吾は茶化している。「いかなる智能の犯行も一目でカングリ、二度三度、四度目にギロリと睨む時には見破ってしまう」カングリ警部こと平野雄高（平野謙＋埴谷雄高）、「どんな手口でも嗅ぎ分けて犯人を嗅ぎだしてしまう鋭敏な六感」を持った八丁鼻こと荒広介（荒正人＋大井広介）、「単純な犯罪を複雑怪奇に考えすぎ、途方もなく難しく解釈して一人で打ちこんでしまう」読ミスギこと長畑千冬（長畑一正＋郡山千冬）などをもじったキャラクターが小説には出没するが[11]、彼らの読みは、安吾が揶揄しつつ語るように先入観によってパターンを当てはめているだけであって、「推理」をしている訳ではない。彼らは既存のパターンの組み合わせでしか事態を見ていないが故に、安吾の考えるトリックを見つけることができないのである。

このことは、「附記」のなかでそのような直観を用いる作家たちを揶揄する姿勢にも現れている。名前が挙げられている尾崎士郎、太宰治、大井広介（＝「九州の四丁鼻先生」）らの推理は単なる既存の図式や先入観の当てはめにすぎず、そのため安吾からすると取り上げるに値しないのだ。このような、認識のパターンを知る者特有の罠は、小説内でも語り手の作家・矢代寸兵によってしばしば言及され、強調されている。「我々文士は一種の精神分析派で、思いつめればドイツコイツの区別なく犯罪者に見えないものはなくなるというタチだから、あれからこれへと犯罪に就いて考えても埒のあくものではない」。

さらに安吾は、犯人の懸賞公募でも「消却法」による間違った推理がなされている場合が多いと指摘する。

いわば探偵小説のトリックとは、消却法を相手にして、それによる限り必ず失敗するようにつくられたものである。消却法によると、まッさきに犯人でなくなってしまうような完全なアリバイをもつ人物が、実は犯人であるという、そこにトリックがあり、探偵小説の妙味があるのである。然し、従来の探偵小説の多くは、このトリックにムリをして、そこで人間性をゆがめ、不合理な行為や心理をムリヤリにデッチあげて、又、作者も読者も、探偵小説のトリックはそういうものだと鵜呑みにして疑っていないのだ。

「消却法」が失敗する理由は、作者もそれを熟知しているため、その裏をかくようにトリックを作るからである、と安吾は述べる。だがこの「消却法」を相手にした読み合いが結局探偵小説を「不自然」に歪め、「探偵小説のトリックとはそういうものだと鵜呑みにして」しまう。いわば彼は、この「消却法」という推理法自体が害をなす先入観を形作るひとつの要因だと考えているのである。

それでは、安吾は読み手にどのように推理することを要求しているのだろうか。それは「心理トリック」なるものによる推理である。「不連続」に仕掛けた「心理トリック」に関して、佐藤春夫「家常茶飯」[12]を念頭におきつつ安吾自身が説明をしている。

私は中学生ぐらいのとき、佐藤春夫氏の短篇探偵小説をよんで感心したことがあって、もう題名も忘れたけれども、ある男が本を紛失した。その本を心理通の友人が探してくれる話であるが、要するに、その紛失した人は、本をもって立ち上がったとき、便所へ行く気持になり、その本を二階の階段を降りる途中かに、壁のナゲシのような暗らがりのところへヒョイとのせて行った。そして小便してしまうと、人はよく排便と同時にやりかけたことをド忘れするもので、程へて本のことをフト思いだした時には、どうしても見つからなくなってしまったのである。

私が犯罪心理の合理性というのは、こういう人間性の正確なデッサンによるものをいうのであって、探偵小説を愛読して、人間性、合理性という点で裏切られるたびに、ひとつ自分で、ケンランたる大殺人事件を展開させ、犯人の推定をフンキュウさせながら、人間的に完全で合理的な探偵小説を書いてみたいと思うようになっていた。その探偵小説の人間的な合理性ということを私に教えてくれたのは、先程申した佐藤春夫氏の短篇だったのである。[13]

なくした本を便所に行く途中で普段と異なる場所に置くと、どこにあるのかわからなくなってしまう。ここに書かれているように、「家常茶飯」における推理は、「人はよく排便と同時にやりかけたことをド忘れする」という人間の習性上起こる事実から、本がなくなった状況をその家の構造と照合しつつ行われている。つまりここでは、一つのことを遂行すると同時にその前に考えていたことを忘れてしまう、という行動の構造が謎を解く鍵になっている点が安吾に注目されているのである。

ここから敷衍すると、「不連続」においてもまた、人間の行為における認識や思考の構造そのもののあり方がトリックとして機能することを目指していたと言えるのであり、それ自体が状況や建築構造や習慣等と関連しながら発動している点が、トリックを見出すためのヒントになっているのである。「推理」とはこのような認識の構造を把握した上で、事件を再構築する行為なのだ。そしてこのトリックは以下に見てゆくように、殺人の共犯者である土居光一(=ピカ一)と歌川あやかによって打たれた芝居の不合理性において表現されているのである。

ここで小説のあらましと結末を説明しておこう。語り手である小説家、矢代寸兵が友人歌川一馬に招待されて向かった先の屋敷には、総勢二十人を超える人数が寝起きしていた。しかし矢代が着いた翌朝、好色な流行作家である望月王仁が殺害される。そのベッドの下には、一馬の妻である歌川あやかの部屋靴についていた鈴が見つかるものの、あやかのアリバイは一馬によって証明される。さらに翌日以降、断続的に六人（歌川珠緒、内海明、南雲千草、歌川多門、加代子、宇津木秋子）が殺害され、最後に一馬が殺されてしまう。

矢代の友人、青年アマチュア探偵である巨勢博士の推理によると、犯人は流行画家のピカ一とあやかの二人であった。彼らは共謀して、ピカ一が王仁を殺した現場にあやかの鈴を残すことで、王仁が殺された時には一馬と一緒でアリバイのあるあやかは犯人でないことを、一馬に納得させた。さらに、ピカ一とあやかが激しく争う狂言芝居を打つことで互いに仲が悪いことをアピールし、一馬を安心させた後、最終目的である一馬殺害に至ったのであった。巨勢博士によるこの推理は、「何が非合理な行動か」に思い至ることによって手がかりを得たものだった。事件の終盤、彼はピカ一とあやかの喧嘩のうち、あやかが「戸外」へ逃げ出したことを思い起こし、その行為の不自然さに気づいたと語っている。

皆さん、私が心理の足跡とよぶのは、ここであります。なぜならば、あやか夫人の最大の味方たる者の大部分がその場に居合しているのです。戸外には何もありませぬ。誰も味方はおりませぬ。〔中略〕我々が土地不案内な夜道などで、深夜にオイハギに出会ったような場合でしたら、我々はオイハギをのがれて暗闇に向ってメクラ滅法逃げだすことは自然であるかも知れません。然し、あの晩の如く、現に味方の大部分がその場に居合わす場合に、その味方の方へ逃げこまずに、味方の居るべき筈のない暗闇の戸外へ向って逃げ去ることが自然でありましょうか。自ら死地へ赴くことではありませんか。我々の目の前ですら、フリ廻されて投げつけられ、衣服はさけて膝から血が流れるほどの暴行を受けているのに、味方の中へ逃げこまずに、暗闇の戸外へ逃げ去るなどとは、人間の心理に於て、およそ有りうべからざる奇怪事であります。即ち、そこには、どうしても、人のいない戸外へ向って逃げねばならなかった必然性がなければならぬ。

巨勢博士は、ピカ一とあやかによって仕掛けられた格闘というトリックが、特定の状況においては極めて非合理的な行為であることに注目し、その点をあぶり出し明確化することから、犯罪の全体像を見出してゆく。安吾の推理小説において、トリックの占める位置の特殊性はここにある。つまり、トリックが遂行される際に引き起こされている非合理的な点について明確に思考することが、「不連続」のなかで犯人の特定に通じる鍵となっているのである。ここで要求されている「推理」という行為は、出来事にまつわる非合理性を認識し、それを手がかりに犯罪の全体像を描いてゆくことに重点が置かれているのだ。

「カングリ警部」「八丁鼻」「アタピン女史」といった刑事・警官たちが揶揄されているように、「勘」としての推理のパターン性が皮肉られている理由は、自分たちが見たもの／自分たちが考えたこと自体に先入観のトリックが含まれていることが疑われていない点にある。そこには「自分の経験を疑うべからざるものと思いこんでいる」[14]ことへの批判があるのだ。「推理」はまさに、自己の経験や思考の明証性を疑うということからなされる。なぜなら、目撃者たちが仮に正直に語っていたとしても、その経験の印象自体がトリックによって生み出されている可能性が常にあるからだ。しかしそれと同時に、探偵小説においては、その経験にトリックのヒントが表現されている可能性があることもまた確かである。それゆえ「不連続」における「推理」とは、経験において自己の認識の構造が感じ取れなくなっている出来事をあぶり出すという、読者にとっては経験と思考の構造の精査と再構成を迫るところにあるのだ。

三 「トリック」の存在論

このような意味で、安吾にとって探偵小説の意義は読者の認識構造のあり方を変換してゆくところにある。しかし、この作品においては、小説内に書かれている所与の情報を単純に全部つきあわせても、決して犯人にはたどりつけない[15]。語り手である矢代の叙述を額面どおりに受け取るだけでは、決して犯行の様子を再現することはできないだろう。作者は小説内において、決して虚偽を報告しているわけではないが、読者は表現されている言葉を受け取りつつも、小説内に提示されているものとは別の方法で「推理」しなければならない――そのような読み方が「不連続」には求められているのである。この意味で、「推理」は所与の条件を超出することが要請されている行為でもあるのだ。

それゆえ小説内の情報に対しては、「消却法」的に読んでしまう発想の裏をかく、別種の論理が必要となる。犯行は一見もっともらしい論理性を備え、自明な現象として自らを示している。安吾は、このもっともらしい論理性と明証性を備えたトリックを見破り、実際には何が起きているのか、どのような非合理性をその論理が押し隠しているのかを発見することを重視していた。巨勢博士は、最後の謎解きでこう語る。

何か勝手が違う、そこが私の気にかかった、すると、私は気づいたのです。そうだ、内海殺しの夜は、なんでもないツマラヌことがキッカケで、あの物凄い格闘となった。ところが、この日は、言葉の上の敵意の激しさでは、そして又、言葉にこもる悪意の激しさでは、この日にまさるものはない。それにも拘らず、土居画伯は平然として、敢てあやか夫人にとびかからない。これは、いったい、なぜだろう？　そう思った時、あの格闘の激しさの不思議さが、はじめて、不思議なものとして私の意識によみがえり、それにつづいて、あの心理の足跡、あやか夫人が戸外の暗闇へ逃げ去ったという有りうべからざる不自然さが、ようやく目に映じてきたのでありました。私が御両名の周到きわまるカラクリを見破ることができたのは、ようやく、その時でありました。

巨勢は共犯者であるピカ一とあやかの激しい乱闘を見た時、その激しさそのものを疑うことはなかった。しかし次にあやかがピカ一を罵った時、ピカ一の前の態度との違いに気づいたことから、先の格闘の光景の「不思議さ」とあやかの「不自然さ」がはじめて彼の「目に映じてきた」のである。「心理の足跡」のトリックは、「不思議さが、はじめて不思議なものとして」「意識によみがえ」

ることではじめて明確化される。「不連続」は、所与の認識がいかに「不思議なもの」とされずに受け取られているかを示しつつ、所与の条件からその「有りうべからざる不自然さ」を浮かび上がらせることを読者に要請している。

江戸川乱歩は、「不連続殺人事件」では小説に関わる道具立ての不自然さによってトリックの不自然さが隠されていることを、既に指摘していた[16]。

私をアッと云はせたものはこれらの普通の意味のトリックではなくて、これらのトリックを可能ならしめる為に作者が用意した、作品全体に蔽ひかぶさつてゐる非常に大きな別のトリックについてであつた。この作を画期的と称する所以もそこにある。その別のトリックといふのは外でもない、私の犯人探しの意欲を拒否したといふあの不倫乱行の別世界そのものなのである。〔中略〕若し探偵作家がかういふ世界を冒頭に持出したならば、ハハア作者の手だなと、忽ちトリックを看破したに相違ない。それが出来なかつたのは坂口安吾といふ作家の立場、傾向に、トリックでなくても好んでかういふ世界を書きさうな所があり、それがトリック以外のトリックとなって、私の目をくらましたのである。

ここで乱歩は「トリック以外のトリック」として、安吾のジャーナリズムにおける「痴情作家」という評判を指しつつ、小説に描かれている人間関係の乱脈さがそれと相俟ってトリックとなったと述べている。「痴情作家」の評判のせいで自分がトリックを看破できなかった、という話の真偽はさておき、乱歩がここに書いている点で興味深いのは、「不連続」において環境やコンテクストそのものがひとつのトリックとして作動している、ということである。つまり、トリックは環境によっては一見極めて「自然」なものとして配備されており、それ自体の「不思議さ」に気づかれることはないが、ひとたびそれ自体の存在に注目してみると極めて「不思議」であり得ることを語っているのだ。

ここからすると、「不連続」において見出されるべき「心理の足跡」のトリックとは、「コンテクスト」と通常見なされているものを前景化させ、それ自体を対象として認識することで、はっきりとその「不思議さ」が浮き彫りにされるものとしてあると言えよう。トリックは、それが自明なものとして埋め込まれている環境の回路においては「自然」なものとして認識されている。しかし、その回路のエコノミーからずらしてみることではじめて、トリックの存在が存在すること自体が判明する。このような人間の認識のあり方を明るみに出すこと、それが「推理」という行為には要請されているのだ。

「作品全体に蔽ひかぶさつてゐる非常に大きな別のトリック」。乱歩はこのことを探偵小説のトリックの話に限定している。しかし本章の前半で触れたように、一九四八年前後の安吾は、戦後の世相や制度に対する批評と並行して探偵小説の執筆をはじめていたのであり、その探偵小説観を、「政治」そのものを「カラクリ」とみなす彼の戦後政治観と重ねてみることが必要だろう。認識の「カラクリ」の構造を浮かび上がらせることにおいて、「戦争」や「民主主義」といった概念を疑うことと、探偵小説における一見もっともらしい論理に潜む不連続性を見出すこととは、安吾にとって世相評論と「不連続殺人事件」とに同時に関連していた問題意識だったのであり、これこそが「架空の観念」を批判し「四囲の現実」から言葉を立ち上げようとした安吾の営為であったと言えるのである。「坂口安吾という先生の小説なぞも、ヘソレビュウと論語先生との抱き合わせみたいなものじゃないか」と、「不連続殺人事件」の中でも諧謔的に言及されているエッセイ「ヤミ論語」[17]において安吾は、「道化的なるものを道化的に見出すためには、教養がいる」としながら次のように述べている。

軽率に道義のタイハイを難ずるなかれ。戦争といえばそれ一億一心、民主主義といえば、ただもう民主主義、時流のままに浮動して自ら省みる生活をもたない便乗専一の俗物に限って、道義タイハイなどと軽々しく人を難ずるのである。

そのよって来たる惨状の根本を直視せよ。道義復興、社会復興の発想の根柢をそこに定めて、施策は誠実に厳粛でなければならぬ。

毎日十時四十分かに品川駅へシベリヤからの引揚者がつく。マイクにニュースに、やたらとセンチな感動的情景を煽る。そして、ただ、それだけのことではないか。寛永寺の一時寮へあずける。そして、ただ、それだけではないか。やがてその誰かがパンパンとなり、親子強盗となって行く。

引揚者や浮浪児の社会復帰に対しては、政府は大予算をさいて、正面から当らねばならぬ。ヤミ利得などを追う前に、戦争利得をトコトンまで追求(ママ)して、復興に当るべきであった。これを要するに、道義のタイハイも、その発頭人は政治の矛盾貧困と言わねばならぬ。

「道義のタイハイ」という認識に惑わされずに「惨状の根本を直視」することから、スローガンとしての「民主主義」を掲げる「政治の矛盾貧困」の実態を浮き彫りにしてゆくこと。安吾にとってこのような、認識が直視させない物事の根本原因を探ろうとする眼差しは、探偵小説においても政治評論においても同様に一貫して、「四囲の現実」における「トリック」の存在を浮かび上がらせようとする試みであったと言えよう。「私は日本は堕落せよと叫んでゐるが、実際の意味はあべこべであり、現在の日本が、そして日本的思考が、現に大いなる堕落に沈淪してゐるのであつて、我々はかゝる封建遺制のカラクリにみちた「健全なる道義」から転落し、裸となつて真実の大地へ降り立たなければならない[18]」と書く安吾にとって、「人間」が常に生み出している様々な「カラクリ」の存在そのものに気づくための「推理」は、必然的な行為だったのである。

絶えず自明な「コンテクスト」として現れる論理の「自然性」の位置を揺るがすような、「新手」の認識の回路を描き出すこと、これこそが安吾が探偵小説を執筆する際に書き込んでいたテーマであり、また「推理」の運動として求められるものでもあった。「不連続」はそのような意味で、作者自ら「娯楽」作品として位置づけながらも、その根底で他の政治評論や作品、また「歴史タンテイ」としての問題意識とも深く通じている小説だと言えるのだ。

終章　来たるべき文学

一　個体化と主体化

本書はこれまで、坂口安吾の小説・エッセイ・評論を取りあげながら、一九三〇年代から五〇年前後にかけて安吾がどのような作品を形成し、また思考を展開させていったかについて論じてきた。主題として様々な事柄を取り上げてきたが、そこに一貫して見ようとしたモチーフは序章で触れたとおり、「個体化」と「主体化」というテーマであった。

日本における近代文学について論じる際、「主体」の問題は既に無数に論じられてきたテーマであるだろう。だが本書で論じてきたように、安吾が突き当たっていた問題は「主体」という超時間的な理念ではなく、むしろ「主体化」という、常に自己の外部性を発見しつつ、自らの立場の自明性を危機に立たせながら変容を行ってゆく試みであったと言える。このことは、第一章で論じた時間性の問題から第三章の「新らしい人間」論、そして第四章での「日本文化私観」論や第六章の「白痴」論において特に論じてきた。最終章である本章では、安吾の戦後におけるそのテーマの展開と、同時代的な、あるいは未来におけるその意義について述べてゆきたい。

しかしまずその前に、「主体」という語の現代的な意味づけに関して触れておくことは無駄ではないはずだ。[1]「主体」というテーマを初期フーコーにおける規律＝訓練の効果としての主体や、アルチュセールの語る「呼びかけに応じる主体」[2]だけで考えることには今や無理があるだろう。これらの論が語っている共通の分母を導き出すとすれば、それは、「主体」は社会的あるいは象徴的なシステムが要請する「効果」として現れる、という言説となるだろう。だが本論では坂口安吾の作品を論じながら、安吾における「主体化」の契機にはそれらと異なるものがあり、一つの社会的な次元の効果に還元することはできないということを述べてきた。その象徴秩序に還元できない次元を、安吾は「個体」という言葉を用いて指し示している。「新興芸術」「プロレタリア文学」という既存のジャンルの枠組に対し、自らが加わる新進雑誌『櫻』の意義を説いた文章「新らしき文学」（『時事新報』一九三三年五月四〜六日）において、安吾は次のように述べていた。「現在プロレタリア文学は、その反逆的な闘争的な点に於て一つの意義と役割をもつが、人間を安易に仮定し、文学の、唯一の領域たる個体を、血と肉に縁のない概念の中へ拉し去り曖昧化し、科学への御用的役割を務めるのは凡そ意味ない。文学本来の面目に反している」。これは、一九三三年という安吾の執筆活動のごく初期に書かれた文章だが、個体は単に超時間的に存在するものとしてではなく、時間性と変容のなかにおいて語られていることが特徴である。[3]「不滅の人間、不変のエゴは形而上学と共に亡び去つている。我々の個人は変化の一過程に於て歴史に続き永遠につながる」。

この「個体化」の運動は、定点的な「主体」の問題とは別個の営為として描き出されている。「進歩と退歩に拘らず、全ては常に変化する。変化それ自らが常に厳然たる新らしさであるが、文学は変化の流れに押し流されるものではなく、時代創造的な「意志」によつて、変化に方向と意志を与え得るものである」。安吾にとっていわゆる「主体」にあたるものは、このような「個体性の形成」としての「変化」、すなわち「主体化」のプロセスとして見出されるべきものとしてあった。戦後においても安吾は「主体化」の問題として、「民主主義」という概念よりも、その前提としての諸物や他者が無数に存在する世界自体を「主体化」の基盤に置こうとしていたのである。この意味で安吾は「大衆」や「民衆」といった一般的で超時間的な概念に信を置くのでもなく、民主主義や共産主義という政体を思考の前提とすることもなく、それらを変化させてゆく「個体化」の可能性を見出すことにおいて起こる、「主体化」の運動としての執筆を行っていたのだ。

二　実存主義／主体性論争

「主体化」というテーマの輪郭は、戦後に安吾がしばしば比較されたジャン＝ポール・サルトルの実存主義、そしてもう一つ、先ほども少し言及した、『近代文学』周辺とマルクス主義陣営との間で引き起こされやがてマルクス主義内部の論争へと展開していった、いわゆる「主体性論争」を補助線とすることでより明確なものとなるだろう。

坂口安吾とサルトルの思想の類似性に関しては様々に語られてきた。室鈴香「安吾とサルトル」[4]に詳しく同時代の論調が比較されているように、そのようなイメージはサルトルの実存主義のモットーである「実存が存在に先行する」というテーマと、安吾にラベリングされた「情痴作家」の「性的暴露」というモチーフが結びつけられて作られていた。[5] 安吾自身はサルトルからの影響や共通性に関しては否定しており、例えばサルトルについての感想を求められた「肉体自体が思考する」(『読売新聞』一九四六年一一月一八日号)では次のように述べている。

私はサルトルについてはよく知らない。実存は無動機、不合理、醜怪なものだといふ。人間はかゝる一つの実存として漂ひ流れ、不安恐怖の深淵にあるといふ。「我々は機械的人間でもなければ、悪魔に憑かれたものでもない。もつと悪いことには、我々は自由なのである。」実際、自由といふ奴は重苦しい負担だ、行為の自由といふ奴を正視すれば、人間はその汚さにあいそのつきるのは当然だ。こゝまでは万人の思想だけれども、サルトルは救ひを「無」にもとめる。これはサルトルの賭だ。かういふ思想は思想自体が賭博なので、彼自身の一生をはる。サルトルの魅力は思想自体の賭博性にあるのだと私は思ふ。

ここでは「実存」の実際的な醜さが強調された上で、「実存」が「自由」と結びつけられてサルトルの思想が解釈されている。そしてこの引用の後で安吾はサルトルの小説「水いらず」に言及しつつ、「肉体自体の思考」なるものを実存的なあり方と同等のものとして主張している。だが、安吾はサルトルの思想を伊吹武彦の紹介によってしか知らず、また小説もこの時点で「水いらず」しか読んでいない。その意味では、安吾の発想を「実存主義」的と呼ぶことには困難がある。むしろここで考えたいのは、安吾の発想がサルトル「水いらず」の読解において、「肉体自体の言葉の発見」というフレーズを用いている点だ。

この小説には倫理などは一句も説かれてゐない。たゞ肉体が考へ、肉体が語つてゐるのである。リュリュの肉体が不能者の肉体を変な風に愛してゐる。その肉体自体の言葉が語られてゐる。

我々の倫理の歴史は、精神が肉体に就て考へてきたのだが、肉体自体もまた考へ、語りうること、さういふ立場がなければならぬことを、人々は忘れてゐた。知らなかつた。考へてみることもなかつたのだ。

サルトルの「水いらず」が徹頭徹尾、たゞ肉体自体の思考のみを語らうとしてゐることは、一見、理知がないやうだが、実は理知以上に知的な、革命的な意味がある。〔中略〕

これからの文学が、思考する肉体自体の言葉の発見にかゝつてゐるといふこと、この真実の発見によつて始めて新たな、真実なモラルがありうることを私は確信するのであるが、この道は安易であつてはならぬ。織田君、安易であつてはならぬ。

安吾はここで「リュリュの肉体が不能者の肉体を変な風に愛してゐる。その肉体自体の言葉が語られてゐる」と書き、この二人を「精神」的な「倫理」とは異なった「肉体」的な次元においてとらえつつ、二人が「変な風に愛してゐる」状態を「肉体自体の言葉」、すなわちひとつの個体的なものとして「発見」してゆくことが「革命的」なことにつながると語っている。「不能」で不毛で無機的な「肉体」同士がつくりあげてゆく個別的な状況、それこそが安吾における「個体化」の問題であったと言える。そして、それらを「発見」してゆくことで自身を変化させてゆく運動として、「主体化」の問題はあったと考えられる。安吾においては、「知性」や「精神」はそれ自体において「主体」なのではない。むしろ、複数の「肉体」がとり結んでゆく個別的な連関性と、そこに現れる葛藤やせめぎ合いの「発見」こそが、「主体化」のプロセスとして考察されているのである。ここで安吾は、サルトルが前提とした即自－対自構造によってではなく、主体なき「肉体」同士の間で取り結ぶ連関における個別性を、「主体化」の契機として見出そうとしており、この意味で、安吾の「主体化」のプロセスは諸物質の間における交渉の「言語」を発見することにおいてなされるのである。

また一方、安吾の言説と戦後に展開された「主体性論争」との関連もここで見ておきたい。山根龍一は、安吾の『近代文学』派との思想的近似性を指摘しつつ荒正人の「民衆とはたれか」(『近代文学』一九四六年四月)を引き、安吾とこの論争との距離について考察を行っている。山根は、荒が本来は「関係概念」にすぎないはずの「〈民衆〉や〈わたくし〉」といった言葉を「〈実体〉や〈実感〉として固定」することで「それらがどこかに実在するかのような論調を帯びた」点を批判しつつ、「いずこへ」(『新小説』一九四六年一〇月)の書き方が「理想の性急な絶対化を避け、現実との強いつながりを保持したまま理想との往還関係を無限に産出し続ける〈私〉の営為を、行為遂行的(パフォーマティヴ)に言語表現化してみせ」たものとして、『近代文学』派の最良の部分(＝実体化しないこと)を示しているとする。[6] 佐藤泉もまた別の角度から、やはり安吾の主体観について同様に「行為遂行的な主体」であることを述べている。[7] それによると、安吾の論は「「書く」という行為の過程において、もしくは行為の効果として「私」という現象をとらえた異色というほかない主体性論」であるとされる。

ここに挙げた両者とも、言語哲学の概念である「行為遂行的」な問題に焦点化しながら安吾における主体性の問題を論じている。だがしかし、単に行為すれば何でもよいものとしてこの語を無規定に解釈してしまうと、例えば花田清輝が「動物・植物・鉱物」[8] において（京都学派を意識しつつ）批判した、「あらゆるものの行為の次元への還元」、いわば「行為」という語への形式的な還元が引き起こされる危険性が出てきてしまうだろう。安吾における言語の「行為遂行性」について、もう少し詳しく見てみよう。

「主体性論争」とは、端的にいってマルクス主義的な「科学」における「主体」の契機がどこにあるのか、あるいはマルクス主義に対立する「主体」の契機を探ることはできるのか、という問題をめぐって繰り広げられたものであった。[9] 論争はつまるところ、「主体」を「近代的自我」として位置づけるか、それとも「歴史法則の実在性」として位置づけるかの違いに起因していた。[10] 実際、両陣営ともに「主体」を、「個人と環境」や「個人と社会」という両極の間の「往還関係」において、弁証法的に定義されるものとみなしていた。またこの「主体」の定義は、将来から事後的に措定される「主体」の存在を前提とすることで成り立っていたのである。

安吾は「余はベンメイす」（『朝日評論』一九四七年三月）のなかで、「ベンショウホウ」のような形で「私」が再帰的に産出されることを揶揄しつつ、自らが行う探求には「たゞ時代的な意味があるだけ」と語っている。

私は日本伝統の精神をヤッツケ、もののあはれ、さび幽玄の精神などを否定した。然し、私の言つてゐることは、真理でも何でもない。たゞ時代的な意味があるだけだ。ヤッツケた私は、ヤッツケた言葉のために、偽瞞を見破られ、論破される。私の否定の上に於て、再び、もののあはれは成り立つものです。ベンショウホウなどと言ふ必要はない。たゞ、あたりまへの話だ。人は死ぬ。物はこはれる。方丈記の先生の仰有る通り、こはれない物はない。

もとより、私は、こはれる。私は、たゞ、探してゐるだけ。汝、なぜ、探すか。探さずにゐられるほど、偉くないからだよ。面倒くさいと云つて飯も食はずに永眠するほど偉くないです。私は探す。そして、ともかく、つくるのだ。自分の精いつぱいの物を。然し、必ず、こはれるものを。然し、私だけは、私の力ではこはし得ないギリ〳〵の物を。それより外に仕方がない。

「私は探す。そして、ともかく、つくるのだ。自分の精いつぱいの物を」という言葉からはどこか、後年の丸山眞男が『日本の思想』[11]に書いた、著名な「なる」(自然)に対する「つくる」(人為)の区分を思い起こさせる面がある。しかし、安吾における「つくる」ものとは「必ず、こはれるもの」であり、またさらに「私だけは、私の力ではこはし得ないギリ〳〵の物」でもあるという点が特徴である。第三章で述べたように、「すべて人間世界に於ては、物は在るのではなく、つくるものだ」と語る安吾は、「なる」という自然性には批判的だが、一方でつくられた「主体」の永遠性も信じておらず、それ自体をあくまで仮設的な運動においてとらえているのである。

この仮設性はどこから来るのだろうか。ここでは、「ともかく「これから」という期待の中に、いつも、私の命が賭けられている」としている点、つまり未来から「主体化」を見ていることに注目したい。それは現状を批判的にとらえることで、現在の状態を構成している条件を未来に反復させないよう試みてゆくこととして見なせる。安吾における「主体化」は再帰的な「主体」構成の保証がない所で、現在の反復を取りやめ、これまでとは別の個体性が現れるように世界に働きかけるプロセスとしてある、と言えるだろう。例えば、小説「女体」(『文藝春秋』一九四六年九月)を執筆中の記録として発表された「戯作者文学論――平野謙へ・手紙に代えて」(『近代文学』一九四七年一月)では、執筆の運びが事前の意図と全く異なる展開になってゆくことへの、作者の葛藤が書きつけられている。

書きだすと、書くことによつて、新に考えられ、つくられて行くだけで、まつたく何の目算もない。素子の肉体のもろさが私はひどく気がかりだ。まさかに岡本に乗ぜられ弄ばれることはないだろうと思うだけだ。こんな風に考へているのは、よくないことかも知れぬ。私はなるべく岡本を手がかりのための手段だけで、主要なものにしたくない。この男にのさばられては、やりきれないような気がするのだが、私は然し、さういふ気持があつてはいけないと思つており、尤も、書いている最中はさういふ気持は浮かばない。

この日記調のエッセイが興味深いのは、「素子」や「岡本」といった小説の登場人物たちが繰り広げる事態が作者の意図と関係なく、新たな事態を招来してしまう様子を描いているところにある。このような個体間に現れる緊張や矛盾や葛藤、非対称性や不整合を孕むことなしには、少なくとも安吾の作品における「主体化」の問題はあり得ない。安吾は「主体化」というものを社会的な象徴性を規範にするのではなく、その存在が保証されない未来からの視点において現在の前提を掘り起こしながら進む、批判的かつ制作的な作業として見なしているのだ。

この意味で、カントが述べたような自らに法を課す自己立法的な主体や、アルチュセールや初期フーコーらにおける社会的機能としての主体概念ともまた、安吾の構想する主体化の概念は異なっている。それは、個体化の力の解放を目指すものとして位置づけられる。自律的な「主体」が自らに対して立法するのであれば、安吾の主体化の運動とは、むしろ立法へと至らない存在の個体化のプロセスを拾い上げ、それが持つ力を解放し、そこにおいて新たな個体性を浮かび上がらせようとする運動なのである。そのためにこそ、それまで「主体」を形成してきた環境的・構造的な問題を浮かび上がらせ、認知しつつ変容させてゆくことが必要とされるのだ。

三　新たなはじまりへ向けて

最後に、戦後の安吾の政治的発言と、これまで論じてきた問題との関連を見てみよう。「野坂中尉と中西伍長」(『文藝春秋』一九五〇年三月)における日本共産党の体制への批判は、戦後の安吾の国際関係や軍事・暴力に関する考えがうかがえ興味深いものだ。

　ガンジーの無抵抗主義も私は好きだし、中国の自然的な無抵抗主義も面白い。中国人は黄河の洪水と同じように侵略者をうけいれて、無関心に自分の生活をいとなんでいるだけのことだ。彼らは蒙古人や満洲人の暴力にアッサリ負けて、その統治下に属しても、結局統治者の方が被統治者の文化に同化させられているのである。

　こういう無関心と無抵抗を国民の知性と文化によって摑みだすことは、決して弱者のヤリクリ算段というものではない。侵略したがる連中よりも、はるかに高級な賞揚さるべき事業である。こういう例は日本にもあった。徳川時代の江戸大坂の町人がそうだ。彼らは支配者には無抵抗に、自分の生活をたのしみ、支配者よりも数等上の文化生活を送っていた。そして、支配者の方が町人文化に同化させられていたのである。

　戦争などゝいうものは、勝っても、負けても、つまらない。徒らに人命と物量の消耗にすぎないだけだ。腕力的に負けることなどは、恥でも何でもない。それでお気に召すなら、何度でも負けてあげるだけさ。無関心、無抵抗は、仕方なしの最後的方法だと思うのがマチガイのもとで、これを自主的に、知的に摑みだすという高級な事業は、どこの国もまだやったことがない。

インドの独立運動と中国の植民地化の問題を、日本における占領期以降の問題と重ねることなどの是非についてはここではひとまず措いておく。[12] ここで語られている「無関心、無抵抗」には、「腕力」、すなわち軍事的・武力的な報復、言い換えれば暴力の恩讐のサイクルを断つことが含意されている。そしてこの「無関心、無抵抗」とは「何もしない」ということを意味していない。それは次の引用にも見られるように、「文化」や「生活」の水準を変化させるという要素を必然的に含意している。

かりに、世界中を征服してみたまえ。征服しただけ損したことが分ってくる。結局全部の面倒を見るか、手をひく以外に仕方がなかろう。その時になって光を放つのが、無抵抗、無関心ということだ。

しかし、意識的な無抵抗主義に欠くべからざる一つのことは、国民全部が生活水準を高めるという唯一の目的を見失ってはいけないということだ。

衣食住の水準のみでなく、文化水準を高めること、その唯一の目的のためにのみ我々の総力を集結するという課題さえ忘れなければ、どこの国が侵略してきて、婦人が強姦されて、男がいじめられ、こき使われても、我関せず、無抵抗。戦争にくらべてどれぐらい健全な方法だか知れない。

我々の文化に、生活の方法に、独自な、そして高雅なものがあれば、いずれは先方が同化して、一つのものになるだろう。我々はそれを待つ必要もないし、期待する必要もない。

この文面は、時代的な状況と関連させて考えられるべきものだろう。一九四七年のインド独立以降植民地問題が盛んになり、東西冷戦が活発化してゆき、一九六〇年代にいたるとアフリカ諸国で独立運動が盛んとなってゆく時代の趨勢のなかで、この文章は書かれていた。しかし、ポスト植民地的状況へと流れてゆく国際情勢は、結局のところ軍事・経済的関係などを通じた形だけの独立国や、いわゆる「衛星国」が作られることで、実質上の支配構造が継続していった（新植民地主義）。そのような情勢のなか、安吾はしばしば共産主義を批判してゆくが、自由主義や民主主義についてもまた同じく懐疑的であった。それらは、介入型の自由主義経済としてのひとつの統治制度であることに変わりはないからだ。それに対して安吾はここで、自立分散型の非依存的な回路が各地で組み上げられ、それが各々の人間にとって「必要」な回路を形成してゆくことの重要性を、政治・経済的なテーマにおいて語っていたと言えるだろう。

これらの発言は、安吾自身が戦前から考察してきた問題と時代状況が重なったことでなされたと考えられる。中野重治との対談「幸福について」（『新日本文学』一九五二年一一月）においては、編集部[13]から「戦後、占領と解放の混同みたいなものがあったが、ああいう問題にもちょっと触れてみてください」と話を振られ、農地改革の試み自体については肯定して「それをうまく摑まなかった共産党と社会党は馬鹿だと思う」とこき下ろしている。そして彼は、「小作人をなくするには、彼らを地主にすることよりも、農業会社の社員のようにすることを考えなくちゃならん。まア、コルホーズとかそんな集団農業でもよかろうと思います」と言いつつ、中野と次のようにやりとりを交わす。

坂口　それは、日本の村全体はできッこないが、多少でも、一つか二つの村でも……。そうして、それが成功すればよかったが、そういうものがどこにもなかったでしょう。

中野　開拓村で少しあった。それが、今のメカニズムだから、武者小路の〝新しい村〟ああいうところに追い込まれてもいる。

坂口　そうでしょうね。一村が孤立しているだけでね。

中野　つまり、あのとき、その面からぐんと押してゆくと……。

坂口　そうです。ともかくモデルを作って見せなくちゃアね。

中野　ぶつかった壁と、それをどう破るかが問題として出てくる。そうだと、いまと違った局面が出ていたかと思うのだ。

坂口　それは、あるね。一村二村でもよかった。全然なかったということは、ちっと、ひどすぎたよ。あらゆる村が、バラバラに、個人的にやっただけで、一つとしてそういうことがなかった。なんか、モデルがあればね、我々に考える基盤となるような。

安吾が中野に同意しているのは、集団的な「考える基盤」が成立してゆくことができていたら、「いまと違った局面が出ていた」かもしれないという点だ。安吾はこれまで「個」の重要性を主張する作家として、それが「個人」の「孤独」とほとんど同義のように解されてきた面があるが、ここに読みとれるとおり、彼自身は集団性と歴史の変化の可能性についても重要視していた。「個体化」は個人が形成されるプロセスのみならず、集団的に個体性が構成されるプロセスにも関連している事柄なのだ。そのことは、安吾が最晩年に書いた「安吾新日本風土記」の予告文（「『安吾・新日本風土記』（仮題）について」『中央公論』一九五五年一月）を見ても了解できる。

予告して申し上げるほどの言葉はまだないのです。しかしとにかく土地土地には生き生きと働く人々は云うまでもなく町や風物や山河や歴史にもそれぞれ自らを語っている個性的な言葉があるもので、私はそれを現地で見また聞きわけたいと思っているだけです。そしてそれを私自身の生存の意義と結び合せ、私自身の言葉で語り直してみたいと思っているだけです。何を見て何を聞きわけてくるかは現地に行ってみるまでは私自身にも見当がつかないのです。

安吾は様々な土地土地の人間だけではなく、「町や風物や山河や歴史」を「環境」というひとくくりの概念でとらえずに、様々な「個体」の重層性としてとらえた上で、それらには「それぞれ自らを語っている個性的な言葉がある」と述べている。安吾は個体の概念を人間の個人に限ることなく、集合的な物や運動にも適用しているのである。また、それらの「個性的な言葉」を「私自身の生存の意義と結び合せ、私自身の言葉で語り直」すことで定着させてゆきたいという言葉からは、これらの存在との関係に自らの「主体化」の問題を見出していることが読みとれるのである。

この意味で、安吾における「主体化」の問題は、常にそれを構成しつつある側、そして未だその力が解放されていない無数の個体化の運動が様々な束縛をどう切断しあるいは変化させてゆくか、というテーマを問題にしているのだ。それは、天皇制に対しても、共産党に対しても、「戦後民主主義」に対しても異和と批判の思考を向け、それら自体の永続性を批判し続ける言説として表現される。それらの制度はあくまでも「方便」であり、「それを利用して、次なる展開や向上をもとめ」るためのものにすぎないのだ。

私は、先に、戦争も、非情なる歴史的立場からは、むしろ効能の方が大きかった、と述べた。然し、これは、学者の研究室内に於ける真理であって、政治に於ては、真理ではない。なぜなら、政治は、歴史的な人間一般に属するものではなく、現実の五十年しか生きられない、非歴史的な生命や生活とのみ交渉しているものだからだ。真理や理想というものと、政治は、本来違っている。政治は、あくまで、現実のものであり、真理や理想へ向っての、極めて微々たる一段階であるに過ぎない。それ以上であっては、いけないのである。

だから、政治に於ては、一時の方便的手段というものが、許されて然るべきものである。然し、天皇制の復活の如き場合は、まちがっている。

方便の場合は、あくまで方便であり、それを利用して、次なる展開や向上をもとめているもので、あくまで、人間が方便を支配しているものなのである。ところが、天皇制の場合には、政府が方便のつもりでいても、民間に於ては狂信となり、再び愚かなる軍国暗黒時代となり、文化は地をはらい、方便が逆に人間を支配するに至る危険をはらんでいる。一人の人間を助けるために、多数の人間を殺す愚にひとしいものだ。

天皇制というものを軍人が利用して、日本は今日の悲劇をまねいた。その失敗から、たった三年にして、性こりもなく、再び愚をくりかえそうとするとは！ なるほど、一時的に、容易に安定をもとめるためには、それが便利であるかも知れぬ。然し、かかる安易は、罪悪である。こりることを知らないことは、罪悪である。

この「戦争論」では、政治において「方便が逆に人間を支配するに至る危険」についての指摘がされている。「堕落論」の「堕落」とは、いわばすべての価値体系を一度無効化する「判断停止」を行うことによって、言説や社会制度の仮設性や、無意識に依拠していた関係性やシステムの存在を暴露する力を持つ。このような価値体系への批判は、共産主義のみならず資本主義や民主主義といった制度全般への批判である。その批判のための足がかりとなるべきものが、それらの価値体系の内部では「余白」(「文学のふるさと」)としてしかとらえられないものとしてある個体化の運動なのであり、それらと関わる言表行為として位置づけられた「文学」なのである。

安吾の書く小説のなかでは、各人物間の和解のし難さや、解決しない関係性の問題が主たるテーマとして扱われることが多い。安吾の政治観は個体同士の互いの還元し難さと同時に、それでいて他者を人間が必要とするところに根ざしていた。そこで編み出される「政治」は「方便」として作られるべきものだが、あたかもそれ自体が自律的であるかのように転倒することを安吾は常に批判してゆく。一方、文学は「余白」としての個体間の出来事が言説として自らを定位することの不可能性からはじまり、にもかかわらず、そのなかからいわば問いの運動体としての「主体化」の運動を形成してゆくプロセスをたどろうと試みる言語行為として位置づけられているのである。

「主体化」の契機は、この運動を成立させ持続させる要因に対して働きかけ変化を呼び起こそうとする、それまで形成されてきた「自己自身」との切断の意識にこそ宿る。安吾は個の存在に関して語る時、そこで「個体化」しつつあるものをはっきりと認識し、そこから「主体化」の運動を作り出すべきである、と語っているのである。「主体」であることを免れる葛藤と共にあることこそが、むしろ「主体化」の運動なのであり、そここそが「個体化」のプロセスが見出されうる領域なのだ。

このような認識は、安吾の初期のファルス論から晩年まで執拗に反復されている。そもそも「ファルス」とは、現実的なものも可能的なものも、すべてを含めた存在の肯定を行う文学ジャンルであるとして、安吾は独自の意義を与えていた。やがて安吾は理念的な領域から離れ、この世界に個体化しつつある無数の存在者からなる、「ファルス」としての現実を見出すことへと向かっていった。このような「ファルス」の言説がなぜこんなにも安吾の生涯を通して執拗に反復されるのか、そのことについて考えてみる必要があるだろう。

その反復は「文学のふるさと」において、「文学はここから始まる」と述べている「ふるさと」についての考察と重なっている。「ふるさとは我々のゆりかごではあるけれども、大人の仕事は、決してふるさとへ帰ることではない」。だが同時に、その「意識・自覚のないところに文学があろうとは思われない」。このような、「ファルス」であり「ふるさと」なるものとして、そのつど形を変えて回帰してくる世界の基底的な次元についての思考は、安吾にとって新たな出発を告げるための地鳴りに過ぎない。そして安吾を読む者は、「個体化」や「主体化」のプロセスとそれにまつわる抗争の轟きをそこに聴き取ることで、いわば「汝自身のはじまりをはじめよ」という言葉を絶えず投げかけられているのである。

注

序章

（1）若月忠信『資料　坂口安吾』（武蔵野書房、一九八八年一二月）参照。

（2）川村湊「われわれはいかに安吾をとらえてきたか」（『すばる』一九九六年一一月）

（3）しかしこのイメージは常に安吾にはつきまとう。『国文学』一九九四年九月の特集「無頼派　作家論と作品論」、『ユリイカ』二〇〇八年九月の特集「太宰治／坂口安吾――無頼派たちの〝戦後〟」という枠組みで論じられることは続いている。

（4）柄谷行人『坂口安吾と中上健次』（太田出版、一九九六年二月）を嚆矢とし、『坂口安吾事典』作品編／事項編（荻久保泰幸・島田昭男・矢島通弘編、至文堂、二〇〇一年九月・一二月）の整備期とも重なる。

（5）森本淳生『小林秀雄の論理――美と戦争』（人文書院、二〇〇二年六月）は小林における「表現」と「主体性」との関係に触れている。また亀井秀雄『小林秀雄』（塙書房、一九七二年一一月）なども参照。

（6）拙論「測地術としての詩――『驢馬』における中野重治の詩と評論」（『文藝と批評』二〇〇六年五月）を参照されたい。

（7）中野重治「芸術について」（『芸術に関する走り書的覚書き』改造社、一九二九年九月）所収。初出タイトルは「芸術論」（『マルクス主義講座』政治批判社、一九二八年一〇月）。

（8）王寺賢太「論理と逆説――「昭和十年前後」の小林秀雄と中野重治についてのノート」（『ユリイカ』二〇〇一年六月）参照。

（9）三枝康高「ファルス論について」（森安理文／高野良知編『坂口安吾研究』南窓社、一九七三年）で指摘されている。

第一章

（1）序章注（4）中、『坂口安吾事典』事項編のキーワード項目など参照。

（2）主に「吹雪物語」をめぐって、「観念」を主要なテーマとして扱った論はいくつか存在する。川村湊は、明治二十年代末の「観念小説」と比較しながら安吾の小説の「観念」性について触れている（「吹雪・安吾・物語――天空を目指す観念小説」（『ユリイカ』一九八六年一〇月）、「吹雪の世界」（『吹雪物語』講談社文芸文庫版解説、一九八九年一二月））。それによると「観念」とは、「抽象的なテーマ、あるいはイデオロギー」、もしくは「「現実」を超越（あるいは逃避）」した「理想、思想」であったと定義づけられている。つまり、「観念」という語には一種の「現実」に対するアンチテーゼとしての意味が担わされている。また大原祐治は、「〈観念〉」を恋愛の関係性における「〈対幻想〉」として考察した（「自壊する〈観念〉――坂口安吾『吹雪物語』論」（『学習院大学人文科学紀要』二〇〇〇年））。「〈観念〉」は、「〈対幻想〉」の崩壊とともに破綻するべくして描き込まれている。それは自らの失敗によってより「現実」的な次元へと統合されるという、媒介的な移行においてとらえられている。

（3）川村湊・浅子逸男・小林真二・井口時男「共同討議　批評と研究の「あいだ」」（『越境する安吾』坂口安吾研究会編、ゆまに書房、二〇〇二年九月）

（4）小林真二「ファルスとナンセンス文学――坂口安吾「ピエロ傳道者」論」（『國學院雑誌』一九九六年七月）や、包括的なものとして花田俊典「ファルスの登場――坂口安吾の文学的出発」（『原景と写像』重松泰雄編、原景と写像刊行会、一九八一年）等がある。

（5）井口時男は「ファルスと女」（『早稲田文学』二〇〇〇年五月）において、「近代小説」の「心理」表象に対する、安吾のファルスの持つ特性の違いを指摘している。

（6）「文学的唯物論について」（『創作月刊』一九二八年二月）

（7）「文字について――形式とメカニズムについて」（『創作月刊』一九二九年三月）

（8）横光のそのような挙措が、感性的な領域に関わる、メディア／メディウムとしての身体論の基本的な構図を先取りしていたと考えられるとする論もある。北田暁大「メディア論的ロマン主義――横光利一と中井正

一、メディアの詩学と政治学」（吉見俊哉編『一九三〇年代のメディアと身体』青弓社、二〇〇二年）参照。
(9) このような言語観は、「教祖の文学」（『新潮』一九四七年六月）にみられる、個々の生存の絶対的な「孤独」のなかでは、他者とのコミュニケーションが原理的には不可能であるにも関わらず発信される、「「オモチャ」としての文学」という問題ともつながってゆくものではないだろうか。
(10) 槍田良枝は、この「観念」なるものを「現実を止揚する文学の方法」ととらえている（「花」、序章注（4）の『坂口安吾事典』中、〔事項編〕）。
(11) 関井光男はちくま文庫版坂口安吾全集第二巻の「解説」において、安吾のヴァレリー体験を「麓」（『櫻』一九三三年五、七月）の中絶と関連づけて述べた。また「宿命のCANDIDE」が言及している、一九三三年から「六七年前」、すなわち一九二六〜二七年前後のヴァレリー受容については、清水徹「日本におけるポール・ヴァレリーの受容について——小林秀雄とそのグループを中心として」（『文学』一九九〇年一〇月）が同時代的な状況の参考になる。
(12) 例えば、小林秀雄は安吾との対談「伝統と反逆」（『季刊作品』一九四八年八月）において、「不幸なる廿世紀文学者」としての自分たちの世代の文学者たちについて述べている。彼らが共通して直面した問題について「僕らは現実をどういふ形式でもつて眺めたらいゝか判らなかつた」とした上で、「抽象的批評的言辞が具体的描写的言辞よりリアリティが果して劣るものかどうか。さういふ実験にとりかゝつたんだよ。これは僕らの年代からですよ。それまでには、ありやアしません」と概括して、「リアリティ」の変容を時代性と結びつけて述懐している。
(13)「観念」が「生活」との関連において語られるとき、そこでは「可能」な「対象」との関連が重視されているように思われる。例えば「日本の山と文学」（『信濃毎日新聞』一九三九年八月一六〜一九日）においては、「日本の古い物語りでは、山といへば妖怪と結びつくのが自然であつた。それが我々の祖先達の生活の感情であり、観念にほかならなかつた」と述べられ、「狐狸、土蜘蛛、蟇、大蛇」や「山姥、天狗、鬼」といった想像的な対象の発生と伝承が重視されている。
(14) 序章注（4）の『坂口安吾事典』〔作品編〕中、「FARCEに就て」の項で渡邊史郎は、「『現実としての空想』と言う如く、坂口はあくまで『空想』という行為の現実という次元を問題にしているようにみえる」と指摘している。

(15) 佛石欣弘は、「坂口安吾の〈新らたな発足〉に就いて――ジイドの「ドストエフスキー」を媒介項として」(『近代文学論集』一九九八年)において、「新らしさ」の問題について触れ、それを安吾が持つ「相対的な全体性」への傾向と結びつけて述べている。

(16) 一九四〇年五月に発表された「文字と速力と文学」(『文芸情報』)においては、「技術」と「必要」との関連における「観念」の変化について言及されている。また、「詐欺の性格」(『個性』一九四八年一月)では、安吾にとって時間の問題が「唯物論」性と結びついていくことが示唆されている。

第二章

(1) 内田隆三『探偵小説の社会学』(岩波書店、二〇〇一年)も指摘するように、エルンスト・ブロッホ「探偵小説の哲学的考察」(『異化』所収、船戸・守山・藤川・宗宮訳、白水社、一九八六年)にせよ、ジャック・デュボア『探偵小説あるいはモデルニテ』(鈴木智之訳、法政大学出版局、一九九八年)にせよ、この「殺人」という起源の謎を解くというモチーフにおいて、探偵小説とオイディプス物語(そしてしばしば指摘されてきた、同時代的な精神分析の勃興)は重なっている。ただし、「風博士」にはそのような整序されるべきプロットが決定的に欠如しているのである。

(2) 「坂口安吾」(『群像』一九五一年一一月)

(3) 『坂口安吾』(文藝春秋、一九七二年)

(4) 「道化の意匠」(『坂口安吾の世界』関井光男編、冬樹社、一九七六年)

(5) 「「風博士」解読――あるいは蛸博士の奸計」(『語文研究』一九八九年六月)

(6) 「〈破壊〉された物語――坂口安吾「風博士」論」(『日本文芸論稿』一九九五年二月)

(7) 「坂口安吾『風博士』論――その構造が指し示す「ファルス」の「読者」に就いて」(『近代文学論集』、一九九八年)

（8）「『風博士』試論——〈ナンセンスの陥穽〉」（『日本文藝研究』一九九五年一二月）
（9）「「風博士」」（『文藝春秋』一九三一年七月）
（10）佐藤信夫は安吾の言語面について、「「風博士」は（中略）全編これ修辞なのだ」と指摘している（「坂口安吾とことば」『ユリイカ』一九八六年一〇月）。ただし佐藤の場合は、『風博士』のようなファルスという「落伍者の文学」を「幼稚な裏がえしのダンディズム」として、否定的な評価に留めている。
（11）前掲注（4）、（5）を参照。
（12）絓秀実『探偵のクリティック』（思潮社、一九八八年）
（13）前掲注（1）中、デュボア。
（14）安吾は、その名も『言葉』という雑誌をアテネ・フランセの同人（葛巻義敏、長島萃、若園清太郎ら）とともに一九三〇年一一月に創刊しており、彼の周辺のグループでは「言葉」についての何がしかの問題意識が共通していたことがうかがえる。
（15）モーリス・ブランショ『来るべき書物』（粟津則雄訳、筑摩書房、一九八九年五月）
（16）小林真二は「「風博士」論——小谷部全一郎の戯画化をめぐって」（『日本近代文学』一九九八年一〇月）でこの「義経＝成吉思汗」説が「戯画化」される際に、アテネ・フランセ通学や諸外国語の学習体験と関連させながら、安吾の言語に対する関心が作用していた可能性について触れている。
（17）前掲注（7）の佛石論文は、「「風博士」の「構造」とは、「作品」と「読者」の関係を、「風博士の遺書」と「僕」の関係として予めプログラムしたものと言える」と述べている。
（18）このような、言葉における異質な要素間の連接は、作品冒頭部で繰り返される「嗚乎」「嗟乎」「於戯」という表記変換にも描きだされていたと言える。この作品のそこここに見出される言葉の「遊び」は、もし「可能」的なアナグラムの次元にまで遡及すれば際限なく拡張されうることになるだろう。そこからすると、『風博士』のあらゆる個所が意図せざるこれらの言葉遊びに感染している可能性があると見ることすら、全くの不可能ではない。言葉遊びを前提のひとつとしている「ファルス」においては、一旦読解された語のなかにも、言葉の別様の連接の可能性が常に回帰してくることを妨げることができないのだ。安吾がまずはファルスという非常に奇妙な言表行為を行うことから書きはじめていること自体を問う必要があるだろう。

第三章

（1）島村輝「共産主義」（序章注（4）中、『坂口安吾事典』〔事項編〕）では、「ソヴィエト・ロシアの為政者」に対して安吾が「否定的」であったと触れられている。またこの件については、拙論「「本能」と「社会」――大杉栄・きだみのる・坂口安吾における「虫」をめぐって」（『早稲田現代文芸研究』、二〇一二年三月）も参照のこと。

（2）初出誌の表記では、「性格」と「感情」の間に「・」が入れられている。ここでは初出の表記に準ずる。

（3）イリヤ・エレンブルグは一八九一年生まれのユダヤ系ロシア人作家。一九六七年没。作品に『トラストD・E』『第二の日』『パリ陥落』『雪どけ』など。当時、『イズベスチヤ』の特派員でもあった。

（4）*Nouvelle Revue Française*, No.232, janvier 1933.『坂口安吾蔵書目録』（新津市文化財団、一九九八年八月）に掲載（蔵書 no.1228）。なお翻訳にあたっては論者が訳した後、仏文学研究者である大原宣久氏のチェックをいただいた。ここに記して協力に感謝したい。なお翻訳の責任は筆者にある。

（5）当時の仏和辞典、例えば一九三二年三月増補版発行の白水社『模範仏和大辞典』（一九二一年四月刊）には「生物学の」としか対応する和語は掲載されておらず、同時期の他の辞典も同様である。

（6）佐々木力『マルクス主義科学論』（みすず書房、一九九七年一二月）

（7）「社会主義建設と科学」（『プロレタリア科学』一九三〇年一一月）

（8）『日本のルィセンコ論争』（みすず書房、一九九七年三月）

（9）『唯物論研究』は一九三二年一一月〜一九三八年三月の間に六五号を発刊。一九三八年二月に「唯研」解散後は『学芸』と改題、一九三八年一一月の第七三号まで刊行。

（10）石原辰郎・森宏一・古在由重・伊豆公夫・真下信一・江口十四一「座談会　唯物論研究会の活動」（古在由重『戦時下の唯物論者たち』青木書店、一九八二年一二月）では自然科学者たちの数の多さが指摘された際、古在は「エンゲルスの『自然弁証法』が日本に紹介された」ことが自然科学者たちの参加を促した「刺激の一つ」だったと述べている。
(11) 唯物論全書、三笠書房、一九三五年五月。
(12) エンゲルス『自然弁証法』の初訳は、岩波書店から文庫として加藤正・加古祐二郎訳により一九二九年一二月二九日の発行で上巻が出版。下巻は一九三二年七月に出版された。日本における『自然弁証法』の受容については、山本亮介「小林秀雄の一断面——エンゲルス『自然弁証法』受容の周辺」(『日本近代文学』二〇〇五年一二月)、前掲注(10)などを参照のこと。
(13)「生物学におけるダーウイン的課題(下) 歴史的時間、特に生物史的時間の問題として」(『唯物論研究』一九三三年四月)。
(14) 細川光一名義。『唯物論研究』一九三二年一二月。
(15) 西川祥子・森家章雄「学術用語「環境学」の意味の歴史的分析」(『人文論集』二〇〇四年三月)。
(16)『唯物論研究』一九三五年九月。
(17)『唯物論研究』一九三三年二月。
(18)『作品』一九三五年三月。
(19) アンドレ・ジイドが一九三四年一〇月二三日にパリで行なった講演の翻訳。この事情については、レジス・ミシヨオ『フランス現代文学の思想的対立』(春山行夫訳、第一書房、一九三七年)所収の春山による緒論が参考になる。
(20)『NRF』はジイドが主幹であり、エレンブルグもその関係者であった。当時の『NRF』をめぐる動向については、Martyn Cornick, *Intellectuals in history : the Nouvelle revue française under Jean Paulhan, 1925-1940*, Amsterdam, Rodopi, 1995. が参考になる。
(21)『都新聞』一九三六年九月二七日～一〇月二日。
(22)『新潟新聞』一九三六年一一月二〇日。
(23) 竹村書房の宣伝文だが、関井光男(「『吹雪物語』について」『定本坂口安吾全集』第二巻、冬樹社、一九六八年四月)、若園清太郎(『わが坂口安吾』昭和出版、一九七六年六月)、花田俊典「「吹雪物語」序説——坂口安吾における知性敗北の論理」(『文学研究』一九八〇年三月)らはこれを安吾の手による文章だと推定している。なお引用は若園の書による。

(24) 菊地薫は「坂口安吾『吹雪物語』の試行――一五年戦争下の思考をめぐって」(『社会文学』一九九四年八月)において、卓一を「人間にとってのありのままの《自然=本性》を措定する思考に対して、徹底して抗している」人物としながら、彼の持つ「意志」に「日本の《近代》化の過程」に対する「イデオロギー分析」としての契機を見る。非常に示唆的な論だが、しかしこの「意志」が挫折してゆく過程においてこそ、実際には『吹雪物語』の重要性が生み出されてゆくのではないか。

(25) 佛石欣弘「坂口安吾「吹雪物語(――夢と知性)」論――バンジャマン・コンスタンの「アドルフ」との関連から」(『語文研究』一九九七年六月)では、「「吹雪物語」の真の意義は「言葉」に対する根底的な懐疑を呼び覚ました点」にあると指摘している。

(26) 「後記」(『炉辺夜話集』スタイル社、一九四一年四月)

(27) 『吹雪物語』所収、新体社、一九四七年七月。

第四章

(1) 磯崎新『建築における「日本的なもの」』(新潮社、二〇〇三年四月)

(2) 「日本文化私観」とアジア・太平洋戦争との関連については、批判的であったという意見(平野謙「作品解説」『日本現代文学全集』九〇巻、講談社、一九六七年一月、を嚆矢とする)と肯定的であったとする意見(磯田光一の秋山駿との対談「坂口安吾の精神」『ユリイカ』一九七五年一二月、など)の二種があるが、それらはどちらも「日本文化私観」では「機能主義」「合理主義」が主張されている、という前提に因っている。また、上野昂志のように「問題は、むろん、「右翼」か「左翼」かにあるのではなく、そこに通底している「文化」主義にある」とした上で、安吾の評論が「「矛盾」を顕在化したまま宙吊りに」していると評した論もある(「肯定の運動」『カイエ』一九七九年七月)。

(3) 田中傑『帝都復興と生活空間――関東大震災後の市街地形成の論理』(東京大学出版会、二〇〇六年一一

月）。震災後の復興政策については福岡峻治『東京の復興計画——都市開発行政の構造』（日本評論社、一九九一年七月）を参照のこと。

（4）「路上の系譜　バラックあるいは都市の忘我状態」（『都市表象分析1』ＩＮＡＸ出版、二〇〇〇年四月）。

（5）「サバイバルとしての東京リサイクル」（『戦争と建築』晶文社、二〇〇三年九月）。しかし五十嵐はバラックを機能主義に分類しており、この点では本論の「バラック」とは異なる意味が持たせられている。

（6）平野謙（前掲注（2））の評価以降、「日本文化私観」の「必要」という言葉を機能主義に引きつける解釈は多数存在する。

（7）井上章一『つくられた桂離宮』（弘文堂、一九八六年四月）

（8）河原宏「戦時下科学・技術論の一断面——生活科学論を中心として」（『技術と人間』一九七五年三月）。また北林雅弘「第2次大戦下日本の「生活科学新書」について」（『香川大学教育学部研究報告（第2部）』二〇〇五年）も参照。

（9）前掲注（2）参照。

（10）このあたりの事情については、大原祐治『文学的記憶・一九四〇年前後——昭和期文学と戦争の記憶』（翰林書房、二〇〇六年一一月）を参照のこと。

第五章

（1）佐藤卓己「連続する情報戦——「十五年戦争」を超える視点」（『岩波講座アジア・太平洋戦争3　動員・抵抗・翼賛』岩波書店、二〇〇六年一月）。また、佐藤は『メディア社会』（岩波書店、二〇〇六年六月）でも同種の見解を示している。「総力戦による社会全体の軍事化こそがinformationの「情報」化に対応しており、その意味で情報化社会は総力戦の所産なのである」。

（2）花田俊典「超人と常人のあいだ——坂口安吾「真珠」攷」（『文學論輯』一九九一年）

（3）「「歴史」を書くこと——坂口安吾「真珠」の方法」（『日本近代文学』二〇〇一年一〇月）。他に、先行論では細野律「坂口安吾「真珠」論——所謂「『十二月八日』小説」との関連から」（『近代文学研究』一九九五年三月）、菊池薫「出来事の感触――坂口安吾「真珠」論」（『早稲田大学教育学部　学術研究（国語・国文学編）』一九九九年二月）、内倉尚嗣「坂口安吾「真珠」の戦略」（『日本文藝研究』一九九九年九月）などが、「僕」という個人的な視点を対置することによって「神話」を解体する契機を見出せることを論じており参考になる。ただし本論では、「僕」の「語り」そのものが既に「情報」の流通の内において成立しているということを中心に論じるため、出来事に対して外部にいる観測者がいかなるポジションをとったかという意味での「語り」論の立場はとらない。

（4）「文芸時評」（『都新聞』一九四二年五月一〇～一三日）

（5）宮内寒弥・平野謙・大井広介「文芸時評」（『現代文学』一九四二年七月）

（6）花田俊典による「真珠」校注（『交錯する軌跡』双文社、一九九一年三月）にこの指摘がある。当時の航空事情に関しては、『日本航空史　昭和前期編』（日本航空協会編、日本航空協会、一九七五年九月）を参照。この時代の有名な飛行家には他にフランスのマリーズ・イルスや、アメリカのハワード・ヒューズが挙げられる。

（7）橋爪紳也『飛行機と想像力――翼へのパッション』（青土社、二〇〇四年三月）

（8）津金澤聰廣「『大阪朝日』『大阪毎日』による航空事業の競演」（『戦時期日本のメディア・イベント』世界思想社、一九九八年九月）。同『現代日本メディア史の研究』（ミネルヴァ書房、一九九八年六月）中、「第6章　戦時統制下における新聞広告」も参照。

（9）和田博文『飛行の夢 1783-1945――熱気球から原爆投下まで』（藤原書店、二〇〇五年三月）

（10）江畑謙介『情報と戦争』（NTT出版、二〇〇六年四月）。「真珠」の潜水艦の記述では「潜水艦が敵艦を発見して魚雷を発射したとき」、それを確認する方法はレーダーなどの確認によってではなく、音を聞くことによってされている。「潜水艦乗りは、自分の発射した魚雷の結果を一秒でも長く確めたいという欲望に襲はれる」。だが、確認は「爆音」によってしかなされていない。

（11）永野宏志「砕け散る暗い部屋（カメラ・オブスキュラ）――小栗虫太郎『黒死館殺人事件』と電気メディア時代」（吉田司雄編『探偵小説と日本近代』青弓社、二〇〇四年三月）中、「3　情報の寓話（アレゴリー）」の項が参考になる。

（12）『ネガティヴ・ホライズン』（丸岡高弘訳、産業図書、二〇〇三年）
（13）同前。
（14）前掲注（2）参照。
（15）この「本末顚倒」性については、押野武志「坂口安吾「真珠」の同時代性──詩と散文のあいだ」（上・下）（『文芸研究』二〇〇三年九月・二〇〇四年三月）において言及されている。押野がそこで「詩」の美学化と「散文」の問題について述べているのに対し、ここでは「情報」と「散文」性との関連から論じる。
（16）この富豪とは、大倉財閥の創設者である大倉喜八郎（一八三七～一九二八）であるとされる。前掲注（6）の花田論参照。
（17）前掲注（5）参照。
（18）酒巻は戦後、『俘虜生活四ヶ月の回顧』（東京講演会、一九四七年三月）や『捕虜第一号』（新潮社、一九四九年一一月）などを出版している。
（19）五味渕典嗣は「それぞれの遠足──坂口安吾『真珠』論」（『三田文学』二〇〇〇年一一月）において、「「僕」=坂口安吾は、事後の視点から改めて「僕」らの「遠足」を書き込むことによって、「あなた方」という問いに対する「僕」なりの姿勢・態度を定立しているのではないか」と述べている。

第六章

（1）生井英考『空の帝国　アメリカの20世紀』（講談社、二〇〇六年一一月）。また半藤一利『坂口安吾と太平洋戦争』（PHP研究所、二〇〇九年二月）も参照のこと。
（2）「『白痴』『青空と外套』」（『人間』一九四六年一〇月）。
（3）このような視点からの先行論には笠井潔『探偵小説論Ⅰ　氾濫の形式』（東京創元社、一九九八年一二月）中の「第三章　無意味と意味と無意味──坂口安吾論」がある。
（4）『新潮』、一九四六年四月。
（5）『坂口安吾』（文藝春秋、一九七二年九月）

(6) 防空演習の実際については水島朝穂・大前治『検証　防空法——空襲下で禁じられた避難』(法律文化社、二〇一四年二月)を参照。また「白痴」に描かれた隣組については林淑美が別の面から言及している(『昭和イデオロギー——思想としての文学』平凡社、二〇〇五年八月)。
(7) 前田哲男『新版　戦略爆撃の思想——ゲルニカ、重慶、広島』(凱風社、二〇〇六年八月)
(8) 伊香俊哉「戦略爆撃から原爆へ——拡大する「軍事目標主義」の虚妄」(『戦場の諸相』岩波講座アジア・太平洋戦争5、岩波書店、二〇〇六年三月)
(9)『戦争と映画』(石井直志・千葉文夫訳、平凡社ライブラリー、一九九九年七月)。なお「白痴」についてヴィリリオの名前に言及している論考に丸川哲史「坂口安吾『白痴』及び戦争＝映画」(『群像』一九九七年一二月)がある。
(10) 前掲注(7)を参照。
(11) 越沢明『東京都市計画物語』(日本経済評論社、一九九一年)、五十嵐太郎『戦争と建築』(晶文社、二〇〇三年九月)を参照。
(12) 田中利幸『空の戦争史』(講談社、二〇〇八年六月)。また荒井新一『空爆の歴史——終わらない大量虐殺』(岩波書店、二〇〇八年八月)など参照。
(13) 安吾のテクストには、戦争の破壊性に魅せられつつもそこから距離をとる運動があることについて、菊地薫は「魅了されていた熱狂から身を引き剥がす」(「安吾の〈戦争〉——坂口安吾「白痴」論」『早稲田大学教育学部学術研究(国語・国文学編)』二〇〇〇年二月)という特徴を指摘している。
(14)『〈民主〉と〈愛国〉——戦後日本のナショナリズムと公共性』(新曜社、二〇〇二年一〇月)
(15)『文学季刊』一九四六年一二月。発表時の題は「堕落論」。一九四七年六月に銀座出版社から発行された評論集『堕落論』所収時に、「続堕落論」に改題された。
(16) 前掲注(14)中の引用による(三点リーダーは引用文のまま)。
(17) 同前。
(18) 発表誌未詳。評論集『堕落論』(前掲注(15)参照)に初所収された際、扉に「昭和二〇年」と執筆年が記されている。

第七章

（1）坂上康俊「奈良平安朝人口データの再検討」（『日本史研究』二〇〇七年四月）

（2）「古代社会と古代天皇制への視線――坂口安吾のアジア」（『国文学』二〇〇五年一二月）

（3）磯前順一「戦後歴史学の起源とその忘却――歴史のポイエーシスをめぐって」（『マルクス主義という経験――1930-40年代日本の歴史学』磯前順一、ハリー・D・ハルトゥーニアン編、青木書店、二〇〇八年四月）。成田龍一『歴史学のスタイル――史学史とその周辺』（校倉書房、二〇〇一年四月）も参照。また、井上章一『日本に古代はあったのか』（角川学芸出版、二〇〇八年一月）は「古代」「中世」という時代区分自体が日本史に当てはまらないと指摘している。

（4）この当時、安吾が「戦時中、外にやることがないので、歴史の本を読んでゐ」たという述懐（尾崎士郎宛書簡、一九四五年一〇月一二日）を踏まえた上で坂口安吾の蔵書目録を見てみると、『歴史学研究』は昭和一〇年から一九年までところどころ飛びながらも大部揃えており、清水三男『上代の土地関係』（伊藤書店、一九四三年五月）も所持している。また奈良朝の人口分布に関しては、同じく蔵書にある関山直太郎『日本人口史』（四海書房、一九四二年六月）中に部分的データがある。また、「戯作者文学論――平野謙へ・手紙に代えて」（『近代文学』一九四七年一月）中には、一九四六年七月一七日には久米邦武の『奈良朝史』（早稲田大学出版部、一九〇七年五月）を「ノートをとりながら、読んだ」という記述があり、ここからの影響も見逃せない。

（5）山田盛太郎「農地改革の歴史的意義――問題総括への一試論」（矢内原忠雄編『戦後日本経済の諸問題』有斐閣、一九四九年一〇月）

（6）大和田啓気『秘史日本の農地改革――一農政担当者の回想』（日本経済新聞社、一九八一年五月）、東畑四郎「農地改革の再評価によせて」（『農地改革論Ⅰ』農山漁村文化協会、一九八五年五月）

（7）庄司俊作『日本農地改革史研究』（御茶の水書房、一九九九年二月）。稲村隆一『日本における土地改革の歴史』（恒文社、一九八一年一一月）、永原慶二『20世紀日本の歴史学』（吉川弘文館、二〇〇三年三月）も参照。一方柄谷行人は、「半封建的なもの」（坂口安吾全集第一六巻月報「Mélange」第一七号、筑摩書房、二〇〇〇年四月）において、農地解放について安吾は農民の生産共同組合を構想していたと書き、「安吾にとって、半封建的なものとは階級的支配というよりも共同体の支配であり、農地解放はそれに対する革命であるべきであった」としている。

（8）「解説」（『土とふるさとの文学全集』第九巻、家の光協会、一九七六年四月）

（9）『坂口安吾』（文藝春秋、一九七二年九月）

（10）「解説」（『桜の森の満開の下』講談社文芸文庫、一九八九年四月）

（11）前掲注（4）における『上代の土地関係』中で、清水は史料に書かれていた「荘民」とその他に大勢いた「農民」とは意義付けが異なっていたことを指摘している。「荘民」化した層と「農民」との区別をつけていない安吾とは論旨が異なることも付け加えておかなければならない。

（12）フロイトの論考「不気味なもの」（一九一九年）においては、親密なもの（heimlich）が不気味なもの（unheimlich）として現れるとする著名な論が展開されている。「不気味なもの」は「抑圧されたものが回帰している」ことを示す、「不安を掻き立てるもの」として現われる（藤野寛訳、『フロイト全集』第一七巻、岩波書店、二〇〇六年八月）。

（13）以下に展開する物部麿の話は『今昔物語』巻二〇第二二話、またその元になった『日本霊異記』中巻第三二話から取られ、安吾がアレンジしたものと考えられる。

（14）実際、この「牛」が物部麿の生まれ変わりだという根拠は実は作品内のどこにも書かれていない。

第八章

（1）前半は「ジロリの女」の題で『文藝春秋』、一九四八年四月号に発表。後半は「ゴロー三船とマゴコロの手記」の題で『別冊文藝春秋』、一九四八年四月号に発表。「ジロリの女」の題で『坂口安吾選集』第八巻（銀座出版社、一九四八年八月）に収録された。

(2)「安吾のジロリ」(『ユリイカ』一九八六年一〇月)
(3)『文藝丹丁』一九四八年一〇月。
(4)「解題」(『坂口安吾全集』第四巻、冬樹社、一九六八年一〇月)
(5)「解説」(『坂口安吾選集』第八巻、銀座出版社、一九四八年八月)
(6)本田和子「他者の星雲——安吾世界の女人たち」(『ユリイカ』一九八六年一〇月)
(7)「個性」と「環境」という問題への関心については本論第三章も参照のこと。戦後でも、例えば「通俗作家荷風」(『日本読書新聞』一九四六年八月二八日)で荷風を「我を育てた環境のみ」を「なつかしく」とらえている存在として批判している。
(8)この作品にマゾヒズムを見る論としては、奥野健男「解説」(『坂口安吾全集』第四巻、冬樹社、一九六八年一〇月)や小川徹(『堕落論の発展』三一書房、一九六九年一二月)などがある。
(9)ゴロー三船が「新円成金」だったことは、『ジロリの女』の雑誌連載時のあらすじ説明(『別冊文藝春秋』一九四八年四月)に記されている。
(10)「ジロリの女」(序章注(4)中『坂口安吾事典』〔事項編〕)
(11)例えばハンナ・アーレントは『暴力について』(山田正行訳、みすず書房、二〇〇〇年一二月)において、「暴力(violence)」を「道具を用いる(インストルメンタル)」という特徴によって定義づけることで、「権力(power)」の持つ対話的な公共性に優位性を与えようとしたが、「ジロリの女」における「言葉」の問題からすると、アーレントの言うような分割が容易に成り立ちえないことにもなるのではないだろうか。

第九章

(1)古関彰一『日本国憲法の誕生』(岩波現代文庫、二〇〇九年四月)。また田中英夫『憲法制定過程覚え書』(有斐閣、一九七九年一一月)、西修『日本国憲法の誕生を検証する』(学陽書房、一九八六年一一月)、大森実『戦後秘史5』(講談社、一九七五年一一月)など参照。
(2)この間の事情に関しては、黄益九「『暁鐘』版「桜の森の満開の下」」(坂口安吾研究会編『坂口安吾論集3

新世紀への安吾』ゆまに書房、二〇〇七年一〇月）に詳しく調査されている。なお、GHQ／SCAPの検閲問題に関しては他に横手一彦「戦時期文学と敗戦期文学と――坂口安吾「戦争と一人の女」」（『昭和文学研究』一九九九年九月）、時野谷ゆり「坂口安吾と占領期のSCAP検閲問題――「プランゲ文庫」に見られる坂口安吾の被検閲作品を中心に」（『繍』二〇〇三年三月）、十重田裕一「坂口安吾とGHQ／SCAPの検閲――刻印された占領期の痕跡」（『国文学』二〇〇五年一二月）などの論がある。

（3）同時代には、福田恆存がこの物語の形式に言及し、「人間存在そのものの本質につきまとう悲哀――それを追求しようとして、素材のもつ現実性が邪魔になり、坂口安吾は「閑山」「紫大納言」「桜の森の満開の下」のごとき説話形式に想いいたった」と解説をしている（『坂口安吾選集』第三巻解説、銀座出版社、一九四八年四月）。また内容的には奥野健男の絶賛（『坂口安吾』文藝春秋、一九七二年九月）や奥野・佐伯彰一・村松剛の鼎談における「ファルスと不気味さの両方が出ている」とする評（「坂口安吾と武田泰淳」『文藝春秋』一九六二年一〇月）などの評価が出ていた。先行論としては今までに松田悠美（「『桜の森の満開の下』の鬼」森安理文・高野良知編『坂口安吾研究』南窓社、一九七三年八月）などの民俗学的なモチーフから読解しようとする試み、あるいは精神分析を援用した上での評価（城殿智行「無数の蛇を逆さに吊る男――坂口安吾と「細部」の欲望」『早稲田文学』二〇〇〇年五月）など、様々な論が存在している。

（4）「坂口安吾「桜の森の満開の下」――「桜の下」とは何か」（『比較文学年誌』、二〇〇七年）

（5）水本次美は「自己の所有物を誇らしげに示す」山賊の態度は、「自己の〈強さ〉を誇示したい欲求」によるものと解釈している（「坂口安吾「桜の森の満開の下」論――男の〈欲望〉」『文学論藻』二〇〇四年二月）。

（6）ここでの「断片」という言葉に関しては、天満尚仁がそこから物語を構築する解釈の問題から論じ（「坂口安吾「桜の森の満開の下」論――語り　他者　トポス」『立教大学日本文学』二〇〇五年一二月）、また加藤達彦が断片の映画的モンタージュの手法が表されているとしている（「「桜の森の満開の下」――ウツ・ロ・ヒのテクスト」『国文学　解釈と鑑賞』二〇〇六年一一月）。

（7）ここでの「技術」の見方については、マルティン・ハイデガー『技術への問い』（関口浩訳、平凡社、二〇〇九年九月。原著は一九五三年刊行）を補助線として考えている。ハイデガーは、技術の特性とは物の本質を用具的なものにおいて引き出す性質を持っているとしている。そしてその際、物には人間自身も含まれており、技術の持つ「可能性」を挑発し引き出す力は、人間自身を資源として駆り立てる方向性を持っている。

(8) またこれと別の箇所では、「ビッコの女」が「お喋り」としての言葉の用い方について言及している。

「都ではお喋りができるから退屈しないよ。私は山は退屈で嫌いさ」

「お前はお喋りが退屈でないのか」

「あたりまえさ。誰だって喋っていれば退屈しないものだよ」

「俺は喋れば喋るほど退屈するのになあ」

「お前は喋らないから退屈なのさ」

「そんなことがあるものか。喋ると退屈するから喋らないのだ」

「でも喋ってごらんよ。きっと退屈を忘れるから」

「何を」

「何でも喋りたいことをさ」

「喋りたいことなんかあるものか」

　男はいまいましがってアクビをしました。


「何でも喋りたいことを」「喋ってごらん」という「ビッコの女」の指摘は、「喋りたいことなんかあるものか」と感じている男にはいまいましく映る。「ビッコの女」が「喋らないから退屈」であるから「喋りたいことを喋る」というのは、結局、喋る行為の内にしか喋る動機がないことを示している。山賊の男が「退屈」を感じるのは、行為のこの再帰的な構造に対してのものでもある。

(9)「桜」の意味づけに関しては様々な論があるが、「「桜の森の満開の下」は、その書き出しにおいて、先入観の一切およばない江戸以前を物語内容の時代として選択し、習慣化＝制度化された〈桜〉から自由なところで奔放に創造力を駆使しようと宣言した」という指摘がある（近藤周吾「過剰＝余白化される〈ふるさと〉――坂口安吾「桜の森の満開の下」」『国語国文学研究』、二〇〇二年二月）。しかしここでは、「桜」の意味は「先入観の一切およばない」ものではなく、常に既にフィクショナルな「蛇足」こそが習慣・制度についての構築にも関わっている面があることを論じた。また「桜」に「存在論」的な問題を読みとる野口武彦「花かげの鬼哭」(『カイエ』一九七九年七月)、「桜」を「シミュラークル」であるとする小谷真理「それは遠く、電子の森の彼方から――坂口安吾「桜の森の満開の下」を読む」(『坂口安吾論集1　越境する安吾』ゆまに書房、二〇〇二年九月)などがある。
(10) 塚越和夫「桜の森の満開の下」(『坂口安吾研究講座』第二巻、三弥井書店、一九八五年一一月)では、この能を「桜川」と推測している。
(11) 本章で重視したい点は、安吾が一つの歴史的に形成された風習に対して別の面を重ね合わせていることであり、桜の文化史的な側面ではない。
(12) 例えば鈴木安蔵『憲法制定前後』(青木書店、一九七七年一一月)には、敗戦直後に民間の様々な主張が勃興したことや、立場の違いを超えていくつもの憲法草案が編まれたことが記録されている(鈴木自身も「憲法研究会」における活動から日本国憲法の草案形成に関係していた)。
(13) 「暴力批判論」(『暴力批判論　他十篇』野村修編訳、岩波文庫、一九九四年三月)参照。
(14) 赤松常弘『三木清――哲学的思索の軌跡』(ミネルヴァ書房、一九九四年五月)

第十章

(1) 『愛と美』一九四七年一〇月。
(2) 『中央公論』一九四八年三月。
(3) 『人間喜劇』一九四八年一〇月。
(4) 「安吾人生案内　その二　大岡越前守」(『オール読物』一九五一年四～一二月)
(5) 『日本小説』一九四七年八月～四八年八月。単行本はイヴニングスター社刊、一九四八年一二月。
(6) 『探偵小説論Ⅱ　虚空の螺旋』(東京創元社、一九九八年一二月)
(7) 『探偵小説あるいはモデルニテ』(鈴木智之訳、法政大学出版局、一九九八年五月)
(8) 池内輝雄はこの点について、推理小説の持つ特徴として「作者の仕掛け」の中で読者が感じる真相との距離のダイナミズムが魅力となると指摘している（「不連続殺人事件」『国文学　解釈と鑑賞』一九九三年二月）。「不連続」が確かにそのような面を持つことは確かだが、「不連続」ならではの仕掛けはそれだけではない。「不連続」では、「作者からの挑戦」において作者自身も「知慧くらべ」に参戦しているという見逃せない点があるのだ。

（9）これは、探偵小説というジャンルに理性の形式の「普遍性」を見出そうとしていた戦時中の「近代文学」派の問題意識とも重なるモチーフであり、またこのことにより作家個人の「四囲の現実」とその外の状況を繋ごうとした試みとしても見なしうるだろう。

（10）「私の探偵小説」（『宝石』、一九四七年六月）

（11）鬼頭七美「『不連続殺人事件』のトリックとロジック――その文芸性をめぐって」（『国文目白』一九九八年二月）ではこれらの名前を換喩的読み替えとしている。大村彦次郎「坂口安吾の「不連続殺人事件」」（『ちくま』、一九九八年七月）でもなぞらえた作家について言及している。また柄谷行人は「坂口安吾とフロイト」（『堕落論』新潮文庫版所収、二〇〇〇年六月）において「歴史探偵方法論」（『新潮』一九五一年一〇月）に触れながら、安吾の「歴史」意識と推理の問題について触れている。だが、安吾の推理小説における「トリック」が備えたロジックの仕組みそのものと、彼の戦後の政治状況についての見解の共通性を直接的に論じた考察は、管見の限り存在していない。

（12）『新青年』、一九二五年四月。

（13）中島河太郎「解題」（『現代推理小説大系五　角田喜久雄・坂口安吾・岡田鯱彦』講談社、一九七二年八月）において、この佐藤の小説とは「家常茶飯」であることが指摘された。また中島の『日本探偵小説史』第一巻（東京創元社、一九九三年四月）ではこの小説の特徴として、「盲点をついた機智が描かれている」点が紹介されている。

（14）坂口安吾「正午の殺人」（『小説新潮』一九五三年八月）より。

（15）前掲注（6）で笠井が「後期クイーン的問題」と名指している問題にもこれは通じる。その論理形式に関する議論については法月綸太郎「フェアプレイの陥穽」（「Mélange」『坂口安吾全集』第六巻月報、筑摩書房、一九九八年七月）も参照。また、小説における視点の複数性がその不可能性を呼び起こすという論は、前掲注（8）の池内論文で語られている。
（16）「幻影城通信」（『宝石』一九四八年一二月）
（17）『世界日報』、一九四八年二月二三日～七月一二日まで断続的に掲載。
（18）「続堕落論」（『文学季刊』一九四六年一二月）

終章

（1）戦後の「主体」の意義づけをめぐっては、ヴィクター・コシュマン『戦後日本の民主主義革命と主体性』（葛西弘隆訳、平凡社、二〇一一年四月）が参考になる。
（2）「イデオロギーと国家のイデオロギー諸装置――探究のためのノート」（『再生産について』（下）西川長夫・伊吹浩一・大中一彌・今野晃・山家歩訳、平凡社ライブラリー、二〇一〇年一〇月）。
（3）「個体」というテーマに関しては、例えば前田英樹が小林秀雄に関して重要なモチーフとして言及しており（『小林秀雄』河出書房新社、一九九八年一月）、この点で小林と安吾は共通の概念を用い思考している。しかし小林を批判した安吾の「教祖の文学」（『新潮』一九四七年六月）にあるように、小林と安吾との決定的な違いは偶然的な時間の展開を念頭に置いているかどうかに求められるだろう。小林は完成すべき「個体」を中心に考えており、そこでは予測不可能性は排除されるため、安吾における「個体化」というモチーフとの差異がある。またベルナール・スティグレールは『象徴の貧困Ⅰ――ハイパーインダストリアル時代』（ガブリエル・メルベランジェ、メルベランジェ眞紀訳、新評論、二〇〇六年四月）において「個体化」の概念について説明し、「個体化は、心的psychiqueであると同時に集団的collectifでもあるプロセスとして考えられてい」ると述べ、「前個体的環境」から「特異性」を生み出すプロセスを技術の問題と関連させている。本書においてこの語は、個人も集団も特異性を生み出すひとつのプロセスとして形成されまた解体される、というその意義を汲み用いた。
（4）『國文学論叢』二〇〇七年二月。

（5）朴智慧「安吾の〈実存〉――サルトルとの関係」（『国語と国文学』二〇一〇年七月）も参照のこと。
（6）「「いづこへ」論――同時代言説との接点について」（『国文学　解釈と鑑賞』二〇〇六年一一月）
（7）「坂口安吾『堕落論』」（岩崎稔・成田龍一・上野千鶴子編『戦後思想の名著50』平凡社、二〇〇六年二月）
（8）『人間』、一九四九年一月。
（9）岩佐茂「主体性理論の批判的検討」（『一橋大学研究年報　人文科学研究』一九九〇年一月）、高橋春雄「戦後近代主義の開化と成熟」（『国文学　解釈と鑑賞』一九七二年五月）など参照。
（10）小林敏明『〈主体〉のゆくえ――日本近代思想史への一視角』（講談社、二〇一〇年一〇月）は主体性論争についてまとめた上で、本来 subject と individual という別起源の二語が日本語においては重ねて考えられてしまっている問題を指摘している。そしてその原因として「体」という訳語の持つ隠喩力について述べており、示唆的である。
（11）岩波書店、一九六一年一一月。
（12）「野坂中尉と中西伍長」の時代的文脈に関しては、藤原耕作「坂口安吾『安吾巷談』論一」（『福岡女子短大紀要』一九九五年六月）を参照。
（13）花田清輝「坂口安吾」（『新日本文学』一九五五年四月）によると、この話者は花田と推測できる。

後書き

本書は、二〇一一年六月に早稲田大学に提出し受理された博士論文をもとに、大幅な加筆訂正を加えて刊行されたものである。審査にあたっては中島国彦先生、高橋敏夫先生、十重田裕一先生、宗像和重先生、鳥羽耕史先生の御指導を受け、また大学院在学中にはゼミなどで佐々木雅發先生の御鞭撻をいただいた。跳ね返りの研究ばかりしていた私を長い目で辛抱強く育ててくださった先生方に、感謝の言葉だけでは謝意を表すことが到底できない。加えて、早稲田大学文化構想学部文芸・ジャーナリズム論系の助手・助教として働いていた間に渡部直己先生、芳川泰久先生、貝澤哉先生、松永美穂先生、水谷八也先生、小沼純一先生からは主任としての職務上の御指導のみならず、研究上・思索上でも薫陶を受けた。また貴重な自らのお時間を割いて勉強会を開き、未熟な私にも研鑽の場を作っていただいた永野宏志さん、山本芳明先生からは、自分の方向性を考える上でかけがえのない機会をいただいた。編集者の渦岡謙一、小野雅喜両氏には多大なお手間をおかけした。この場を借りて皆様に篤く御礼申し上げたい。また本研究中にはＪＳＰＳ科研費21720078の助成を受けた。そして、研究をともに続けてきた、あるいは様々な場所で有形無形の多くの刺激や励ましを与えていただいた、名前を挙げきれないすべての方々にも、ここで感謝の意を表したい。

多くが初出時から原型をとどめないほどに改稿されており、発表時期がずれこんだものがあるとはいえ、ここに書かれた論考のベースは、すべてが二〇一一年三月に起きた大震災と原発事故以前に執筆されていたものである。しかし後から読み返してみると、震災・事故後の状況に対して非常にアクチュアルで示唆的な言葉を安吾が様々に残していることに気づかされた。坂口安吾という作家は危機的な状況のなかで、あるいは人々を生存目的に拘束する諸制度が崩壊した地点において、常にものを考えていた人物であったということを実感している。何も拠るべきもののない所で世の中の前提と根拠を疑い続け、また生存のあるべき姿を問いつつ求め続けたこの作家は、これからも危機的状況が生まれるたびに、いつ何処へでもよみがえってくることになるだろう。

また本書の論を書き進めるなかで、坂口安吾という作家が世界的な観点から見てどのように生み出され、どのような時代を生きてきたのか、そのような読み方をしてゆく必要性を感じてゆくことになった。このことには、ある一つの言葉の影響を考えることができるかもしれない。かつて私は、二〇一一年震災の直前に亡くなられたフランス文学者の故江中直紀先生から、「文学は何でもあり」なのだという言葉を学生時代に聞いたことがあった。それから私は、文学とはそのようなものであると信じ、考えを進めてきたところがある。つまり文学とは、世界と歴史のあらゆる事象と関連をしながら書かれる何かであるという想念である。

このような考えに関して私は、それがファルス論で「すべてを肯定する」と書き綴った安吾の姿勢と通じるものであったのではないかと思っている。本書が様々な事柄どうしを関連させ論じようと試みているのもそのためである。いずれにせよ、何らかの形で「あらゆることを語ろう」としてゆく自由な存在のあり方こそは文学というプログラムが持っていた起爆力でもあるだろうし、その欲望と葛藤が世界から消え去ることはないであろう。私はこの貴重な力は、どのような形でか、人間の歴史のなかに必ず間歇泉のように吹き上げてくることは止まないだろうと考えている。

二〇一四年一一月

宮澤隆義

初出一覧

序　章　書き下ろし
第一章　「ファルスの詩学――坂口安吾と「観念」の問題」（『坂口安吾論集2　安吾からの挑戦状』ゆまに書房、二〇〇四年一一月）
第二章　「ファルスは証言する――坂口安吾『風博士』論」（『国文学研究』一四五号、早稲田大学国文学会、二〇〇五年三月）
第三章　「坂口安吾と「新らしい人間」論」（『日本近代文学』第七七号、日本近代文学会、二〇〇七年一一月）
第四章　「「バラック」と共同性――坂口安吾「日本文化私観」論」（『繍』二〇号、「繍」の会、二〇〇八年三月）
第五章　「情報戦と「真珠」」（『坂口安吾論集3　新世紀への安吾』ゆまに書房、二〇〇七年一〇月）
第六章　「空襲と民主主義――坂口安吾「白痴」における主体化の問題」（『表象』三号、月曜社、二〇〇九年三月）
第七章　「「思考の地盤」を掘ること――坂口安吾「土の中からの話」論」（『文藝と批評』第一〇巻第一〇号、二〇〇九年一一月）
第八章　「暴力と言葉――坂口安吾『ジロリの女』から」（『文藝と批評』第一〇巻第五号、二〇〇七年五月）
第九章　書き下ろし
第十章　「「トリック」の存在論――坂口安吾『不連続殺人事件』とその周辺」（『昭和文学研究』第六六号、二〇一三年三月）
終　章　書き下ろし

索　引

欧　文

GHQ　151, 152, 174, 191, 266, 267
「JEUNESSE RUSSE」　62, 64
『NRF』　61, 62, 258

あ　行

『青い馬』(同人誌)　17, 28, 41, 60
荒　正人　221, 238
　「民衆とはたれか」　238
アルチュセール, ルイ　234, 242
アレゴリー　42
五十嵐太郎　91, 263
石井友幸　66
　『進化論』　66
　「生物の解釈――生物学の内容について」　68
石原辰郎　66, 69, 257
石母田正　149-151
　「王朝時代の村落の耕地」　150
磯崎　新　85, 259
磯田光一　96, 259
稲邊通治　86
岩倉政治　86
ヴァレリー, ポール　30, 254
ヴィリリオ, ポール　112, 113, 129, 263
内倉尚嗣　43, 260
エコノミー　31, 32, 40, 175, 183, 184, 189, 230
エレンブルグ, イリヤ　61-63, 257, 258
エンゲルス, フリードリヒ　68, 257, 258
　『自然弁証法』　68, 257, 258
大井広介　86, 114, 221, 222, 261
大塚久雄　141, 142, 152
大原祐治　107, 253, 260
奥野健男　42, 123, 154, 266, 267
小熊英二　141
尾崎士郎　222, 264
織田作之助　58, 237

か　行

梯　明秀　68
過去　22, 35, 36, 41, 51, 65, 98, 112
加工　74, 75, 78, 81, 82, 100
笠井　潔　217, 262
加藤達彦　42, 267
可能の世界　35, 47, 51, 52
貨幣　125, 128, 177, 198
　――経済　125
　――の交換　125
柄谷行人　10, 252, 265, 270
川村　湊　154, 252, 253
環境
　――の変化　62, 73, 74
　個人と――　239
　社会的――　66, 67
　生活――　61
　都市の――　72
　労働――　62
ガンジー, マハトマ　243
カント, イマヌエル　19, 20, 242
　『純粋理性批判』　20
関東大震災　32, 91, 259
観念
　――と実在　30
　――の変化　39
　架空の――　214, 217, 231
　旧来の――　101
上林　暁　86
逆説　12, 13, 16, 17, 22, 51, 52, 58, 102, 189
　――への確信　16
金銭　124, 168, 173-177, 181, 183, 184, 197
『近代文学』　235, 238, 239, 241, 264
空間の変転性　130
空襲　106, 122, 127-129, 131-135, 137-141
　――警報　107, 113, 131

葛巻義敏　60, 256
グローバリゼーション　85
ゲーテ, ヨハン・ヴォルフガング　99
現在　21, 35, 41, 51, 58, 83, 97, 107, 241
現実
　――と想像　46
　――の総体　18
　――の複雑さ　13
　四囲の――　214-216, 231, 232
　詩と――　49
　戦場の――　129
小泉親彦　96
交換価値　175
　――の体系　125
郡山千冬　221
個体化　18, 172, 233-235, 238, 242, 247-251, 271
孤独　88, 102, 209, 247
　絶対の――　101, 136
言葉
　純粋な――　26, 29, 32-34
　代用としての――　26, 29
『言葉』(同人誌)　19, 48, 60, 256
小林秀雄　12, 15, 252, 254, 258, 271
　「芥川龍之介の美神と宿命」　13
　「逆説といふものについて」　12
『今昔物語』　161, 265

さ　行

坂口安吾
　「青鬼の褌を洗う女」　168, 212
　「新らしき性格感情」　61, 63, 69-71, 74
　「新らしき文学」　39, 234
　「安吾人生案内」　215
　「安吾新日本風土記」　247
　「意識と時間との関係」　35
　「いずこへ」　9, 238
　「一家言を排す」　71
　「風博士」　41-53, 55-58, 255, 256
　「観念的その他」　24, 30
　「金談にからまる詩的要素の神秘性に就て」　48, 49
　「暗い青春」　59
　「戯作者文学論――平野謙へ・手紙に代えて」　241
　「現実主義者」　50
　「幸福について」　245
　「木枯の酒倉から」　19, 20, 48, 49
　「古都」　97
　「再版に際して」　80
　「桜の森の満開の下」　191-193, 208, 209, 211, 266-269
　「真珠」　105, 107-111, 113, 115-117, 119-121, 260-262
　「戦争論」　215, 249
　「続堕落論」　141, 144, 263, 271
　「堕落論」　10, 123, 140, 143, 146, 249, 263
　「地方文化の確立について」　147, 148, 154, 155, 157
　「土の中からの話」　146, 148, 154, 155, 157, 161, 165, 166
　「帝銀事件を論ず」　213, 220
　『道鏡』　154, 155
　「肉体自体が思考する」　236
　「霓博士の廃頽」　48, 49
　「二十一」　48
　「二十七歳」　47
　「日本文化私観」　33, 84-86, 88-91, 93-97, 102, 103, 111, 233, 259, 260
　「女体」　241
　「野坂中尉と中西伍長」　243, 272
　「白痴」　122, 123, 127, 128-140, 143, 144, 168, 176, 233, 262, 263
　「ピエロ伝道者」　28
　「悲願に就て」　70, 71
　「FARCE に就て」　17, 25, 26, 28-30, 32, 34, 37-39, 51, 254
　『吹雪物語』　69, 72, 79-82, 84, 253, 258, 259
　「不連続殺人事件」　217, 230, 269, 270
　「文学のふるさと」　101, 249, 251
　「文芸時評」　98, 261
　「文藝時評」　71

「文章その他」 21
「文章の一形式」 57
「未来のために」 58
「村のひと騒ぎ」 49, 52
「ヤミ論語」 231
「余はベンメイす」 239
「ラムネ氏のこと」 80
坂口献吉 152, 155
酒巻和男 119
『櫻』 30, 31, 39, 61, 234, 254
笹川正孝 65
佐々木基一 41
佐藤 泉 239
佐藤春夫 223, 224
「家常茶飯」 223, 224, 270
左翼運動 59, 60
サルトル, ジャン＝ポール 24, 235-238
「水いらず」 236, 237
澤田吾一 149
『奈良朝時代民政経済の数的研究』 149
参加型の読書 218
自意識 31
ジイド, アンドレ 20, 71, 255, 258
「一つの宣言」 71
シェイクスピア, ウィリアム 99
塩田 勉 193
時間観 51
自己
——の意識 179
——の外部性 233
——の限界 32
——把握 21, 22
——保身 15
思考
——の可能性 32
——の地盤 146-148, 161, 166
——の中心点 158
無産者としての—— 87
実在 21, 29-32, 34, 35, 37, 38, 40, 98
——捕捉 30, 32, 38
小説的な—— 98
史的唯物論 14, 149, 150, 153
清水三男 151, 264
『日本中世の村落』 151
社会感情 63, 64
写実 26-30, 32, 33, 42, 50
——主義 26, 50
ジャピー, アンドレ 109-111
主体
——化の契機 10, 139, 143, 144
——性論争 235, 238, 239, 272
——の確立 142, 152
証言 41, 44, 46, 47, 51-55, 57, 58, 80
——における伝達 57
情報戦 105, 116, 260
情報戦略 116
杉浦明平 154
杉山英樹 86
鈴木了二 91
スターリン, ヨシフ 14
世阿弥 29
「花伝書」 29
生活
——環境 61
——感情 157
観念—— 25
国民—— 16
真実の—— 84, 93, 96, 99, 103
『生活科学』 96
「生活科学新書」 96, 260
制度
——の穴 143, 144
教育—— 61
社会—— 72, 143
土地——の欠陥 148, 149, 153
世界大恐慌 32
関井光男 42, 168, 254, 255, 258

た 行

対象
意識の—— 36
指示—— 47, 54, 119
不透明な—— 28

暴力の—— 189
欲望の—— 201
ダーウィン, チャールズ 68
タウト, ブルーノ 86, 87, 93, 99
田中 純 91
堕落 9-11, 123, 140, 141, 143, 144, 146, 232, 249
探偵小説 41, 42, 51, 114, 217, 218, 230
デュボワ, ジャック 218
転向 15
東畑精一 152
動物感情 63-65, 67, 70, 82
藤間生大 150
「北陸型荘園機構の成立過程」 150
「荘園不入制成立の一考察」 151
十返 肇 168
ドストエフスキー, フョードル 97, 255
読解
隠喩的—— 42
作家論的—— 10
実存主義的—— 10
他者論的—— 10
作品の構造的な—— 10
トリック 44, 212, 217, 221-224, 226-230, 232
ドレー, マルセル 109-111, 115

な 行

中野重治 12, 13, 245, 252
「閏二月二十九日」 15
『芸術に関する走り書的覚え書』 15
長畑一正 221
中村禎里 66
ナンセンス 29, 44, 253, 256
——文学 26
『涅槃』(同人誌) 35
農地改革 148, 151-153, 155, 165, 246
野呂栄太郎 150
『日本資本主義発達史』 150
『日本資本主義発達史講座』 150

は 行

ハイデガー, マルティン 96, 267
発見
外部性の—— 233
他者性の—— 172
動物性の—— 77
模倣からの—— 99
花田清輝 239, 272
「動物・植物・鉱物」 239
花田俊典 42, 253, 258, 260, 261
埴谷雄高 221
バラック 85, 86, 90, 91, 93, 101-103, 259, 260
バルザック, オノレ・ド 108
反逆 39, 40, 144, 234, 254
菱山修三 30
「テスト氏の問題」 30, 31
批評精神 88, 89
平野 謙 59, 60, 86, 114, 119, 120, 122, 221, 241, 259-261, 264
ファルス 17-19, 24-26, 29, 34, 37-39, 41, 48, 51, 250-251
フーコー, ミシェル 234, 242
福田清人 86
福田恆存 168, 267
ブハーリン, ニコライ 14
無頼派 10, 142, 252
プラグマティック 84
ブリコラージュ 91, 92
ブルジョアジー 14
プロット 41, 46, 192, 255
プロレタリアート 14, 15
変化 18-22, 37, 62-64, 67-82, 95, 103, 138, 139-141, 157, 169, 193-195, 208-210, 212, 234, 244
ベンヤミン, ヴァルター 211
暴力 16, 163, 167, 184, 186-188, 189, 195, 221, 243
ポエジー 17
佛石欣弘 43, 255, 259

ま　行

牧野信一　44
マクルーハン，マーシャル　27
魔術　192, 196, 197, 199, 205, 208, 211
松尾芭蕉　29, 32-34, 88
眼差し　129, 167, 179, 232
マルクス主義歴史学　150
丸山眞男　141, 142, 240
　『日本の思想』　240
三木　清　211
三雲祥之助　86
ミシュレッチ，フランソワ　109
宮内寒弥　108, 119, 261
未来　22, 35, 36, 58, 189, 193, 234, 241, 242
矛盾　12-18, 22, 32, 50, 62, 99, 132, 231, 232, 242, 259
村松　友　168
室　鈴香　235
　「安吾とサルトル」　235
模倣　20, 91, 93, 94, 99, 100

や　行

山田盛太郎　151, 264
山根龍一　238
『唯物論研究』　66, 68, 257, 258
横光利一　15, 27, 253
呼びかけ　28, 45, 53, 54, 57, 113, 218, 234
　──る行為　53

ら　行

落伍者　9, 256
ラヂオ　106, 107, 115
ラマルク，ジャン＝バティスト　68
リンドバーグ，チャールズ　109
ルイセンコ，トロフィム　69
ルメイ，カーティス　129
レーニン，ウラジーミル　14
『驢馬』（同人誌）　14, 252

わ　行

渡部義通　150
　『日本歴史教程』　150

著者紹介

宮澤隆義（みやざわ・たかよし）
1978年生まれ。早稲田大学政治経済学部卒業。
早稲田大学文学研究科日本文学（近代）専攻博士後期課程満期退学後、同大より博士（文学）取得。現在、日本大学法学部助教。
主な論文に「空間の変質をめぐって――幸田文『きもの』と『崩れ』」（『文藝と批評』、2011年11月）、「「本能」と「社会」――大杉栄・きだみのる・坂口安吾における「虫」をめぐって」（『早稲田現代文芸研究』、2012年3月）、「例外と判断――『俘虜記』・『野火』における大岡昇平の戦場」（同前、2014年3月）などがある。

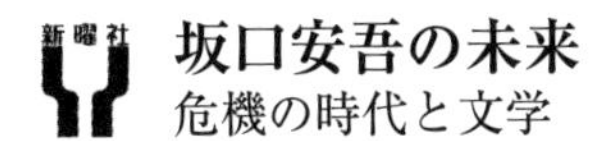

初版第1刷発行　2015年2月20日

著　者　宮澤隆義
発行者　塩浦　暲
発行所　株式会社　新曜社
〒101-0051　東京都千代田区神田神保町3-9
電話（03）3264-4973(代)・Fax（03）3239-2958
E-mail：info@shin-yo-sha.co.jp
URL：http://www.shin-yo-sha.co.jp/
印　刷　メデューム
製　本　イマヰ製本所

ISBN978-4-7885-1420-1　C1095